FRANCK THILLIEZ

Né en 1973 à Annecy, Franck Thilliez vit actuellement dans le Pas-de-Calais. Il est l'auteur de *Train d'enfer pour Ange rouge* (La Vie du Rail, 2003), *La chambre des morts* (Le Passage, 2005), *Deuils de miel* (La Vie du Rail, 2006), *La forêt des ombres* (Le Passage, 2006), *La mémoire fantôme* (Le Passage, 2007), *L'anneau de Moebius* (Le Passage, 2008) et *Fractures* (Le Passage, 2009). *La chambre des morts*, adaptée au cinéma en 2007, a reçu le prix des lecteurs Quais du Polar 2006 et le prix SNCF du polar français 2007. L'ensemble de ses titres, salués par la critique, se sont classés à leur sortie dans la liste des meilleures ventes.
Après *Le Syndrome E* (2010), *GATACA* et *Vertige* ont paru en 2011, aux éditions Fleuve Noir.

Retrouvez l'actualité de Franck Thilliez sur :
www.franckthilliez.com
et www.auteursdunord.com

VERTIGE

DU MÊME AUTEUR
CHEZ POCKET

TRAIN D'ENFER POUR ANGE ROUGE
DEUILS DE MIEL
LA CHAMBRE DES MORTS
LA FÔRET DES OMBRES
LA MÉMOIRE FANTÔME
L'ANNEAU DE MOEBIUS
FRACTURES
LE SYNDROME E
GATACA
VERTIGE

FRANCK THILLIEZ

VERTIGE

Fleuve Noir

MIXTE
Papier issu de sources responsables
FSC® C003309

Pocket, une marque d'Univers Poche,
est un éditeur qui s'engage pour la préservation
de son environnement et qui utilise du papier fabriqué
à partir de bois provenant de forêts gérées
de manière responsable.

ISBN : 978-2-266-23322-4

Pour Valérie et nos enfants

« Hello darkness my old friend,
I've come to talk with you again. »

Simon and Garfunkel

« On n'existe que si on est photographié. »

Jorge Luis Borges

1

« La folie ne sonnerait pas si creux. Retenez bien ce bruit de métal. Aussi longtemps qu'il résonnera dans votre tête, il prouvera que vous n'êtes pas fou. »

Extrait du roman Darkness

L'obscurité est partout.

Depuis dix minutes, j'essaie à tout prix de bouger mais j'en suis incapable. D'ordinaire, chez nous, depuis la fenêtre de notre chambre, j'entends toujours le feulement des voitures. Mais ici, rien. Pas un bruit de moteur, pas une voix. Non, juste un long sifflement. Le vent… Le vent gémit, quelque part.

Où suis-je ?

Je dois essayer de réorganiser les événements, faire jouer ma mémoire. Hier soir, je me trouvais à l'hôpital, auprès de Françoise. Je me souviens, cette chaleur dans sa chambre, je me sentais mal. Puis… puis j'ai mangé là-bas, une mélasse infecte, suis encore resté aux côtés de ma femme, jusqu'à la fin des visites. Quand je suis sorti, j'étais nauséeux. Retour à la maison, sur les hauteurs d'Annecy. Il était tard. J'ai arraché la feuille de l'éphéméride, sur la table de nuit, avant de m'endormir seul dans notre grand lit, bien au chaud.

On était le 25 février 2010. En plein hiver.

Et je me réveille couché sur quelque chose de dur, paralysé et frigorifié ?

Mon pouce droit vient de remuer. Une flexion, suivie d'une extension. Les orteils à présent. Il semblerait que mes tendons se contractent, un à un, que mes muscles frémissent. Mes paupières papillonnent enfin. Tellement heureux, je répète ce mouvement à n'en plus finir. Ouvrir, fermer, ouvrir, fermer. Je me sens revivre. Dans une minute ou deux, je décollerai mes soixante-dix kilos du sol et comprendrai enfin ce qui m'arrive.

Mais, soudain, un nouveau bruit me tétanise. Ce cliquetis que je viens de percevoir, accompagnant l'agitation de mon poignet.

À l'aveuglette, je me redresse, traversé de vertiges, et palpe.

Un cerceau rugueux me broie le poignet droit.

Si stupide et irréel que cela puisse paraître, je crois que je suis entravé.

2

De toute ma vie, maman, il ne me semble pas avoir vu un endroit aussi effroyable que celui ci[1]*. Il s'agit d'un plateau désolé, battu par des violente bourrasques glacial qui peuvent descendre jusque –60°. Il occupe une large brèche entre les ultime remparts du Lhotse et de l'Everest. Il surplombe à son extrémité est, l'apic de 2 000 m de la face du Kangshung, qui descend vers le Tibet, et il donne, de l'autre coté, sur les 1 200 m de la combe ouest. Il n'y a que roche et glace ici, pas de neige, tant les vent rugisse. Il s'écrasent, en ce moment même, contre la toile de ma tente. C'est là que je vais éteindre ma petite lampe, très bientôt, en pensant à toi.*

Tu vois ? La liberté existe. Elle nous paraît inacessible, cest sans doute ce qui la rend si précieuse. Je la respire à plein poumons, en ce moment. Demain, on part pour le somet. J'ai un fanion à y planter.

En tout cas, s'il existe sur notre bonne vielle Terre un endroit moins hospitalier que celui la, j'espère ne jamais le connaitre.

1. Les nombreuses fautes sont dues au froid et au manque d'oxygène, qui, à cette altitude, réduit les capacités cérébrales à trente pour cent.

Lettre non corrigée de Jonathan Touvier à sa mère, 13 mai 1986, camp IV, 7 925 m, col sud de l'Everest

Un casque… Un tuyau… Une bouteille…

Mon pouce roule sur la pierre d'un briquet. Et voilà que danse une fleur jaune, devant un bec de métal. Un chuintement, puis le gaz s'enflamme. La langue se raidit, bleuit, gagne en amplitude.

Lumière.

Un cône doré se tend entre le réflecteur d'un casque posé sur ma tête et la toile rouge d'une tente. J'ai la bouche pâteuse. On a dû me droguer, puis me transporter ici avant de m'enchaîner au poignet. Pendant mon sommeil, on m'a coiffé d'un photophore frontal de spéléologie. La bouteille d'acétylène gît face à moi, reliée à mon casque par un tuyau. On m'a aussi habillé d'une grosse chemise de laine à carreaux, un pantalon fourré, un pull-over, une veste-duvet et des chaussures de marche par-dessus d'affreuses chaussettes vertes. Je peine à y croire, je me pince. Le cliquetis de ma chaîne me rappelle combien tout est réel.

Pêle-mêle, dans l'univers restreint de ma prison tissée, je découvre deux vieilles paires de moufles en nylon, deux duvets pliés, deux serviettes en éponge – blanches ou jaunes, difficile à dire avec cette lumière artificielle – et un coffre en métal, barré d'un cadenas à combinaison de six chiffres. Mes vieux réflexes de baroudeur cherchent l'eau, ainsi que la nourriture. Sans succès. Mes yeux reviennent alors vers les duvets. Pourquoi deux ? Pourquoi deux paires de gants ?

— Françoise ! Claire !

Non, non. Ma fille Claire n'est pas ici, elle est en stage quelque part en Turquie, pour son école de maquillage et d'effets spéciaux. Françoise est allongée dans un lit d'hôpital. Tandis que je pense à elles, du liquide s'écoule au ralenti, à l'extérieur, et aussi sur mon toit de fortune. On dirait qu'il pleut.

Je souffle dans le creux de mes paumes. Je me rends compte avec effroi de la disparition de mon alliance en argent. Je fouille du regard autour de moi, sur le tapis synthétique bleu. Cette alliance, il aurait fallu me trancher la main pour me la prendre. Jamais, jamais elle n'a quitté mon doigt, depuis presque dix-huit ans, même dans les moments difficiles. Et là, on ose me l'enlever ? De quel droit ?

La chaîne, à mon poignet droit, possède d'épais maillons. Je scrute ce colossal cadenas à clé qui écrase le cercle métallique autour de mon os, et tire de toutes mes forces. Sans succès. Petit à petit, ma carcasse de cinquante balais retrouve ses sensations. Dessous, un épais isolant en mousse laisse présager un sol irrégulier et dur. Derrière, dans un coin, est-ce bien un tourne-disque, accompagné de deux quarante-cinq tours, que j'aperçois ?

Je me déplace maladroitement, encore endolori, à quatre pattes. Ma lampe n'éclaire que les endroits où je tourne la tête. Le cauchemar se poursuit. Sur les pochettes des quarante-cinq tours, les titres : *les Oiseaux de votre jardin, 24 chants* ainsi que *Wonderful World*, de Louis Armstrong.

Je n'y comprends rien. Quant au tourne-disque, ce n'en est pas un, précisément, mais plutôt un mange-disque, le genre de ceux que j'utilisais pour écouter les contes de Perrault ou des frères Grimm. À côté traînent un thermomètre auriculaire et un vieil appareil photo Polaroid. Cinq des six flashes ont déjà été grillés, on peut sûrement tirer un dernier cliché. Tout cela n'a absolument aucun sens. Tous ces objets ne riment à rien, la chaîne autour de mon poignet ne rime à rien, la situation en elle-même ne rime à rien.

Il fait si froid que j'enfouis mes mains dans les moufles grises. Je me lève – dans ce cauchemar, on tient aisément debout –, ramasse ma bouteille d'acétylène et remonte la fermeture Éclair. Ce rire sec de métal fait refluer tout un tas de souvenirs. Le réveil à la sauvage, sous un abri de fortune… Le vertige de l'inconnu… La haute montagne… Ça fait si longtemps.

Voilà, je sors. Je m'attends à un ailleurs, à quelque chose *d'extérieur*, de vivant. Mais il n'y a pas d'ailleurs. Pas de bords, de nuances, de premier plan ni d'arrière-plan. Juste de l'obscurité. Mon système d'éclairage est l'unique source de lumière. Très vite, j'ai en tête l'image d'un bathyscaphe plongeant dans les profondeurs de l'océan, avec ses petits phares jaunâtres. Je tourne sur moi-même. Je ne distingue que de la roche, la tente avec son armature à l'ancienne, et une masse, étalée entre deux sardines.

Je marche avec prudence. L'ombre se précise. Des nuages de condensation, réguliers, s'élèvent de l'endroit où *ça* se trouve.

Ça vit.

3

L'organisme humain est composé de soixante à soixante-dix pour cent d'eau. Une alimentation qui apporte une ration calorique journalière de 3 500 calories nécessite un apport de 3,5 litres d'eau, faute de quoi cette eau sera prise sur les réserves de l'organisme.

Survivre dans toutes les conditions, *livre écrit par Max Beck, partenaire de grimpe et ami de Jonathan Touvier*

Mon pas s'accélère. J'ai alors la sensation d'un violent hold-up intérieur.

L'oreille gauche cassée, l'ossature brute de la tête, la dentition en ciseaux… C'est bien lui, Pokhara. Je m'accroupis et le serre contre moi. Mon chien est vivant.

— Ça va aller, mon Pok. Ça va aller.

Je devine sa peur. Les chiens-loups tchécoslovaques n'aiment pas l'inconnu. Je le caresse tendrement, essaie de le stimuler. Il écume, encore dans le gaz. On l'a méchamment drogué, lui aussi. Je me redresse, plein de rage et honteusement soulagé de trouver mon animal auprès de moi : je ne suis pas seul dans ce trou.

Je décide de suivre les maillons de ma chaîne. Le sol est noir et humide. J'avance, me retourne en même temps. Pokhara disparaît progressivement, par manque de lumière. Ce chien est un hymne à la liberté, pourquoi l'avoir entraîné dans cet endroit effroyable avec moi ?

Je progresse sur un sol plat, lisse, pendant une dizaine de mètres. Puis la surface s'attendrit. De la boue craquante, presque gelée, devance un ensemble d'énormes rochers. Droit devant moi, mon cône de lumière se limite soudain à une paroi abrupte. Je lève le front, la flamme du photophore dévoile des stalactites de glace et de calcaire, tout là-haut, à au moins sept mètres. J'en ai rarement vu de si grosses. Cet endroit, on dirait la mâchoire ouverte d'un monstre de science-fiction.

Je réfléchis vite. Qui dit boue dit chute de glace. Qui dit chute de glace, dit eau. Bonne nouvelle… Enfin, façon de parler, c'est comme annoncer à un condamné qu'on ne le tuera pas demain, mais après-demain.

Me voici au bout de la chaîne, ou à son début, plutôt. Un pieu l'accompagne jusqu'au cœur de la pierre, il est impossible à arracher. Je soulève même des rochers pour les fracasser dessus. Ça résonne, mais rien ne bouge. La pénétration dans la paroi est propre, chirurgicale. Seul un outil pneumatique a pu l'enfoncer avec une telle puissance.

La réserve de gaz acétylène porte des lanières grises, je la passe sur mon dos et m'oriente sur la droite, longeant la paroi. Ma vue, ma vie se résument à cette bulle d'ambre, projetée par le réflecteur en aluminium. Mes oreilles réagissent à des sifflements et des écoulements. Mon nez renifle l'humidité, ainsi que l'odeur particulière du calcaire trempé.

Je baisse le front, mon entrave doit bien mesurer vingt mètres, je progresse avec prudence. En face se dessinent des lits de rognons minéraux, des fissures de glace translucides, des épaves de quartz et de feldspaths brisés. Ce « décor » aurait pu être beau, il n'est que cauchemardesque.

Je dois halluciner parce que j'aperçois soudain un mur vertical, constitué uniquement de glace. On dirait une vague géante, prête à se rabattre comme une mâchoire. Cette paroi, sans doute née de l'humidité, du froid et de la condensation, doit se comprimer là depuis des milliers d'années. Ma lumière lui creuse le ventre, et me renvoie des bleus magnifiques. Qui dit glacier souterrain, dit endroit profond. Au moins trente, quarante mètres sous terre. Là où la lumière du soleil n'est jamais rentrée, et ne rentrera jamais.

— Assez, maintenant ! Laissez-moi sortir !

Demi-tour. Je repasse vite devant la tente pourpre. Le vent hurle, quelque part. Pokhara n'a pas bougé. J'entends sa poitrine craquer, je le regarde longuement et me rends compte que si j'ai trouvé l'eau – de l'eau en blocs qu'il faudra faire fondre par un moyen ou un autre –, je n'ai pas encore déniché de nourriture. Pokhara est un *Ceskoslovenky Vlcak*, davantage loup que chien depuis son passage à tabac, il y a quatre ans. Je le connais autant que je me connais moi-même. La première chose qu'il fera, au réveil, sera de chercher de la nourriture.

Je l'abandonne encore et m'aventure de l'autre côté. Tête levée, je discerne, tout là-haut, une cheminée étroite, sans fin, sans clarté. Le boyau part droit et large, sur cinq ou six mètres, avant de se réduire en chatière.

— Oh ! À l'aide ! À l'aide !

Mes paroles bondissent de loin en loin. Tout résonne, chaque son est amplifié. D'un coup, mon cœur se serre, je me plie avec l'envie de vomir. Mais rien ne sort. J'essaie encore d'avancer, ma chaîne se tend au maximum et mes semelles atteignent une ligne rouge, au sol. Je me baisse. De la peinture sèche... La ligne part à droite, à gauche, en arc de cercle. À l'évidence, cette frontière désigne mon territoire. Une prison dans une prison. Je me prends la tête dans la main. La ligne de peinture, le thermomètre, l'appareil photo, les disques vinyle... Cela semble tout à fait irrationnel.

Je pars sur la gauche. Mes pieds suivent au centimètre près la ligne, sans que je puisse la dépasser. J'entrevois, au loin, d'autres parois, puis un trou dans la roche, juste en face de moi. Une vaste galerie, semble-t-il, qui part tout de suite en courbe. Est-ce là la raison de mon entrave ? Cette bouche inaccessible offre-t-elle un moyen simple de remonter à la surface ?

Je cours, me dirige vers le dernier quart inexploré où je découvre un puits naturel. Je me penche avec prudence et sens une puissante aspiration. Un courant d'air descendant, glacial, laisse présager un immense réseau souterrain, plus profond encore. Je suis frigorifié. Mon cercle de lumière n'atteint même pas le fond, la flamme du photophore bruisse et frôle l'extinction, tant le vent est violent. Cette gueule qui chante la mort n'a pas de fin, elle se prolonge vers le ventre de la planète.

Une goutte coule de mon nez. Le froid agresse. Je cours encore. À nouveau, mon humble halo divulgue l'inimaginable. Je cligne des yeux, sans cesser, dix, quinze, vingt fois.

Il est toujours là.

Je m'avance doucement, anéanti. Là, de l'autre côté de la ligne rouge, allongé à même la roche. Un type, immobile, hormis son pouce gelé, qui remue mollement. Juste sous ses talons repose une enveloppe.

L'homme ne porte pas d'entrave.

Mais un masque de fer lui enserre le crâne, et la noirceur de son métal lui dévore le visage.

4

« Je m'efforçais de tenir le compte des jours. J'essayais aussi de me souvenir si mes lectures m'avaient appris combien de temps un homme peut résister sans manger ni boire. La chaleur m'accablait de maux de tête. Souvent, le désespoir le plus sombre descendait sur moi et je nous voyais comme six condamnés cheminant vers une mort inéluctable. Chaque matin au réveil la même pensée revenait : à qui le tour ? »

Extrait de À marche forcée, *de Slavomir Rawicz (1956), récit qui, durant de longues années, marqua Jonathan Touvier*

Le jour de la mort de mon compagnon de grimpe Max Beck, j'ai retrouvé, dans le trou de notre bivouac, son appareil photo, un Leica noir et gris. Je n'ai jamais porté la pellicule à développer, elle se trouve chez moi, précieusement enfoncée au fond d'une boîte à crampons. Parfois je m'isole au grenier, la sors et me contente de la regarder. Elle me récite ce que furent mes dernières années de grimpe avec celui qui fut longtemps mon meilleur ami. La puissance de l'imaginaire apporte bien plus que les longues descriptions orales ou visuelles.

Elle détruit infiniment plus, aussi.

Aussi, la vision instantanée de cette « chose » allongée à même le sol, prisonnière de son masque au fond d'un gouffre, pourrait tenir une bonne place dans mon album mental des horreurs. Aux côtés de Françoise, impotente dans son lit d'hôpital, et de son crâne désormais chauve.

Dans le cercle d'ambre, l'homme se redresse difficilement, avant de porter ses doigts sur son masque de fer. Ses phalanges se replient sur un monstrueux cadenas, planté à l'arrière du crâne. Je le vois forcer, s'acharner, puis reculer sur les coudes jusqu'à la paroi.

— Qui êtes-vous ? Qu'est-ce qu'on m'a fait ? Où je suis ?

Je comprends que mon réflecteur l'aveugle, je détourne la tête sans le quitter des yeux.

— Je suis Jonathan Touvier. J'ignore où nous sommes. Quelque part, dans un gouffre. Je me suis réveillé ici, immobilisé, tout comme vous. Depuis quand ? Je n'en sais rien. On a dû nous injecter un sédatif ou une drogue quelconque.

— Un sédatif ? Dans un gouffre ? Mais… Mais…

Sa voix est bizarre, déformée, elle résonne dans le métal comme s'il parlait dans un tuba. De nouveau, il s'effondre, il cherche à se débarrasser de son carcan sphérique.

— Calmez-vous, d'accord ? Essayons d'y aller progressivement. Avez-vous vu quelqu'un vous amener ici ?

— Non.

— Dites-moi qui vous êtes.

Il se dresse, manque de tomber. À l'évidence, il a reçu la dose, lui aussi. Il est plus grand que moi, et costaud. Les vêtements qu'il porte ressemblent aux miens. C'est horrible, ce moulage métallique, cette voix sinistre.

— Je m'appelle Michel Marquis.

Son nom ne me dit rien. Il porte une alliance à l'annulaire. Un petit cerceau d'or, je crois. Quant à l'autre main, il lui manque des doigts.

— Vous habitez Annecy ?

— Non, Albertville.

Albertville ? Ce n'est pas tout proche de chez moi. La tête de l'inconnu bringuebale, il observe de tous les côtés puis s'avance en direction du puits.

— C'est ça qu'on nous a fourré dans le sang ?

Prenant garde de ne pas franchir la ligne rouge – il se trouve de l'autre côté de la frontière, hors de portée –, il me tend une grosse seringue vide, que j'observe attentivement entre mes moufles.

— Probable.

— C'est quoi, ce truc, sur mon visage ?

— C'est une espèce de… de masque de fer.

— Un masque de fer ? Et on peut l'enlever ?

Je fourre la seringue dans une poche.

— Ça n'en a pas l'air. Il recouvre la totalité de votre tête. Vos cheveux, vos oreilles. Tout.

— Mais… Pourquoi ? Pourquoi on me fait ça ?

— J'ai l'impression qu'on attend quelque chose de nous.

Je hoche le menton vers l'enveloppe fermée, proche de l'emplacement où cet homme a émergé.

— Cette enveloppe… Allez la chercher.

Il me considère étrangement. Sous le cercle frémissant de lumière, son masque me tétanise. C'est une surface faite de boulons, de plaques soudées, percées de trous minuscules pour les yeux, la bouche, le nez. Les oreilles sont toutes recouvertes. Ça doit peser assez lourd. Michel finit par se retourner, et là, autre chose me serre la gorge.

— Dans votre dos…

Il s'arrête, me jauge à nouveau.

— Quoi, mon dos ?

— Il y a un morceau de tissu blanc, cousu à votre blouson. Et c'est écrit, dessus : « Qui sera le voleur ? »

Le type ôte son vêtement, et se rend compte que je ne mens pas. Un doute m'assaille. Je retire vite le mien. Là aussi, du tissu blanc. Et une phrase horrible.

— « Qui sera le menteur ? »

C'est Michel qui a parlé. Il serre les poings.

— Ces phrases, qu'est-ce que ça veut dire ?

Il reste longtemps figé et, devant mon absence de réponse, part finalement ramasser l'enveloppe. Il se tient hors de ma portée et me la tend.

— Vous avez la lumière.

J'ouvre, en sors une lettre.

— Elle a été tapée à l'ordinateur. Alors : *L'un de vous est équipé d'un masque de fer, retenu par un cadenas. Sous cet ensemble métallique, juste au-dessus du crâne, se trouve une…*

Je m'interromps, le considère tristement avant de poursuivre, après m'être raclé la gorge.

— … *se trouve une charge explosive, accompagnée d'un mécanisme qui se déclenchera en cas d'éloignement de plus de cinquante mètres de vos…*

Je m'arrête encore, stupéfait, fouille du regard autour de moi. Bon Dieu, combien nous sommes, ici ? En face, Michel se recule, mains au crâne. Je ne distingue pas son visage, mais je devine qu'il doit ressembler à celui d'un type cerné par une meute de loups.

— Continuez…

— *... en cas d'éloignement de plus de cinquante mètres de* VOS *partenaires enchaînés. Cette charge est minuscule, à peine quelques grammes, mais suffisante pour faire un petit trou dans votre crâne.*

Vous voilà désormais unis, pour le pire.

Personne ne sait où vous vous trouvez, sauf moi, mais je ne pense pas vous être d'un secours quelconque, là où je suis. Et croyez-moi, on ne vous retrouvera jamais. Comprenez bien que vous allez tous mourir. Le tout est de savoir combien de temps vous tiendrez. Et pourquoi.

Vous allez tous mourir. Immédiatement, une image me traverse la tête, l'une des plus profondes terreurs que j'aie éprouvées de toute ma vie. Moi, bloqué sous une avalanche en train d'étouffer, et de mourir à petit feu. On appelle ça la mort lente. J'ai l'impression qu'on est en plein dedans. Je replie la lettre, vidé. Michel, courbé, a mis ses mains entre ses cuisses. Je le regarde fixement.

— Cette lettre, elle vous parle ? Elle a un sens pour vous ?

C'est ignoble, dès que j'ouvre la bouche, de la buée s'en échappe. Les petits nuages s'évaporent ensuite dans le vide.

— Si elle me parle ? Plutôt, oui. J'ai… J'ai une bombe sur la tête, c'est ça ? C'est bien ça qu'elle dit ?

Soudain, des aboiements nous font sursauter. Ça résonne, partout. Je me retourne, accours vers la tente, tandis que les cris de mon chien deviennent menaçants. Je reconnais leur style : le signal de l'attaque imminente.

— Pokhara ! Pok !

J'atteins la toile rouge en faisant racler ma chaîne. Pas d'animal. Encore les grondements, ils viennent de partout et nulle part à la fois. Michel se tient derrière moi, il m'a suivi et s'arrête net à présent que je me retourne. Je tends une main ouverte vers lui.

— Restez là !

— Non, pas seul dans le noir. Je ne vous lâche pas. Me dites pas que… qu'il y a aussi un chien ?

— Mon chien.

Au loin, dans la lumière de mon photophore, Pokhara se dresse d'un trait. J'ai déjà vu mon animal dans cet état-là, celui de l'instinct brut, à fleur de peau. Je m'approche d'un saut, me plaque contre lui. D'un bref mouvement de truffe, il m'identifie mais m'ignore, figé sur ses positions. Comme lui, je lève les yeux.

Nous découvrons alors une nouvelle tête. Et la nouvelle tête nous découvre. De petits yeux ronds, perchés à deux mètres de hauteur. Un autre clone en tenue identique à la nôtre. Pas de masque de fer pour lui, mais une chaîne comme la mienne, à la cheville droite. Flanqué sur une corniche, que je n'avais pas vue lors de mon premier passage.

Alors qu'il se tourne pour tenter de descendre, je lis une nouvelle phrase, inscrite sur le rectangle de tissu blanc, au dos de son blouson.

« Qui sera le tueur ? »

5

« Certes, un rêve de beignet, c'est un rêve, pas un beignet. Mais un rêve de voyage, c'est déjà un voyage. »

Citation de Marek Halter, que Jonathan Touvier aimait se rappeler sous sa tente, en expédition

Michel, Pok et moi nous sommes regroupés au bord de la tente. Je suis obligé de maintenir mon animal par la croupe, de le calmer, il veut sauter sur le jeune qui n'arrête pas de le menacer avec sa chaîne. Pok est pourtant si pacifique, d'ordinaire. Farid – Farid Houmad, il s'appelle – fracasse son entrave contre la paroi. Je crois qu'il n'y a pas de meilleur comportement qu'un autre, dans une telle situation. La violence, la réflexion, la colère… Tout mène à la même conclusion : nous sommes là, enfermés sous terre, le dos tartiné de phrases horribles.

Derrière moi résonne un bruit de fermeture Éclair. Michel pénètre dans l'univers de toile, en se baissant un peu au passage de l'ouverture – il est le plus grand et le plus massif de nous trois.

— Vous venez éclairer ? On n'y voit rien.

— Deux secondes…

Je lâche Pok et m'approche de Farid. Il me ressemble un peu, physiquement. Il a un visage creusé dans la roche, semblable à une ligne de grimpe pure : pommettes acérées, menton en corniche, et deux crevasses profondes qui vous fixent sans ciller. Farid Houmad… Je mettrais ma main au feu qu'il n'a pas vingt ans, et me demande de quels sangs-mêlés peuvent provenir ses formidables yeux bleus, si rares pour un Arabe.

— Tu nous rejoins sous la tente ? Que nous essayions au moins de comprendre ce qui se passe.

— Ce qui se passe ? Je vais vous le dire, moi, ce qui se passe. On nous a enterrés vivants. C'est bien ce que vous venez de me lire, non ?

Je range la lettre au fond de ma poche.

— Pour la chaîne, j'ai déjà tout essayé. Ça ne sert à rien. Allez, viens.

— Et votre clébard, qui arrête pas de me grogner dessus ? Il aime pas les Arabes ?

— Il ne te fera rien.

— Vaudrait mieux pas. Ça, non.

Il s'approche, frôle Pok avec un air de défi. Mon chien grogne mais ne bronche pas. Farid disparaît sous la toile. Bien que petit – il ne doit pas dépasser 1,65 mètre – et poids plume, ce jeune a de l'énergie à revendre. Je crains que notre entente ne soit électrique.

J'ordonne à mon animal de ne pas bouger et pénètre à mon tour à « l'intérieur ». La tente est vaste, à peu près quatre mètres de long sur deux de large. Comme pour les pieux de nos chaînes, les sardines, en métal elles aussi, sont fichées dans la roche.

Farid agite les mains devant moi.

— Et mes gants, à moi, ils sont où ?

— Désolé, il n'y en a que deux paires.

— Deux paires, alors qu'on est trois ?

Michel ne dit rien. Il enfile les moufles et s'empare d'un duvet, qu'il plaque sous son bras. Farid ramasse le solide coffre en métal avec le cadenas à six chiffres, le secoue.

— Il y a quoi, là-dedans ?

— Fais voir.

Je le tutoie naturellement, il pourrait être mon fils. À mon tour, j'agite le coffre. Il est bien plus lourd que s'il était vide, et je sens la présence d'un objet qui vient buter contre de la mousse, semble-t-il. Quant au cadenas… Je tenterai tout de même, bientôt, de le pulvériser avec des rochers. Au pire, il nous restera à tester les combinaisons. Six chiffres… Un million de possibilités… Ce n'est pas gagné.

— Je n'en sais rien.

Il me le reprend des mains, sort de la tente et le fracasse avec violence contre le sol. Deux, trois fois. Pas une égratignure. Il rentre et essaie de claquer des doigts, comme un caïd.

— La lettre… Relisez-moi cette fichue lettre.

Je la lui tends, cherche dans son regard une étincelle qui pourrait me dire que je connais ce gamin d'Ève ou d'Adam. Quelques secondes plus tard, il me colle la lettre ouverte sur la poitrine.

— Qu'est-ce que vous avez fait pour que je me retrouve ici ?

Délicatement, je pose la seringue sur le côté, contre la toile.

— Pourquoi j'ai l'impression que tu ne m'aimes pas ?

— Pourquoi ? Parce que vous avez la lampe, les gants, une chaîne plus longue que la mienne, et le clébard. Voilà pourquoi.

Michel s'approche. Il ne lâche pas son duvet, je crois d'ailleurs qu'il va s'en faire une seconde peau.

— C'est vrai. Pourquoi le chien ? Moi aussi j'ai un chien à la maison. Pourquoi vous privilégier, vous ?

— Parce que vous appelez ça un privilège ?

— Dans ce trou, oui.

— Avant de se rentrer dedans, on ferait mieux de comprendre ce qui nous arrive. Et aussi nous poser des questions sur… ce qui est inscrit dans notre dos.

Farid ne me lâche pas du regard. Je devine, rien qu'à la manière dont il serre les dents, un caractère bouillant, forgé par la rue. J'ai déjà vu des gosses de banlieues à la télé, cette colère brute collée à leurs traits. J'ai le sentiment que Farid est badigeonné 9-3. Ghettos, tours, voitures brûlées. Il souffle dans ses mains en me fixant :

— C'est quoi, votre crime ?

— Un crime ? Je n'ai pas commis de crime. Tu en as commis un, toi ? Après tout, c'est toi qui portes la pire des inscriptions.

Farid hausse les épaules, sifflant entre ses dents.

— C'est pas gagné…

Il se retourne et part s'asseoir au fond de notre abri. Michel y va de son commentaire :

— « Qui sera le tueur, qui sera le menteur, qui sera le voleur »… Pourquoi ce n'est pas juste écrit : « qui est le tueur » ? C'est un acte qu'on est censé accomplir ?

— Ou censé découvrir… Ça peut justifier l'emploi du futur. À tout hasard : y a-t-il un tueur parmi nous ?

Je les jauge tous deux du regard. Farid se retourne. Après avoir récupéré le deuxième duvet et jeté un œil aux quarante-cinq tours, il plaque ses poings sous son menton.

— Mais c'est quoi, cette musique ? Des chants d'oiseaux… Et ça… *Wonderful World*. Qu'est-ce que ça fiche ici ?

Il fouille autour de lui, avise l'appareil photo, qu'il manipule.

— Et ça ? On se fout de nous ?

— Je crois qu'il reste une photo à tirer.

— Tirer une photo, d'accord… Bon, il me faut une clope, et vite. Des gauloises, de préférence, mais je me contenterais de n'importe quoi. Même des roulées. Vous avez ça sur vous ? Non, personne ?

Je me positionne au centre de la tente et pose le casque blanc à mes pieds, l'orientant de manière qu'il diffuse une lumière uniforme. Je me débarrasse aussi de la bouteille d'acétylène. Le froid humide me glace le visage et fait couler mon nez, que j'essuie avec la manche de mon blouson.

— Je propose que nous nous présentions. Peut-être que… que nous avons un point commun.

— C'est une sacrée idée, souligne Farid. On papote au lieu d'essayer de sortir d'ici. J'ai rien en commun avec toi, et encore moins avec l'autre.

Il est déjà passé au tutoiement et continue à se masser les mains vigoureusement. C'est un frileux, pas de doute là-dessus. Et les grottes détestent les frileux.

— Allez, j'attaque. Je m'appelle Jonathan Touvier, pile cinquante ans. Une femme, Françoise, une fille de dix-neuf ans, Claire. Plus jeune, j'ai fait pas mal d'escalade, et j'ai bossé pour un magazine de l'extrême, *Extérieur*. Aujourd'hui, j'habite Annecy, je travaille pour une boîte qui s'appelle Pierre Genier loisirs. C'est la société d'un ami, on y fait de la randonnée tranquille, du canyoning, du rafting. Des pièges à touristes, quoi.

— T'es du genre à dormir dans des duvets, hein ? Tout ça, ça te déstabilise pas trop, tout compte fait ? T'es dans ton élément, mec, et moi, c'est ça que je trouve bizarre, déjà.

J'ignore la remarque de Farid et hoche le menton vers Michel.

— À vous.

L'homme au visage emprisonné se tripote les gants d'un geste nerveux.

— Je m'appelle Michel Marquis. J'aurai quarante-sept ans dans… deux jours le… le 27 février. On a prévu une petite fête à la maison et on… (Il inspire.) J'ai une femme, Émilie et… pas d'enfant. Il y a trois ans, j'habitais encore en Bretagne, à Plancoët, un bled où je faisais dans le cochon. (Il ôte son gant et montre sa main aux deux doigts amputés.) De l'abattage, je veux dire. Ouais, les machines, ça déconne, parfois. Aujourd'hui, j'habite une maison du côté d'Albertville, je bosse toujours dans le cochon. Que dire d'autre ? Je déteste la neige, l'humidité et le brouillard.

— Pourquoi Albertville, si vous n'aimez pas la neige ?

— À cause d'Émilie. Elle travaille dans la chaussure de sport. Le design, des trucs vachement compliqués. Mutation professionnelle, on n'a pas eu le choix.

— Il y a pire, comme choix. Albertville, ce n'est pas vraiment le bagne.

— Ça dépend pour qui.

Je m'oriente vers Farid. Il répond d'un trait :

— Farid Houmad, tu le sais déjà. Vingt ans, j'habite un mouroir dans le nord de la France. Pas de môme, pas de femme, pas d'emmerdes.

— Et tu vas à l'école ? T'as un boulot ?

— Je fais des trucs, à droite à gauche…

— Mais encore ? Tu n'es pas très bavard.

— Tout ce que je veux, c'est me tirer d'ici, et vite.

— Sur ce point, je crois qu'on est tous d'accord.

Je soulève la manche de ma veste-duvet, histoire de regarder l'heure. J'avais oublié…

— On m'a volé ma montre. Et vous ?

Michel vérifie et acquiesce. Farid, lui, ne bouge pas. Il a rentré ses mains à l'intérieur de sa veste, recroquevillé sur lui-même comme une petite chenille.

— Je mets jamais de montre. J'aime pas ça.

On nous a aussi dérobé le temps. Cette « attention », ce souci du détail me laissent perplexe, et me disent que notre situation ne risque pas de se résoudre en une poignée d'heures. De plus en plus, je crains le pire. *Vous allez tous mourir.* Il faut que je prenne les devants. Je m'approche de Michel, examine le masque avec attention, force sur le cadenas.

— Rien à faire. Faudrait vous briser les mâchoires pour espérer qu'il bouge de quelques centimètres.

— Non, ça ira, merci.

— Bon… Je propose qu'on explore le gouffre. Farid et moi, on est limités dans nos mouvements, mais vous, vous êtes libre, enfin, façon de parler. Il y a une galerie, vers l'arrière de la tente. Vous allez la visiter et nous dire si elle part vers la surface.

— Je veux bien, mais j'ai quand même un truc qui peut exploser sur la tête, si j'ai bien compris.

— Vous avez bien compris. Mais d'après la lettre, on a droit à cinquante mètres de distance entre vous et nous.

Il hausse les épaules.

— Je ne sais pas. Et si la lettre mentait ? Et si ce truc explosait à cinq, ou dix mètres ?

Farid est un gars nerveux, il s'amuse à souffler des ronds de condensation.

— Et si ça n'explosait pas du tout ? Et si c'était du bluff ? Et s'il n'y avait pas de bombe, sur ton crâne ? Toi, t'es libre de tes mouvements, et c'est pas pour rien. Sinon, on t'aurait enchaîné toi aussi, tu comprends ? Alors cette galerie, tu vas y aller et nous dire si on peut sortir d'ici.

Michel acquiesce.

— Bon. Je veux bien essayer.

Je ramasse la bouteille d'acétylène.

— Très bien. On y va.

— Attendez, j'ai une idée, dit Farid. S'il peut exploser en s'éloignant de nous, c'est qu'on porte forcément un émetteur, non ? Il faut vérifier. Fouiller dans nos habits.

On s'exécute. Les poches, les doublures.

— On devrait se mettre à poil, notre kidnappeur a peut-être scotché un truc sur notre peau.

Je serre les dents et tranche sèchement :

— Plus tard.

— Pourquoi plus tard ? Pourquoi pas maintenant ?.

— Parce que je n'ai pas envie de me mettre nu devant deux types que je ne connais pas.

— T'as pas envie, ou t'as quelque chose à cacher ?

6

« La survie casse les barrières de la conscience. Tout ce qu'on croyait enfoui, refoulé, ressurgit alors avec, parfois, une violence décuplée. »

Dr Patrick Parmentier, psychiatre, s'exprimant devant une commission d'experts lors du procès d'un accusé jugé pour meurtre

Farid et Michel me devancent, Pokhara me talonne. Après avoir encore essayé d'arracher nos chaînes en nous y mettant à trois, nous refaisons le tour du propriétaire. Je pense que notre gouffre fait, grosso modo, la surface de deux terrains de tennis. Il n'est pas totalement rectangulaire, mais plutôt ovale. Nous doublons la niche du jeune beur, située à presque deux mètres de haut. Son pieu est fiché à environ un mètre en dessous, au niveau de mon torse. Pourquoi avoir placé Farid en hauteur ? En auscultant les marques de piolet qui ont dû permettre de hisser son corps, je me convaincs que, si incohérent que cela puisse paraître, ces détails revêtent un sens.

Nous atteignons la cheminée, qui creuse le plafond sept mètres au-dessus. L'air qui circule fait vaciller la flamme du photophore. Michel se précipite et place ses mains en porte-voix :

— À l'aide ! À l'aide !

Il sautille sur place. Nous nous joignons à lui. Je suis le premier à arrêter de crier, suivi par Farid. Michel continue, s'arrache les cordes vocales. Il a besoin de s'assurer qu'il aura fait son possible. Je crois que, sous son masque, il est à la limite de la rupture. Farid va, vient, la tête baissée et les bras croisés.

— J'ai vingt piges, je veux pas crever. On va mourir de soif, de froid. C'est pire que l'enfer ici.

— Nous ne mourrons pas de froid. Nous disposons de bons vêtements, et les duvets semblent convenables, à bonne rétention calori…

— Les deux duvets, ouais. Et des deux paires de gants dont je ne verrai jamais la couleur, vu comment R2D2 s'est servi en priorité. J'ai déjà les extrémités gelées et je vais bientôt ressembler à un sapin de Noël. T'as intégré ça dans tes estimations ?

— … À bonne rétention calorique. Pour l'eau, ce n'est pas un problème, la boue, plus loin, prouve que de l'eau de fonte ou de stillation doit ruisseler, au bas du glacier.

— Le glacier… Et lui qui balance ça naturellement, « le glacier », comme si c'était normal. Moi, les glaciers, je les ai vus que les rares fois où je suis allé à la mer en été.

Michel se redresse, le nez pointé vers le boyau.

— C'est peut-être une expérience scientifique. Ou un jeu de télé-réalité. Le truc avec les secrets, vous savez ? J'aime bien regarder ça à la télé. Des participants qu'on enferme, et qui possèdent tous un secret.

Michel a la voix cassée, à force d'avoir crié. Farid ne rate pas le coche :

— Et le tien, c'est quoi, mec ? Menteur, voleur ou tueur ?

Sans relever, Michel observe avec attention la surface chaotique, au-dessus de nos têtes.

— Peut-être qu'ils ont caché des caméras à ultrarouge derrière ces stalagmites, là-haut, et qu'ils nous étudient. On est peut-être les objets d'une expérience scientifique.

— Stalactites, on dit. Ultrarouge, t'as vu ça dans quel dictionnaire ? Et tu crois qu'un guignol en blouse va débarquer bientôt pour nous ramener chez nous, c'est ça ? Maintenant, si tu pouvais arrêter de te plaindre, ça nous aiderait à réfléchir.

J'ôte la bouteille d'acétylène et je la sangle dans le dos de Michel. Puis je lui tends le casque. Il ne réussit pas à l'enfiler.

— Vous allez ausculter la galerie. Farid et moi, on se tiendra au niveau de la ligne rouge. Surtout, surtout, faites très attention à ne pas percer le tuyau d'alimentation en gaz. Cette lampe fonctionne sur le même principe qu'un briquet. Pas de mouvement trop brusque de la tête, sinon la flamme s'éteint. Dans ce cas, vous tournez la pierre, derrière le réflecteur, et elle se rallumera. Vous pouvez aussi régler sa puissance en manipulant le robinet de gaz. Bien compris ?

Il faut un délai avant qu'il réponde.

— D'accord. Mais je ne ferai pas plus de trente pas. Je vous rappelle que...

— On sait déjà, le coupe Farid. Boum.

Nous nous approchons de la zone limite. Bien que l'entrave de Farid soit plus courte, nous parvenons tous deux à la ligne rouge. J'avise Michel une dernière fois.

— Sans lumière, nous sommes morts, bien compris ? Cette lampe, c'est notre seul et unique radeau de survie. Ne déconnez pas.

Il acquiesce. Les nuages de nos respirations glissent entre nous. Je constate l'apparition d'infimes gouttelettes, sur le casque et nos blousons.

— Un… Deux… Trois…

En comptant, Michel s'éloigne seul.

— On dirait Forrest Gump, ce type, murmure Farid. Ce n'est pas une lumière.

Je distingue le souffle d'ambre, nécessaire à toute vie organique, je devine les coins perdus que le réflecteur abreuve de son feu. Mes doigts se rétractent sur le tissu de mon pantalon. Je me retourne, vois notre tente s'effacer au fur et à mesure que Michel s'éloigne. C'est à ce moment que les bruits s'amplifient. Les gouttes s'écrasent, dégageant différentes fréquences sonores. C'est comme si l'on tapait doucement sur un xylophone.

— On t'a enlevé pendant ton sommeil ? je demande.

— Ouais… Je dors chez ma mère, je sais pas comment on a réussi à entrer dans la maison. Je me suis réveillé ici. Personne, parmi ceux que je connais, aurait pu faire un truc pareil. Ça peut être qu'un psychopathe, un taré. J'espère qu'il a rien fait à ma famille parce que je le tuerai.

La famille… Françoise est à l'hôpital, elle ne craint rien. Ma fille Claire se trouve en Turquie pour encore quinze jours, à voyager et faire des moulages en latex pour le cinéma. Ma mère termine sa vie en maison de retraite et mon père est mort. Farid parle plus bas :

— T'entends ces bruits ? L'eau, l'air ? On dirait que ce putain de gouffre chante.

Il a raison, bon Dieu !

— Et puis, ça fait tellement drôle, tout ce noir. T'es déjà descendu dans une mine ? J'ai pu visiter la dernière d'entre elles, là-haut dans le Nord, avant la fermeture. Là-dedans, il faisait aussi noir mais, au moins, on sentait la vie, la présence de l'homme. Puis mon grand-père, il a raconté qu'il y avait les bruits des pioches aussi, les voix des mineurs, des toux, qui te rappelaient qu'en haut, malgré l'horreur du travail, il y avait un lendemain. Mais ici, il est où le lendemain, hein ?

Il est où le lendemain ?… Je pense alors à Françoise, et n'ose pas imaginer à quel point elle est inquiète, à l'heure qu'il est. Elle a dû abandonner des tonnes de messages sur mon téléphone portable. Nous sommes, je pense, mercredi. Je devrais, en ce moment même, rencontrer enfin le donneur de moelle osseuse, avec elle. Celui que nous attendions, depuis presque deux ans et qui, dans quelques jours, offrira la vie à ma femme. On a tant de projets, avec Françoise. Dans son implacable cruauté, sa leucémie nous a ouvert les yeux.

Dans un grognement, je tire sur ma chaîne, je recule, la claque au sol.

— Oh ! Papy ! Pas le moment de péter un câble, on a besoin de toi. Rapproche-toi, si tu veux pas que l'autre sac de boulons parte en miettes.

Je le saisis par le col.

— Ne m'appelle plus jamais papy, d'accord ?

Il ne sait pas qui je suis, il ignore qu'à seize ans, je grimpais déjà le long d'une cascade à mains nues, sans matériel, alors que lui devait traîner dans les rues. Je le repousse vers l'arrière. Là, maintenant, un sentiment épouvantable m'assaille. J'ai la brutale certitude que la lettre ne ment pas, qu'on ne viendra plus jamais nous chercher. *Vous allez tous mourir.* Nous sommes en plein hiver, sous terre, si profondément enterrés que nul insecte ne dévorera nos cadavres. J'en ai déjà rencontré, des situations désespérées, des instants où la Mort est proche au point qu'on en sent l'haleine fétide. Mais c'était il y a longtemps, si longtemps. J'ai une femme, une fille qui grandit et que j'aime. Je ne veux plus de tout ça, j'ai donné. On a beau dire, mais un bon alpiniste est un alpiniste en vie.

L'ultime pulsation du photophore, loin devant, s'éteint. La voix, le comptage, les pas… Plus rien. Juste les gouttes, le glissement de l'air, nos poumons qui sifflent.

— Michel, ça va ?

Ma voix bondit de loin en loin, avant de s'éteindre elle aussi. Michel aurait dû m'entendre et répondre. Je patiente quelques instants, et renouvelle mon appel.

— Michel ?

— Michel, putain !

Soudain, c'est la délivrance. Le pouls lumineux rampe de nouveau le long des parois. Je renforce ma prise autour du collier de Pok. Bien qu'il ne grogne pas, je le sens à l'affût. Farid retrouve sa verve.

— Ça t'arracherait la gueule de répondre quand on t'appelle, Deux de tension ?

La lampe continue à avancer, le halo grossit, nous lèche les chaussures.

— On est sauvés. Je crois qu'il y a plein de trucs de survie, là-dedans.

7

« L'aspect principal de ma tentative a été la rupture avec le monde extérieur, par conséquent la suppression de la cadence normale du temps, la succession des nuits et des jours, et plus l'absence de contacts sociaux. Ainsi vivant selon le rythme interne et ancestral de l'homme, j'ai voulu voir s'il se brisait ou non... »

Michel Siffre, Hors du temps *(1963)*

Deux oranges, deux bouteilles de vodka, deux paquets de gauloises, un briquet, une casserole, deux assiettes, deux fourchettes en plastique, deux gobelets transparents, cinq petites bouteilles de propane, et un réchaud Coleman avec un raccord.

Triste bilan des trois allers et retours de Michel vers la galerie. Farid s'est jeté sur les clopes, il a peiné à ouvrir le paquet, tant ses doigts tremblaient. Il tire à présent sur sa cigarette avec gourmandise. Je fixe Michel :

— C'est ça que vous appelez plein de trucs de survie ? Vous êtes sûr qu'il n'y a rien d'autre ?

— Pas au bord, en tout cas. Mais il y a un virage, je n'ai pas regardé derrière. Je vais aller y jeter un œil. Mais je voulais vous faire profiter de ce… de ces choses-là.

Je hoche le menton vers Farid.

— Curieux, pour les gauloises… C'est pas la marque que tu as demandée dans la tente ?

Après l'euphorie des premières bouffées, Farid se remet à grogner :

— Et alors ?

— Comment notre tortionnaire pouvait être au courant ?

— Qu'est-ce que j'en sais ? Moi, ce que j'ai remarqué, c'est que tout est par deux. Qui est de trop, ici, à ton avis ? Toi, le montagnard, lui, le deux de tension, ou moi, l'Arabe ? On le forme, le trio de choc.

Pokhara renifle furtivement chacun des objets, tandis que Michel secoue l'une des bouteilles de propane.

— Il y en a cinq, bien pleines. Ça veut dire qu'on va rester ici longtemps. C'est bien ça que ça veut dire ?

Je prends l'objet entre mes mains et l'étudie attentivement.

— C'est une belle réserve en effet. Une bouteille de ce type, c'est deux heures à plein régime, et huit à neuf heures à bas débit. Il y a de quoi tenir plusieurs jours, voire des semaines si on s'y prend bien.

— Tant de gaz, et il n'y a rien à cuire. Alors, à quoi ça sert ?

Sa question est stupide, mais elle reste sans réponse. Il repart vers la galerie, les épaules voûtées. Deux minutes s'écoulent. Et soudain, il revient en courant, à bout de souffle. On dirait qu'il a le diable aux trousses, il tombe, se relève, court à nouveau. Il s'arrête devant nous, lâche le casque à ses pieds et s'escrime sur sa face de boulons. Il en hurle de rage.

— Pourquoi ? Pourquoi !

En se redressant tout à coup, il tend le tuyau de la réserve d'acétylène, qui tire sur le casque et le propulse sur le côté sans que la flamme s'éteigne. Je force sur ma chaîne, en colère.

— Oh ! Faites gaffe avec notre lumière ! Bon sang !

Il ne m'écoute pas. Il va, vient, nerveux.

— Racontez-nous. Qu'est-ce qu'il y a là-dedans ?

— Quelqu'un… Il y a quelqu'un, derrière le virage.

Farid et moi, on se regarde. Je sens l'ombre d'un espoir me prendre aux tripes.

— Me dites pas qu'il est enchaîné, lui aussi.

Il secoue la tête.

— Non, non… Pas enchaîné… Il… Il est mort.

Michel se met sur la défensive.

— Quel flingue ?

Farid relâche la tête figée, qui vient heurter le sol dans un drôle de bruit creux.

— Quel flingue, quel flingue… Celui que t'as trouvé à proximité du macchabée. Mate sa main droite. (Il la touche et porte le bout de ses doigts à son nez.) De la poudre. On ne l'a pas tué, il s'est fait sauter lui-même le buffet. Et donc, il y a forcément un feu quelque part. Allez, donne ça. Je préfère pas le savoir entre tes grosses mains de débile.

Michel a encore reculé en secouant sa tête métallique, et est passé de l'autre côté de la ligne rouge. Hors de portée.

— Non. Je le garde. Et je ne suis pas débile.

Farid et moi, on échange un regard. J'abandonne Pok à sa place et m'approche de la frontière.

— Donnez-nous les détails de votre découverte dans la galerie.

Michel met du temps à répondre. Il paraît de plus en plus méfiant et se recule encore. Il a très bien assimilé le rôle de cette ligne, qui fait de Farid et moi des lions en cage et de lui, un électron libre.

— L'homme était assis contre la roche, nu, la tête explosée. Il… il tenait un revolver dans la main droite. Ses doigts étaient encore crispés autour. Quand j'ai tiré le corps, j'ai vu des restes de balle, sur la paroi. Elle avait éclaté en un tas de morceaux brillants.

Il sort le revolver de la poche arrière de son pantalon. Farid siffle et y va de sa science :

— MR73. L'ancienne arme des flics. Difficile de se rater, avec un joujou pareil. T'as ouvert le barillet, pour voir ?

MR73, barillet, poudre sur les mains… Farid en connaît un rayon.

— Le barillet ? (Un silence.) Non, pas encore.

— Fais-le alors. Qu'est-ce que t'attends ?

— Je… Je ne sais pas comment on…

— Donne, je vais te montrer.

Michel ne bouge pas, ôte ses gants et, après quelques manipulations, parvient à déverrouiller. Il secoue l'arme de haut en bas et nous montre la paume de sa main.

— Il reste une balle.

9

« Ce qui est excitant, en haute altitude, c'est qu'on doit aller vite. Tu ne peux pas rester longtemps au-dessus de 7 000 mètres. La fourchette est étroite. Cela a un côté "Grand Bleu", ou plus exactement, c'est une partie d'échecs. Tu rassembles tes forces, tu pousses tes pions. Tu prends la meilleure position possible. Mais tu sais aussi qu'à la moindre erreur ou distraction, que si la montagne te sort un coup imprévu, la partie est perdue. »

Interview de Jean-Christophe Lafaille en 2003,
pour Extérieur, *magazine auquel Jonathan Touvier*
est resté abonné après sa démission

L'objet de mort que tient Michel luit sous la lumière de la lampe frontale.

— « Qui sera le tueur ? » dit Farid. On dirait que ça prend un sens, non ? Je veux dire : on possède maintenant un revolver, une balle. Ça nous transforme en tueurs potentiels.

J'observe le mort et demeure perplexe, je n'y comprends rien. Aussi loin que remontent mes souvenirs, je n'ai jamais vu cet individu. Je ne connais personne de suffisamment taré pour organiser un stratagème pareil. Depuis que j'ai appris la leucémie de Françoise, je n'existe plus, je ne vis que dans la transparence d'un lit d'hôpital. Farid s'approche du type refroidi, ou du moins de ce qu'il en reste, et lui fourre un gros coup de pied dans le flanc. Puis deux, puis trois… Je me précipite sur lui et le ceinture par-derrière.

— Oh ! Arrête ! Qu'est-ce qui te prend ?

Il se débat encore. Une véritable boule de nerfs. Pok se manifeste en retroussant les babines.

— C'est lui, l'espèce d'enfoiré qui nous a enfermés ici !

— On n'en sait rien. Fiche-lui la paix.

Michel y va de sa réflexion, toujours aussi calme et figé.

— Ce que je ne comprends pas, moi, c'est pourquoi il est tout nu.

Farid pointe la tente, que l'on distingue à peine.

— Fais travailler tes neurones deux, trois minutes. Ce type nous dépose là où personne viendra nous rechercher. Il prend garde à ce que nous ne puissions pas remonter par nous-mêmes en nous enchaînant. Puis il se fout à poil et il jette tout au fond du puits. Tu sais pourquoi ? Parce que ce vicelard, il se doutait qu'on pourrait récupérer ses fringues, ses papiers, qu'est-ce que j'en sais ? Et il veut pas nous les laisser. Même pas son slip, rien. Pervers jusque dans l'au-delà.

Il se tourne vers moi.

— Lis-moi la fin de la lettre deux secondes.

Je sors le papier et le lui tends.

— Tiens…

— Non, lis, toi.

— Tu ne sais pas lire, c'est ça ?

Un silence trop long.

— Je sais lire. Je vois mal de près, c'est tout. Ce con a pensé à tout, sauf à ramener mes lunettes.

Il a une tendance accrue au mensonge, ça ne me plaît pas. Je m'exécute, Farid s'approche.

— *« Personne ne sait où vous vous trouvez sauf moi, mais je ne pense pas vous être d'un secours quelconque, là où je suis. Et croyez-moi, on ne vous retrouvera jamais. Comprenez bien que vous allez tous mourir. Le tout est de savoir combien de temps vous tiendrez. Et pourquoi. »*

Je replie la lettre et la glisse dans ma poche. Farid parle sur un ton agressif :

— Si avec tout ça, c'est pas encore clair pour vous. *« Je ne pense pas vous être d'un secours quelconque, là où je suis. »* Ça veut bien dire ce que ça veut dire. Il est mort, et il attend qu'on crève aussi.

Je dois admettre la clarté de son raisonnement, il est loin d'être bête, ce môme. La logique indique le suicide, les observations aussi. Une lettre d'instructions, le type reclus au fond de sa tanière pour se donner la mort, et la poudre à canon sur la main droite. J'annonce tout de même :

— Et le deuxième homme ? Celui qui l'a aidé à nous descendre ici. Où est-il ?

Inconsciemment, Michel s'est rapproché de nous. Il a abandonné au sol le revolver et la balle, à un bon mètre, de l'autre côté de la ligne rouge.

— Un deuxième homme ?

— Oui. Je ne pense pas qu'il ait pu agir seul. Pendant mes randonnées touristiques, j'ai déjà porté un ou deux clients qui avaient une cheville foulée. On ne tient pas longtemps, seul, avec un poids mort sur les épaules. Cet homme, on a très bien pu l'amener ici, mort ou vif. Et simuler ensuite un suicide.

Farid porte ses doigts à sa bouche et se rallume une cigarette. Il n'en propose à personne.

— Simuler un suicide, d'accord, d'accord. Au cas où les flics débarqueraient, c'est ça ? Tu m'expliques l'utilité de maquiller un crime en suicide ici ? Il n'y a pas de deuxième homme. D'une manière ou d'une autre, ce mec est parvenu à nous descendre, sûrement par le chemin où Michel l'a trouvé. Et maintenant qu'il est mort, plus personne ne nous sait ici.

Pokhara a échappé à ma vigilance et le renifle, louvoyant autour.

— Pok ! Ici !

Il ne m'obéit pas, c'est inhabituel. Je renouvelle l'ordre, sans succès. Je me précipite, l'attrape par la croupe et lui écrase la gueule au sol. Je le fixe, les yeux dans les yeux, et serre jusqu'à l'entendre couiner.

— Tu vas m'obéir ?

Farid ricane.

— L'appel de la chair, la loi de la viande, nomme ça comme tu veux. Ça surpasse tout ce que tu as pu lui apprendre. Ton animal, il ressemble plus à un loup qu'à un chien. Combien de temps tu crois qu'il va tenir, avec un tel morceau de choix sous le nez ?

Je préfère ne pas y penser. En observant à nouveau le cadavre recroquevillé, mon regard accroche soudain la main gauche. Avec une grimace, je me penche et la soulève.

— Lui aussi, il possédait une alliance, il y a encore la marque d'un anneau. Vous allez croire que je le fais exprès, mais s'il s'était vraiment suicidé, pourquoi il l'aurait enlevée, son alliance ?

Farid ausculte une dernière fois la dépouille, tandis que Michel reste sans réaction. Le jeune presse les mâchoires mortes, démantibulées.

— Tu t'en poses, des questions… Moi, je vois surtout des dents soignées. Enfin, ce qu'il en reste. Des ongles un peu sales, mais vous voyez, c'est bien coupé, au final. Même les pieds. Il se rase le torse, les jambes… Sans doute un sportif. Joli tatouage. Un aigle, c'est la force, non ? Ce gars, il prenait soin de lui.

Il se redresse.

— Jusqu'à ce qu'il se flingue pour une raison qu'il nous reste à découvrir… Et maintenant, on fait quoi ?

Michel descend la fermeture de sa veste-duvet et en sort quelque chose.

— Et si on ouvrait ça ? Il l'avait entre les jambes.

Il tient une grosse enveloppe marron. Je serre les dents.

— Pourquoi vous nous le dites que maintenant ?

— J'ai oublié, c'est tout. Vous croyez que je me retrouve en face d'un macchabée tous les jours ? Je vois des cochons morts, oui, mais les cochons, c'est pas pareil. Des cochons, ça reste des animaux.

Je lui arrache l'enveloppe des mains.

— Essayez de vous rappeler, la prochaine fois.

À mains nues, je tire sur le papier, puis écarte les rebords de l'enveloppe. Si Farid pouvait plonger à l'intérieur, il le ferait. Il est littéralement collé contre moi.

— Alors ?

Je relève des yeux inquiets.

— Des photos. Trois agrandissements, pour être plus précis. J'ai l'impression qu'il y en a un pour chacun d'entre nous.

10

« C'est peut-être cela l'objet de l'escalade : si quelque chose se passe mal, ce sera un combat vital. Les mieux entraînés survivront ; pour les autres, la nature réclamera son dû. »

Moments de doute *(1986), de David Roberts*

Nous sommes tous trois agglutinés dans le même mètre carré, au bord de la ligne rouge. L'arme est au sol, de l'autre côté, inaccessible pour Farid et moi. J'ai demandé à Michel de placer la lampe au centre de notre cercle de vie. Je sors les agrandissements de l'enveloppe, du 20 x 30. La première photo ne me dit rien du tout, mais touche Michel en plein cœur. Brusquement, sa poitrine tressaute, il porte une main sur son masque. Depuis le début, je le sens à la limite, mais cette fois, nul doute qu'il craque. Il s'en retourne dans un coin, la photo plaquée contre le torse, et se renfrogne. Farid hausse les épaules, l'air goguenard.

J'ai peur d'affronter le deuxième cliché. Je saisis du bout des doigts le rectangle de papier glacé. Tout s'assombrit autour lorsque je vois ce qu'il représente. L'émotion me submerge, je lâche l'enveloppe, recule, abasourdi, anéanti. Les larmes me prennent aux tripes mais je ne chiale pas. Pas devant eux.

L'image, entre mes moufles, représente une photo récente de ma fille Claire. Prise devant une boutique décorée pour Noël, dans une rue d'Annecy. Derrière la photo est inscrit : « Devine ce que je lui ai fait. »

Je porte les mains à mon crâne. Non, ce n'est pas possible. Avec Claire, on a encore discuté par mails, il y a quelques jours. Elle me parlait de la Turquie, de sa formation à l'école de cinéma… Elle disait que… que tout se passait bien, et qu'elle me donnerait d'autres nouvelles bientôt.

Tout tourne soudain autour de moi. Je réalise que, depuis le début peut-être, quelqu'un d'autre a utilisé son ordinateur. Quelqu'un qui s'est joué de moi, qui a tissé sa toile, peu à peu. Il a dû falloir tellement de préparation, de motivation pour mettre au point un stratagème pareil. Mais pourquoi ? Pourquoi ? Au bord des larmes, je me précipite vers Farid.

— Et toi ?

Au fond de moi-même, là, maintenant, je souhaite que lui aussi souffre, qu'il partage ma douleur. Je veux comprendre pourquoi ils sont là, tous les deux. Je veux sortir d'ici et retrouver ma famille. Farid lâche sa photo, elle tombe sur l'enveloppe. Je la ramasse, les doigts tremblants. La scène montre l'intérieur d'un coffre ouvert de fourgonnette. On distingue une couverture bleue posée sur une forme volumineuse, ainsi qu'une grosse tronçonneuse. Cette forme, on dirait une silhouette. Farid serre les lèvres.

— J'ai rien à voir avec cette photo. Elle me concerne pas, reprends-la.

Je me jette sur lui et lui serre la gorge. Nos corps roulent au sol.

— Qu'est-ce que tu as fait ! Qui est sous la couverture ?

Farid se débat, il n'arrive plus à parler. Deux mains puissantes me décollent de terre et me propulsent sur le côté. Michel est penché au-dessus de moi.

— Arrêtez de faire ça. C'est pas bien.

Je me redresse, un peu sonné. Michel a une force titanesque. En courant, je m'éloigne et m'adresse à la cheminée, juste au-dessus.

— Qu'attends-tu de nous, salopard ! Laisse-nous sortir !

Je tourne en rond, les mains au crâne. Des images m'assaillent, dans ma tête j'entends Claire hurler, j'imagine sa frayeur face à un kidnappeur, un type qui aurait un bas sur la tête et qui la maltraiterait. Où est-elle ? Est-elle encore en vie ? Et si on l'avait enfermée dans un autre gouffre ? Si on lui avait fait mal ? Je pense aussi à ma femme, à sa détresse. Tout s'embrouille, je ne vois plus très clair et retourne vers Farid. Par chance pour lui, Michel fait barrage. Je pointe le beur d'un doigt menaçant.

— Dis-moi qui est sous la couverture ! Pourquoi il y a une tronçonneuse ? Qu'est-ce que t'as fait à ma fille ?

— Rien du tout. T'es complètement taré.

Hors de moi, je me recule et ramasse la photo de Michel. Elle représente une boutique, une petite bijouterie, je crois. Un homme et une femme en sortent. L'homme a la corpulence de Michel. Un grand brun, aux yeux noirs, au visage anguleux. Une inscription identique à la mienne se trouve au dos du cliché. « Devine ce que je lui ai fait. » Michel reste droit, ses deux poings se serrent alors. D'un coup, il franchit la ligne, va s'emparer du flingue, met la balle dans le barillet, passe à nouveau la frontière et court vers le cadavre. Il tend le canon dans sa direction et tire. Une fois, deux fois. Le coup ne part pas, le barillet tourne. Farid se jette sur lui et lui écrase le poignet contre le sol.

— Arrête ! Arrête ! Tu vas gâcher notre seule balle !

Les doigts lâchent l'arme, Michel reste là, à quatre pattes, immobile et haletant. D'un geste vif, Farid récupère le revolver et se relève. Il me fixe longuement, le flingue entre les mains. Je le défie du regard.

— Quoi, tu veux tirer ?

Il secoue au final la tête, ouvre le barillet et en extrait la balle, qu'il met dans sa poche.

— Faut te calmer, d'accord, l'ami ? Je sais que c'est dur. Mais c'est dur pour tout le monde.

Il a glissé l'arme à l'arrière de son pantalon et il souffle encore dans ses mains en grimaçant. Dans la lumière, Michel revient enfin vers moi, s'agenouille et pose les trois photos au sol, l'une à côté de l'autre. Son masque semble me fixer dans les yeux.

— Votre fille, c'est ça ? il me demande.

J'acquiesce en silence, les mâchoires serrées. Farid a fini par se rapprocher. Michel désigne sa photo et se met à expliquer :

— C'est moi et ma femme, Émilie...

Ces deux individus, je ne les ai jamais vus, je ne les connais pas. Farid s'avance encore un peu et ne réagit pas non plus. Michel pointe son doigt sur la femme.

— Elle voulait me faire plaisir avant l'heure, pour mon anniversaire. Elle fait toujours ça, elle n'a jamais su attendre. Son cadeau, c'était un bijou, un *C* en or, avec deux améthystes à chaque extrémité. C, comme Cédric, notre fils unique. Il… Il est décédé il y a trois ans. Une fichue maladie…

Il y a un silence qui nous fait mal, à tous.

— Le bijou qu'elle m'a offert a été fabriqué par un artisan à cette seule occasion. Et… je me rappelle, il était numéroté à l'arrière en tout petit.

Mon cœur s'accélère.

— Numéroté ? Laissez-moi deviner : six chiffres comme le cadenas du coffre ?

— Bien possible. Mais je serais incapable de vous dire lesquels. Je n'ai pas fait attention.

Je serre les mâchoires.

— C'est pour ça que notre bourreau a pris votre montre.

Il porte ses mains à son casque.

— Ce n'était pas une montre. C'était une boucle d'oreille.

Farid se met à faire des allers et retours en grognant et insultant le cadavre. J'ausculte ce fichu casque. Les oreilles sont inaccessibles, dissimulées derrière d'épaisses plaques de métal. Michel se tourne vers le macchabée et le pointe du doigt.

— Il a peut-être récupéré le numéro du bijou pour en faire le code de son cadenas. Il nous a suivis, ma femme, moi. Je ne sais pas pourquoi il nous fait ça, pourquoi il joue avec nous de cette façon. Ça n'a aucun sens.

Il m'agrippe par le col.

— Qu'est-ce qu'il a fait à ma femme ?

Il se laisse choir, les deux mains au sol, puis regarde la troisième photo, celle du coffre ouvert. Il se tourne ensuite vers Farid.

— C'est toi qui dois parler maintenant.

Farid, sur la défensive, fait craquer ses doigts.

— Ouais, je connais cette fourgonnette, et alors ? C'est celle de mon frère, que je vois à tout casser une fois par mois. La tronçonneuse, elle est à lui, il coupe des arbres avec. Il habite la campagne, mon frère. Et le truc sous les couvertures, c'est sûrement un animal, mon frère est chasseur. Un sanglier, peut-être.

— Ça n'a pas la forme d'un sanglier, mais plutôt celle d'un corps humain.

— Tu dis ça parce que tu veux à tout prix que ce soit un corps humain… Pourquoi cette photo m'est adressée, j'en sais strictement rien. T'es content ? T'es plus avancé ?

— Il est chasseur ? je demande. Où ça ? Et que chasse-t-il ?

— J'en sais rien. Fous-moi la paix.

— Tu mens. Je sais que tu mens.

Farid tapote sur sa tempe.

— Rien à foutre que tu me croies ou pas.

— J'ai remarqué avec quel intérêt t'as observé le mort, quand Michel l'a ramené. Comme si tu t'attendais à quelqu'un de particulier.

— Et t'as pas fait pareil, toi ? C'est normal non ? La première chose que…

Après s'être redressé, Michel intervient :

— Bon, arrêtez ! Vous voyez bien que ça ne sert à rien de s'engueuler ? Faut juste dire la vérité si on veut s'en sortir. C'est si compliqué ?

— Dans ce cas, allons-y, dit Farid en me fixant, disons la vérité. Celui qui nous a fait ça, il a l'air de bien nous connaître, tous les trois. On dirait qu'il s'attaque aussi aux membres de notre famille, par l'intermédiaire des photos. Mon frère, ta fille, ta femme… Toi, l'alpiniste, t'es le seul d'entre nous à faire de l'escalade, à connaître cet environnement maudit. La tente, et tout. Tout ça, j'ai l'impression que c'est ta faute. T'aurais pas fait du mal à quelqu'un ? C'est quoi ta vie, au juste ?

— Ma vie n'a rien d'extraordinaire. Voilà presque dix-huit ans que je suis marié avec Françoise. Elle travaille à l'office du tourisme d'Annecy depuis tout ce temps. J'ai une famille tranquille, une existence transparente, et je n'ai fait de mal à personne. Moi aussi, je n'arrête pas de me demander quel genre de malade aurait pu faire une chose pareille, qu'est-ce que tu crois ?

Michel finit par nous abandonner, la photo contre lui. Très vite, sa silhouette s'évanouit dans les profondeurs. Après le zip de la fermeture Éclair, nous entendons de petits gloussements. Des pleurs.

Farid s'apprête à le rejoindre, mais je l'attrape par la manche du blouson.

— Fous-lui la paix. Je crois qu'il a besoin d'être seul.

Le beur resserre les lacets de sa capuche autour de sa tête.

— T'as raison. On en a tous besoin. (Un silence.) Tu t'es pas trompé, je sais pas lire. J'ai un truc, ça s'appelle l'alexie. Une case de mon cerveau qui tourne pas rond. Dans mon cas, c'est congénital. C'est comme avoir les yeux bleus alors qu'on est arabe, on n'y peut rien. Quand on a cette maladie et qu'en plus on est « étranger », ça aide pas beaucoup pour bien démarrer dans la vie, tu sais ? Voilà, t'es content maintenant ?

Il part vers l'origine de sa chaîne. Je reste là, avec la lampe, qui révèle l'âpreté de notre environnement. J'ignore ce qui va se passer, j'ignore jusqu'à quelles limites on veut nous pousser, mais je vivrai. Je vivrai aussi longtemps que mon organisme me le permettra. Je veux trouver celui qui menace ma famille et joue avec nos vies. Je veux comprendre.

Je roule ma photo, la glisse dans mon blouson, me retourne et cherche Pok. Je m'en doutais… Il traîne autour du cadavre, à l'affût. Je fonce sur lui et le saisis fermement par la fourrure. Il émet un grognement et marque une résistance. J'ai déjà été témoin, par le passé, de tels signes agressifs dans son comportement. Je la joue ferme, nos yeux se rencontrent et, très vite, Pok revêt de nouveau sa carapace de gros nounours. Il me lèche affectueusement la bouche. Un peu de tiédeur, ça me fait beaucoup de bien.

Mais j'ai vu, dans son regard. Et cet éclair froid me fait peur.

En m'éloignant, je me tourne une dernière fois vers le tas de chair morte, dubitatif. Doit-on le balancer dans le gouffre, essayer de l'enterrer au pied du glacier ? Ou alors, comme Farid, le rouer de coups pour les horreurs qu'il va nous contraindre à vivre ?

Pok, lui, ne se pose pas tant de questions. Je ne lui laisse pas deux jours avant qu'il retrouve ses instincts de chasseur, et se mette à le dévorer.

11

« Dès lors, il avait mécaniquement rampé vers l'entrée de la caverne, et ses frères et sœurs avaient agi comme lui. Pas une fois ils ne s'étaient dirigés vers les sombres retraits des autres parois. Tous ces petits corps potelés, pareils à autant de petites plantes, rampaient aveuglément vers le jour qui était pour eux une nécessité de l'existence, et tendaient à s'y accrocher comme les vrilles de la vigne au tuteur qui la soutient. »

Extrait de Croc-Blanc *(1906), de Jack London, l'un des livres préférés de Jonathan Touvier*

J'ai vraiment voulu mourir la première fois quand Max Beck, celui qui fut un temps mon meilleur ami, est décédé d'une chute. Puis voilà deux ans, à l'annonce de la leucémie de Françoise. Je crois qu'en dépit de ce qu'elle a été, du bonheur qu'elle m'a apporté, ma vie est une succession de naufrages. Et même si les plus belles histoires commencent toujours par des naufrages, comme disait Jack London, je suis intimement persuadé que les pires aussi.

Cette fois encore, nous essuyons un naufrage magistral. Tous trois, nous sommes assis sous la tente, autour des maigres éléments dont nous disposons. Les deux oranges sont grosses, pleines de jus, j'en suis sûr. J'en prends une et la caresse d'un geste gourmand. L'envie me prend de lui dessiner deux yeux, un nez, une bouche pour qu'elle me sourie, mais je n'ai même pas de stylo.

Dans notre nid, nul ne parle et n'en ressent l'envie. La toile oscille, comme si des mains invisibles la caressaient. Michel regarde ces mouvements ondulatoires avec son gros masque renfoncé entre ses épaules. Là-bas, dans le noir, le puits se met à chanter. On dirait des tuyaux d'orgue au fond d'une église, c'est effroyable. Puis il y a nos tubes digestifs aussi, qui font de drôles de bruits. Je crois que chacun d'entre nous bascule, en ce moment même, du côté où il se rend compte que, peut-être, personne ne viendra nous chercher.

Je distingue soudain une forme mouvante, dans un angle de la tente. Intrigué, je m'allonge perpendiculairement à mes *compagnons* et positionne mon gobelet en rempart. Une araignée, une vraie araignée s'y engage, je la piège en le refermant par-dessus. Il me semble qu'elle est marron, ou noire, avec une bande jaunâtre sur l'abdomen et des pattes d'une élégante finesse. Je suis étonné de constater que la vie existe aussi ici, que des espèces survivent, grâce à un incroyable phénomène d'adaptation.

— Super festin, fait Farid, sans entrain, redressé sur ses coudes.

— C'est bon signe. Il y a peut-être d'autres êtres vivants cachés tout autour de nous. Des insectes, des bestioles un peu plus grosses. Ça pourrait nous fournir une source de nourriture.

— Tu parles. Il n'y a que des rochers ici.

Je pousse mon gobelet transparent dans un coin.

— En tout cas, elle, elle existe. On va l'appeler *Bienvenue*. Et on va la sortir de cet endroit maudit, avec nous. On fait tout pour la garder en vie, d'accord ? Elle sera notre porte-bonheur. Tant qu'elle vivra, nous vivrons.

Je la regarde longuement. Michel, Farid, Pok, moi-même, et *Bienvenue* à présent. Notre famille souterraine s'agrandit, brassée d'horizons si différents. Farid, l'Arabe obscur aux iris d'océan. Michel, le colosse au cœur triste. *Bienvenue*, le petit être mystérieux. Pok, l'ancien traumatisé. Et moi, là-dedans…

Je reste là, sans bouger, et mon visage se ferme à nouveau. J'ai déjà vécu, dans des endroits inhospitaliers où *Extérieur* m'envoyait, ces situations où tout s'accélère. J'y ai vu des types forts comme dix bœufs sombrer sous une toux carabinée en moins de cinq minutes, d'autres ruisseler de sang par le nez et délirer alors qu'un quart d'heure plus tôt, ils plaisantaient au son d'une radio qui captait à peine. On peut mourir. N'importe quand. N'importe comment. Vite, ou dans de longues souffrances.

L'œil vide, je détaille ce matériel primaire dont nous disposons, ainsi que nos ridicules réserves de nourriture. En temps normal, nous pourrions tenir vingt, même trente jours sans manger, en nous hydratant correctement. Mais avec ce froid et cette humidité, tout est multiplié par cinq. Très vite, nous nous affaiblirons, et…

Je m'empare de la casserole et m'arrache de terre.

— Quelqu'un vient avec moi ? Je vais gratter de la glace.

Farid plante une cigarette entre ses lèvres qui, déjà, se craquellent.

— Tu laisses la lumière ici, d'accord ?

— En posant le casque entre la tente et le glacier, nous disposerons chacun d'un peu de clarté. Et fume dehors, s'il te plaît.

— Fumer dehors ? Elle est bonne, celle-là. T'as vu écrit resto, sur l'enseigne ?

Il allume et tire une longue taffe. C'est sa troisième ou quatrième cigarette. Ses doigts tremblent fort devant sa bouche. Il est mort de froid et cligne anormalement des yeux. Le manque de repères visuels, l'obscurité, l'humidité…

— Je reste ici. J'ai pas envie de gratter. Ça voudrait dire qu'on se résigne, qu'on admet qu'il a gagné.

— On se résigne si justement on ne fait rien.

Michel s'en mêle :

— Excusez-moi mais… à mon avis, on ne devrait rien faire, et attendre. Quelqu'un va venir nous chercher.

Il a posé sa photo à côté de la mienne. Alors que je sors, Farid me demande, derrière un nuage de fumée :

— Tu prends ton clébard avec toi, d'accord ?

Accompagné de Pok, je positionne la bouteille d'acétylène et le casque à cinq ou six mètres de la tente, le réflecteur vers le haut. Tandis que je m'éloigne, j'entends les voix humaines, dans notre abri. Pas vraiment des voix, mais des chuchotements. Je me doute qu'ils parlent de moi, se posent autant de questions que je m'en pose sur eux.

Je m'oriente à présent vers la vague géante et figée, d'un bleu sombre qui m'indique que les couleurs existent encore. Je déteste les glaciers, ils régurgitent les cadavres des alpinistes malheureux, les piègent de leurs crevasses, ils témoignent, avec une rage millénaire, que la nature est une tueuse d'hommes.

En frappant avec ma chaîne sur la façade gelée, je parviens à décrocher de la glace à peu près propre. De toute ma vie, je ne pensais plus jamais creuser dans la glace ou la neige. Ce gouffre est sans doute, sur cette planète, l'un des endroits les plus hostiles et pourtant, il nous offre l'élément essentiel à notre survie : l'eau. J'ai déjà vu les ravages de la déshydratation sur les organismes. On peut manquer de tout, mais certainement pas d'eau.

Après l'avoir brisée en menus morceaux, je plonge la glace dans la casserole et recommence. Je prends garde à ne pas trop mouiller mes gants car, à moins de les chauffer à la flamme, ils ne sécheront plus jamais et risquent à leur tour de geler.

Il me faut un bon quart d'heure de travail acharné pour récupérer, à vue de nez, deux litres de glace. Mes vêtements fument, l'effort consomme mon stock de calories et le restitue sous forme de chaleur. Se déplacer, travailler sont des actions qui dévorent cette si précieuse énergie. Sans nourriture, on risque tous trois de se vider comme des gourdes abandonnées au soleil.

Et voir, très vite, nos propres os nous vriller la chair.

12

« Il est des hommes que l'épreuve révèle et auxquels la difficulté sert de tremplin... »

Marcel Bleustein-Blanchet,
président de la Fondation de la Vocation

La tente se dresse là, elle m'attend. Elle est rouge comme du sang. Elle ne sert à rien, il y règne un froid aussi cru qu'à l'extérieur, mais cette tente, c'est l'écran qui limite le regard, aide à oublier l'hostilité de l'endroit, qui isole et rappelle, dans sa simplicité, la chaleur d'un foyer. Je me trouve à mi-chemin, quand j'entends ce que jamais je n'aurais cru possible dans un tel endroit : des chants d'oiseaux. De petits rubans de notes aiguës et enjouées. Je me souviens du mange-disque et du quarante-cinq tours, *les Oiseaux de votre jardin, 24 chants*. On nous a amené l'impossible dans ce trou. Comme avec cette musique accompagnant les travailleurs juifs d'Auschwitz, on nous signifie qu'un oiseau pourrait fuir cette grotte, pas nous.

Je me dis alors qu'il y a sans doute pire que mourir ici : c'est vivre ici.

Un brouhaha me paralyse soudain. Je lâche la casserole et, courbant le dos, porte mes mains à mon crâne. On dirait que des montagnes s'effondrent. Je suis recroquevillé, genoux au sol, quand l'enfer cesse aussi brusquement qu'il est arrivé. Je me redresse alors, tremblant de partout. Les deux autres prisonniers jaillissent hors de la tente. Pokhara s'est précipité entre mes jambes, la queue repliée. L'Arabe est sur les dents.

— C'était quoi, ce délire ?

Michel se tient juste derrière, son masque joue les girouettes. Quelque part, des roulements se font encore entendre. Des pierres ou des stalactites bondissent sur des obstacles, se perdent dans le ventre des profondeurs.

J'ai du mal à m'en remettre. Ce bruit, c'était comme une détonation, comme…

— Des… des éboulements. De la pierre, de la glace. Le gouffre est vivant, et il n'apprécie pas notre visite.

— Le gouffre, vivant ? Tu déconnes, là ?

Je ramasse le récipient, aux trois quarts vide. La glace renversée est devenue sale. Les sifflements des oiseaux se poursuivent, martèlent à mes oreilles « Liberté, liberté, qui est dans la cage, cette fois ? ». J'aurais presque envie de tout lâcher et d'aller fracasser cet ignoble mange-disque. Je regarde une dernière fois autour de moi, puis retourne d'un pas ferme vers le glacier.

— Il faut que je recommence. Restez à l'intérieur.

— Parce que tu crois que cette toile, elle va nous protéger de quelque chose ? T'as entendu comme moi, c'était pire qu'un tremblement de terre. On va se faire écrabouiller par ces maudites stalactites.

— Et arrêtez ce fichu disque !

Et donc, je recommence cette fastidieuse tâche. Tout en grattant, je ne peux m'empêcher de jauger ces essaims de stalactites. *Le gouffre est vivant...* Et si c'était vraiment le cas ? Et si cette matière, autour de nous, n'était que la gorge d'un gigantesque monstre organique ? Les gouttes représenteraient sa salive. Les stalactites, son palais. Le puits, sa gueule. Je serre les dents et regarde partout autour de moi. Les interminables parois d'encre... Les ombres qui jouent avec ma lampe... J'imagine aussi des forêts d'yeux, qui nous observent en silence.

Retour à la tente, notre fameux nid d'oiseaux. L'entrée du modeste logis noircit de nos empreintes boueuses, déjà. Sans discipline, sans hygiène, ce lieu risque de devenir très vite invivable, propice aux infections. Il va falloir imposer des règles strictes. Garder notre dignité d'humains, aussi longtemps que nous le pourrons. Avec soin, je range quatre des cinq recharges de propane le long de la toile, et dépose la dernière entre Michel et Farid. Je la relie au Coleman par le raccord en inox, les gestes d'antan me reviennent aussitôt. Les deux hommes, sur *leur* tapis, ont ouvert *leur* duvet et l'ont passé sur leurs épaules. D'un geste sec, j'éjecte le disque de son appareil.

— Oh ! Pourquoi tu fais ça, mec ?

— Pour l'instant, ne gâchons pas les piles du mange-disque.

— Qu'est-ce qu'on en a à foutre, des piles ? Tu veux te faire un collier avec ? Tu te prends pour le chef ou quoi ?

— Il en faut un.

Muni du briquet, j'essaie de manipuler le réchaud. Il manifeste une muette résistance mais, après plusieurs tentatives, prend enfin vie. La corolle bleutée fleurit dans un *plop* gourmand. Ce *plop* du gaz, c'est ma madeleine de Proust à moi, l'intarissable souvenir de mes douze années d'alpinisme, les cahiers d'*Extérieur* au fond de mon sac.

Farid et Michel font le même geste : tous deux s'allongent sur leur tapis et rapprochent leur visage du gaz brûlant. Une chaleur toute relative descend le long de ma colonne vertébrale, elle me fait du bien. Je place la casserole sur le feu. Michel ôte ses gants et fait danser ses huit doigts au-dessus de la flamme. Quant aux phalanges de Farid, elles sont très raides et d'une blancheur inquiétante. La base de ses ongles tourne au violet foncé. Je lui explique qu'il a intérêt à se masser régulièrement les extrémités pour faire circuler le sang. Il râle, comme toujours, se plaint de ne pas avoir de gants. Je crois que je vais lui prêter les miens, mais pas tout de suite. Ils sont trempés.

— Oh ! Ce que ça fait du bien…

Michel augmente le débit de gaz, je le laisse agir, je ne veux pas gâcher ce moment de plaisir, mais il faudra veiller à ne pas torpiller nos réserves. Ça sent l'eau tiède, ici tout a une odeur. Je dépose mes moufles au pied de la petite bouteille. À la maison, ma mère profitait toujours de la chaleur du four pour y poser les serviettes humides, le linge mouillé, et réchauffer un peu la cuisine.

Je regarde la photo de ma fille, longtemps et tristement, tandis que dans la casserole, la glace crépite, révèle un murmure agréable. Les gaz de nos lourdes respirations se mélangent, chacun peut sentir l'haleine vide de l'autre, percevoir les manifestations organiques voisines. Nos poumons, intestins, estomacs s'expriment eux aussi. Avec la pointe d'un couteau, je gratte doucement la peau de l'orange, elle va parfumer notre boisson. Se regrouper autour d'un feu, si modeste soit-il, est un langage universel qui ne demande aucun traducteur. Tous trois, à ce moment-là, nous sommes à l'unisson.

Soudain, une goutte tombe sur le tapis. On lève les yeux. De petites perles d'eau apparaissent sur la paroi intérieure de notre tente.

— Mince, j'avais oublié. C'est à cause de la chaleur. Ici, l'humidité avoisine les cent pour cent. L'air chaud généré par la flamme monte, touche la paroi froide de la tente et se transforme immédiatement en gouttelettes. Si nos vêtements et nos duvets sont trempés, on est morts.

L'ambiance est de nouveau plombée. Je suis contraint de baisser le débit de gaz.

— On ne peut pas continuer comme ça. D'ici quelques minutes, j'éteindrai. La prochaine fois, on fera ça dehors. Je suis désolé.

Farid soupire. Il approche ses mains un peu plus près de la flamme.

— C'est pas vrai… Notre seul bon moment depuis le début.

— Je sais. Tant qu'on en est aux réjouissances, nous devrons nous forcer à boire chacun quatre litres d'eau pour compenser le manque de nourriture, affronter l'humidité, assurer le fonctionnement des reins et rester en vie. Ça nous permettra également d'avoir l'estomac plein. Il nous faudra donc gratter et faire fondre douze litres de glace chaque jour, ça fait à peu près deux heures de travail. Je compte sur vous pour m'aider.

— Douze litres ?

— Oui, douze litres. Dernière règle : en entrant ici, chacun d'entre nous ôtera ses chaussures, question d'hygiène.

Farid se mordille les doigts.

— Tu parles comme si on allait rester longtemps ici.

— On n'a pas le choix. Et maintenant, il faut qu'on discute du cadavre. Il va falloir… faire quelque chose.

Mes yeux s'orientent vers Michel et l'interrogent. Il tourne et retourne ses mains devant lui en des gestes nerveux.

— Les rochers…

Sa voix est de plus en plus éteinte. Après tous les cris qu'il a poussés, je doute que ses cordes vocales s'en remettent facilement, vu l'âpreté de notre environnement. Farid retire ses chaussures et se masse les pieds en grimaçant.

— Quoi, les rochers ?

— Les rochers qui bouchent la caverne où j'ai trouvé le mort, eh bien, je vais tenter de les bouger. Il y en a contre lesquels je ne pourrai rien faire, c'est sûr, mais il y en a aussi plein de petits, au-dessus. Il suffirait de créer une brèche, et je suis certain qu'on pourrait ficher le camp d'ici. Parce que cet éboulement, il n'était pas naturel. (Il passe son pouce par-dessus son épaule.) C'est lui qui a fait ça, pour nous piéger ici. Et s'il l'a fait, c'est qu'il est arrivé de ce côté. Là-derrière, il y a la liberté. Nos femmes nous attendent, je le sais.

Devant moi, la boisson dégage une agréable odeur d'orange, la vieille casserole est brûlante, la flamme siffle sous le cuivre. Me servant du gant pour serrer le manche, je remplis les deux verres et les leur tend. Farid me regarde, sans un mot, et porte le gobelet à ses lèvres. Je le vois baisser les paupières sous la caresse de la vapeur. Notre sauna à nous, les quelques instants d'un bonheur déjà consumé. Michel boit son thé d'un trait, se lève et ramasse le casque ainsi que la bouteille d'acétylène.

— Il faut absolument que je m'occupe, j'ai déjà faim. Je vais dans la galerie.

Je lui tends l'appareil photo.

— Prenez une photo de ces éboulements, qu'on voie à quoi ça ressemble.

— Non, non. Ce serait du gâchis, il ne reste qu'une photo.

— Et alors ?

— Je ne tirerai pas de photo, compris ?

Pour la première fois depuis notre arrivée, il a méchamment haussé le ton, ce qui me surprend un peu. Je pose l'appareil sur le côté, un peu contrarié. Pourquoi refuse-t-il ? Qu'y a-t-il vraiment, dans la galerie ?

— Tu pars, mais sans la lampe, dit Farid.

Michel s'empare du casque et de la bouteille d'acétylène.

— Hors de question. Vous aurez la flamme du réchaud pour vous éclairer. Il suffit de la mettre devant la tente pour éviter les gouttes, la laisser tourner et…

Je prends son verre et le remplis de thé, tout en parlant :

— Et quoi ? Attendre que la recharge de gaz se vide ? Ce gaz ne doit servir qu'à faire fondre la glace et nous laver.

— Il y a quatre autres recharges.

— Qui pourraient nous sauver la vie plus tard.

— Pas sauver. Prolonger… Prolonger la vie. Et la prolonger pour quelle raison ? Pour qu'au final, on y passe tous ? Écoutez… Ce que je vais vous dire, ça risque de vous choquer, mais vous savez que je travaille dans un abattoir. Mon père aussi, il travaillait dans un abattoir, comme mon grand-père et d'autres encore. La viande, chez les Marquis, ça se transmet de génération en génération. On pense viande, on dort viande, on mange viande…

J'ai l'impression de voir Farid saliver. Quelque chose de douloureux monte dans ma propre gorge.

— … Alors, quand je me suis rendu compte qu'il n'y avait pas de nourriture, qu'on se trouvait dans un gigantesque congélateur naturel et qu'il y avait devant nous une carcasse aussi grande et lourde que la mienne, je crois que j'ai pensé à un truc inimaginable. Très brièvement, mais j'y ai pensé. Et ça m'a fait tout drôle, au fond du cœur.

À l'entrée de la tente où s'est allongé Pokhara, il se retourne vers nous :

— Quand on débite de la viande depuis des années, on se pose plein de questions curieuses sur tout. Et sur la nature humaine, en particulier.

Michel me pointe de sa grosse pince de crabe en nylon.

— Vous, vous êtes un dur, un montagnard, vous résisterez très longtemps sans manger, pas moi. J'ai déjà trop faim, vous avez vu ma corpulence ? Alors restez là si vous voulez, à gratter des oranges, mais moi, je vais aller bouger ces rochers.

Il sort. Farid et moi, on se regarde en silence. Tous les deux, on a compris. À entendre les paroles de Michel, j'ai aussitôt pensé aux rugbymen des Old Christians d'Uruguay, dont l'avion s'est crashé en pleine cordillère des Andes.

Ces types-là ont dévoré les morts pour survivre.

13

« La meilleure façon de résister à la tentation, c'est d'y céder. »

Oscar Wilde

J'ai placé le réchaud dehors, pour que nous ayons un peu de lumière. Je tends mes gants moins humides à Farid.

— Prends… Tes extrémités sont gelées.

— Non, ça va. Pas la peine.

— Pourquoi tu fais le dur ? Tu n'as pas besoin de te replier dans ta coquille, ici.

— Fous-moi la paix, j'ai dit. J'aime pas qu'on s'apitoie sur mon sort.

Je jette mes gants sur ses genoux.

— Des engelures sur les doigts, tu ne les sens pas arriver. On est à la bonne température pour que ça se produise. Et des engelures, ça se gangrène vite. Quand tu t'en aperçois, la plupart du temps, il faut couper.

Il écarquille les yeux puis finit par céder, tandis que j'observe mes propres mains, pensif. Je souris intérieurement devant la coupure, toute récente, à mon auriculaire. Tout de suite, je pense à ma Françoise. Je l'entends rire, si fort. Un rire qui me vrille les tympans. Je rejoins Pok, allongé tout près du réchaud.

— Tiens, mon chien…

L'animal plonge sa grande langue rose dans le récipient et renverse la moitié de l'eau tiède. Farid s'approche.

— C'est Michel qui va faire la gueule, s'il apprend que ton chien a bu dans son verre.

— Je n'abandonnerai jamais mon animal, je tiens plus à lui qu'à certains humains. Il faut que je le ramène à ma fille, ils ont grandi ensemble. Tu laisserais quelqu'un mourir devant toi ?

Farid inspire profondément. Je perçois déjà un sifflement dans ses poumons, différent de celui d'une respiration normale. J'espère qu'il s'agit juste de la cigarette. Il me demande, d'un ton plus doux :

— Toi et lui, vous avez une histoire, hein ? Ces blessures, sur tes poignets… J'en ai déjà vu de ce genre-là. Des morsures… C'est lui qui t'a amoché ?

— Pokhara est un chien extraordinaire. Dans sa jeunesse, il m'a donné du fil à retordre, mais ensuite, il est devenu un animal d'une gentillesse incroyable. On pouvait le laisser avec n'importe quel enfant, sans crainte, et tous les gosses du quartier jouaient avec. Voilà quatre ans, on a eu un problème…

Farid part dans la tente et ressort avec une cigarette qu'il renifle.

— Du genre ?

— Une nuit, ma femme et moi, on dormait à l'étage. Ma fille Claire était chez une copine. Des cambrioleurs sont entrés chez nous et ont tabassé mon chien à coups de barre en fer. Ils ont failli le tuer.

Farid se fige, puis détourne curieusement la tête. Je fronce les sourcils, le suivant du regard.

— Farid ? Qu'est-ce qu'il y a ?

Il me regarde à nouveau.

— Rien. Rien du tout.

— Tu es bien sûr ?

— Je te le dis !

Il me ment, j'en ai soudain la conviction. Mon anecdote avec le chien l'a fait réagir. Il tripote nerveusement sa clope et me demande :

— Et toi, t'étais où pendant qu'on le tabassait ?

— Tu as un rapport avec ce passage à tabac ?

— Un rapport ? Tu me prends pour qui ?

Je laisse planer un silence et le fixe dans les yeux. Qui est ce môme ? Que cache-t-il ? Fait-il partie de ceux qui sont entrés chez moi, cette nuit-là ? On ne les a jamais attrapés, on n'a jamais su qui ils étaient, ni pourquoi ils avaient fait ça. À l'époque, il n'y avait eu aucun cambriolage dans les maisons voisines. Non, j'avais été le seul visé.

— T'étais où pendant qu'on s'en prenait à ton chien ? il répète.

Je finis par lui répondre, mais il a semé un gros doute dans ma tête. Il prétend habiter le Nord. Que serait-il venu faire à Annecy, il y a quatre ans ?

— Je me suis enfermé dans ma chambre, auprès de ma femme, j'ai appelé la police. Je me suis dit que... À quoi bon risquer ma peau ? Ces gens-là, on ignore de quoi ils sont capables, je ne voulais pas mourir. Pas de cette façon.

Farid hausse les épaules et se retourne vers la nuit. Je cherche un moyen de le piéger, de le faire avouer, sans le trouver pour l'instant. Alors, je poursuis mes explications :

— Ce fameux soir, ces salopards de cambrioleurs, ils ont fini par prendre la fuite, ils n'avaient rien volé, en définitive. Quand je suis descendu, j'ai vu le désastre. À Pok, ils lui avaient cassé les mâchoires, une oreille, plusieurs côtes. Il est sourd du côté gauche.

Farid lui soulève délicatement l'oreille.

— Dans ce cas, on devrait l'appeler *N'a-qu'une-Oreille*...

Je fronce les sourcils.

— *N'a-qu'une-Oreille*... Tu connais Jack London sans savoir lire ?

— Ne pas savoir lire, ça a jamais empêché d'écouter et d'avoir une enfance, non ?

Je me demande si je ne deviens pas parano. Je ne veux pas avoir d'a priori sur Farid parce qu'il est arabe. Mon père était raciste et homophobe, mais moi, je ne suis pas comme lui. Pok se laisse faire, le poitrail bien droit, puis il mordille la manche du blouson de Farid.

— C'est bon signe, je lui dis en souriant. C'est qu'il t'adopte.

Farid retire sa main d'un geste vif.

— Je veux pas qu'il m'adopte.

Je m'accroupis devant mon chien, positionné les quatre fers en l'air pour recevoir des caresses sur le ventre. Farid cède à la tentation et le cajole tendrement. Ce gamin est plein d'affection mais, malgré tout, je crois à présent qu'il me cache quelque chose de grave. Est-il ce fameux menteur ? Ou alors, le voleur ? Je continue à parler, comme si de rien n'était.

— Il est passé sur le billard, le rétablissement a été très long. Après, il grognait dès que je l'approchais. Il ne me reconnaissait plus. On m'a conseillé de le faire piquer, parce qu'il ne serait plus jamais pareil qu'avant. Il serait…

Je me tais, l'émotion me submerge. J'ai déjà envisagé le terrible moment où Pok ne sera plus de ce monde. Cela me fera l'effet d'une amputation.

— Sauvage ?

Je lui montre ma main, puis une large cicatrice en forme de croissant. Il y en a d'autres, plus discrètes, sur mes bras et dans le creux du pouce. Farid se caresse le menton en fixant Pok avec tendresse.

— Comment tu l'as sauvé ?

— Je l'ai emmené dans un ancien centre de commandement de la Wehrmacht, un blockhaus abandonné en béton armé, sur trois étages, qui se trouve sur la propriété d'un ami. C'est en Lorraine, pas loin d'une base aérienne d'avions de chasse. J'y suis resté enfermé avec lui trois jours, coupé de tout, pour essayer de le sauver. On a mangé à deux, on a combattu, et on s'est finalement retrouvés.

Farid allume sa cigarette à l'aide de la flamme du réchaud.

— C'est parce que vous êtes si unis que notre bourreau vous a laissés ensemble. Il savait que, sans lui, t'es juste la moitié de toi-même. Il te voulait en pleine forme. Je suis sûr que la clé de notre enfermement, elle se cache dans ta tête.

— Et pourquoi pas dans la tienne ? Ce bourreau a l'air d'en connaître un rayon sur nous tous. Comme sur ta marque préférée de cigarettes.

Devant son silence, je hoche le menton vers le paquet.

— D'ailleurs, j'ai fumé des gauloises aussi, à l'armée. On a au moins ça en commun. Ça, et la couleur de nos yeux.

— Je voulais arrêter depuis longtemps. Ici, je vais pas avoir le choix. Un paquet vide, c'est un paquet vide.

— Tu m'en donnes une ?

Il hésite.

— Et toi, tu me donnes quoi en échange ?

— Je ne sais pas. Un peu de mon amitié ?

Avec un mince sourire, il me tend une cigarette qu'il allume. Je tousse un coup à ma première bouffée.

— Je n'en mourrai pas.

Cigarette aux lèvres, je ramasse le verre et le rince avec l'eau de la casserole.

— Je garderai ce verre pour mon chien et moi. Toi, tu partageras le tien avec Michel.

J'appuie le verre contre la roche et le raie.

— Tu penses que Michel va aboutir à quelque chose ? je lui demande.

— Franchement, je suis partagé. Il n'a pas l'air bien malin.

— Mais il a de la force. Et j'ai l'impression qu'il n'y a que lui qui puisse nous sortir d'ici. On va devoir lui faire confiance.

Le petit cercle rouge de sa cigarette danse dans le noir. Je tire une longue bouffée sur la mienne. La brûlure du tabac me réchauffe. Les minutes passent, terriblement longues. Je pose avec précaution ma cigarette, à demi fumée, dans un coin de la tente. Il faudra que je fabrique une poubelle, je ne veux pas souiller cet endroit. Je pose des questions à Farid sur sa famille, sa vie… C'est un jeune homme intéressant. Il se livre un peu, pas trop, je n'apprends pas grand-chose qui pourrait m'aider à comprendre notre situation. Un garçon du Nord, grands-parents émigrés pour travailler à la mine, difficultés financières, chômage, et cætera. Finalement, il lance un œil hermétique vers l'ailleurs.

— J'ai déjà trop faim. Qu'est-ce qu'on va devenir, ici ?

Pok a posé ses babines sur mes genoux. Là-bas, le puits émet une longue complainte. Farid regroupe ses genoux contre son torse.

— Je n'en sais rien, Farid, je n'en sais rien du tout. Mais il y a une chose que j'ai apprise en montagne : la tentation peut tuer. Alors ce cadavre, on a intérêt à le balancer vite fait dans la gueule de ce maudit puits. À l'entendre hurler, je crois que tout comme nous, il réclame son dû…

14

« Au bout de deux ou trois jours, à m'attendre ici, nul doute que tu vas commencer à imaginer toutes sortes de choses. Des choses pas forcément gaies. C'est toujours comme ça quand un déséquilibre se crée entre ce qui est normal, et ce qui ne l'est pas. Mais essaie de ne pas trop t'inquiéter. Je sais ce que je fais et de toute façon, si quelque chose arrive, tu ne peux strictement rien faire pour moi. »

*Joe Pinelli à Jonathan Touvier pour un numéro d'*Extérieur *spécial Karakoram, au camp de base du Broad Peak, qui culmine à 8 057 m. Pakistan, 1984*

En attendant le retour de Michel, Farid et moi, épaule contre épaule, avons tenté d'autopsier le coffre en faisant des combinaisons. Des nombres qui nous passaient par la tête. Dates de naissance, de mariage, de décès. Aucune des combinaisons n'a fonctionné, alors, on a calculé. En testant toutes les possibilités du cadenas, il faudrait environ un million de secondes, au pire du pire… Un million, ça donne, à la louche, onze jours de vingt-quatre heures, non-stop.

Onze jours à se relayer, à se rendre dingue, à s'user la peau et les yeux sur ces petites molettes. C'est une idée intéressante, mais puis-je seulement m'imaginer ici, dans une semaine, accroupi sur ce cadenas, l'estomac aussi creux et vide qu'une noix de coco fendue ?

Et s'il y avait les clés de nos cadenas, dans ce coffre ?

Et s'il n'y avait rien qu'une boule de plomb, dans ce coffre ?

Et s'il n'y avait pas de charge explosive sous le casque de Michel ?

Et si… Et si… Et si…

Farid a décidé de commencer par 000000 et s'est mis au travail, avec la volonté d'aller jusqu'à cinq mille. À deux cent douze, il arrêtait, les doigts bleus. J'ai pris le relais, pas longtemps. Mes yeux me brûlaient et larmoyaient bien trop. Malgré la présence du réchaud, j'étais sans cesse obligé de souffler sur mes phalanges pour les réchauffer. C'est sans espoir, nous n'y arriverons jamais de cette façon-là.

On s'est allongés sur les tapis, chacun de notre côté, et j'ai laissé le brûleur du réchaud souffler au ralenti, juste devant la tente. Pour le môme. Il s'est recroquevillé dans un duvet, tout habillé, la chaîne plaquée contre ses vêtements, puis il a marmonné des choses en arabe, avec *Allah* à l'intérieur. Il me tournait le dos et je l'ai regardé, longuement.

Michel revient enfin de la galerie avec la flamme du réflecteur bien allumée. De ce fait, j'éteins le réchaud. Le colosse ôte ses gants et observe ses mains. Il tire l'une des deux serviettes en éponge, en saisit le coin et l'introduit dans les cavités de son masque.

— Saleté, je n'arrive même pas à respirer correctement. Je crois qu'à cause de mes cris, mes cordes vocales sont enflammées. Ça me fait un mal fou dans la gorge.

Il dépose une pierre tranchante à ses côtés et fait rouler sa tête. Les os de sa colonne et de sa nuque craquent. Il s'empare de la casserole d'eau et d'un gobelet. Je tends le bras :

— Pas celui-là. Il est marqué sur le côté. Mon chien et moi, on boit dedans. Prenez celui de Farid.

Michel ne change pas de verre et boit comme un assoiffé. Il va falloir aller rechercher de la glace, encore, et encore. Une partie de l'eau ruisselle le long de son menton métallique. Il ôte ses chaussures, force dessus avec l'énergie d'un soldat blessé. Farid relève ses épais sourcils.

— C'est Hiroshima ? Mets tes pompes dehors, tu veux bien ? Et l'odeur aussi, si tu peux.

— Farid a raison. Je le répète, on doit à tout prix ôter nos chaussures avant d'entrer ici. Sinon, on risque de vivre dans l'insalubrité.

Indifférent à nos propos, Michel bâille, ses mâchoires craquent sous le métal. Il ouvre une bouteille de vodka et s'en verse une rasade, qu'il boit cul sec. Il semble ne respecter aucune règle, y compris celle du partage.

— Étrange, j'ai sommeil. Comment je peux ressentir l'envie de dormir dans des conditions pareilles ? Avec ce qui nous arrive ?

Il se traîne au fond de la tente, vers l'autre duvet. Je range la bouteille et la casserole qu'il a négligemment abandonnées au milieu de notre lieu de vie.

— Nous sommes sûrement en pleine nuit, je sens aussi la fatigue arriver. C'est amplifié par le manque de lumière et le froid. Ici, la notion de temps nous échappe. Et nous ne pourrons nous fier qu'à notre horloge biologique pour savoir.

— Vous croyez vraiment qu'on va devoir dormir ici ?

— À votre avis ? À moins que vous ne réussissiez à ouvrir une brèche très vite. Et quand ce sera le cas, il faudra trouver un moyen pour vous débarrasser de la charge explosive.

Je prends les chaussures fumantes de Michel et les pose à l'extérieur. L'une d'elles bascule. Sous la semelle, j'aperçois alors, coincé dans les rainures, un pépin d'orange. Je me tourne vers nos réserves. Les deux fruits sont toujours là, intacts. Michel semble remarquer quelque chose.

— Un problème ?

Je repose la chaussure dans un coin, les lèvres pincées.

— Pas de problème. Au fait, c'était comment, dans la grotte ?

— C'était comment ? C'est-à-dire ?

— Votre travail. Ces rochers que vous vouliez déplacer. D'ici, on n'a pas entendu grand-chose, à vrai dire.

Son casque s'oriente vers ses chaussures. Un long silence s'ensuit, avant qu'il réponde :

— Ça bouge. Mais un prisonnier creusant un tunnel à la cuillère irait plus vite. En fait, ce ne sont pas les petits rochers, le problème. Le souci, c'est l'épaisseur de l'éboulement. Tu bouges un petit rocher, et tu te trouves avec un mastodonte derrière. Mais le mastodonte, il y a moyen de le déplacer, à condition d'enlever d'autres rochers dessous. Tout ça, c'est une question d'équilibre et de pression.

Il ôte sa veste-duvet, incline le crâne et s'essuie dans la nuque. Je préfère ne pas parler de cette histoire de pépin pour le moment et reste dans le concret :

— Un conseil, ôtez vos habits. Au moins le blouson et le pull. Mieux vaut éviter d'attraper une maladie quelconque ou la crève. Et vous aurez plus chaud sans vos vêtements trempés. Croyez-moi. Toi aussi, Farid, tu devrais faire pareil. Ôte au moins le haut et mets-toi torse nu.

Ils s'exécutent en silence. Farid dévoile un torse menu, imberbe, aux côtes saillantes et aux muscles fins. Je m'attendais à des tatouages, des marques quelconques d'appartenance à un clan, il n'en présente aucun. J'ai sans doute une fausse image de ce qui se passe dehors, avec ces histoires de banlieues en flammes, de policiers et de professeurs agressés. La leucémie de Françoise m'a définitivement coupé de l'actualité. Le jeune beur baisse aussi son pantalon, en extrait la jambe gauche et pousse le vêtement jusqu'à son entrave. Il tremble comme un marteau-piqueur. En chemise, Michel s'approche de lui. Il sent le vieux bouc jusqu'ici.

— Tourne-toi. Je vais vérifier s'il n'y a pas d'émetteur, ou un truc dans le genre.

Farid replie ses deux bras sur son torse de caille. Il a remonté ses chaussettes jusqu'aux genoux. Michel s'empare du photophore et le déplace sur l'anatomie du jeune Arabe.

— Non, non, rien. Deux, trois vieilles cicatrices… Blessures de guerre ?

Farid disparaît sous son sac de couchage.

— Va… va te faire… foutre, il fait en claquant des dents.

Michel se tourne vers moi.

— À vous… Vous vous déshabillez, que je jette un œil ?

Ma gorge se serre. Depuis la mort de Max, mon compagnon de cordée, j'ai toujours redouté des moments pareils. J'ai souvent su les éviter.

— C'est inutile et ce serait trop simple. Le capteur doit être caché dans le système de fermeture de nos entraves.

— Ça fait deux fois que vous refusez de vous déshabiller.

— Essayez plutôt de dormir. Demain, on tentera de trouver des solutions.

— Des solutions, ouais.

Il s'éloigne et s'emmitoufle dans son duvet. Son masque de fer bute sur le sol, cet emprisonnement doit procurer une sensation horrible d'écrasement et d'asphyxie. Être incapable de se gratter une joue, de se frotter le nez, de se laver.

— J'ai réfléchi, alors que je creusais, dit-il. Demain, enfin, plus tard, je veux dire, je déplacerai le cadavre au fond de la caverne. Les policiers chercheront à connaître son identité quand ils descendront ici. Et moi, je veux aussi savoir qui il est.

— Non, je réplique immédiatement. Je refuse qu'il pourrisse ici, dans notre environnement vital. Avec l'humidité, le corps va très vite se dégrader. Il va gonfler, se décomposer, l'air deviendra irrespirable.

— Dans ce cas, je le recouvrirai de glace. Pourquoi le jeter ? Parce que vous l'avez décidé, grand chef ? Non. La mort, c'est mon affaire. Alors à partir de maintenant, ce cadavre, plus personne n'y touche, sauf moi. On va dire qu'il m'appartient.

15

« Il est évident que les alpinistes affrontent la violence de la nature, sa face la plus sombre pour se purger de quelque chose de profondément enfoui en eux. Quelque chose qui échappe à la compréhension et à la conscience. Mais malheureusement, la purge n'est jamais complète, alors il faut recommencer, encore, toujours. Au final, on devient encore plus malheureux. »

Notes personnelles de Jonathan Touvier, 2001

Ces écoulements échappés des stalactites m'inquiètent de plus en plus, ils n'étaient pas si nombreux à notre arrivée. On dirait que notre présence, si minime soit-elle, ces quelques watts de chaleur dégagés par nos organismes et le réchaud perturbent cette lente maturation des siècles. Ici, nous sommes des intrus.

Assis au bord de la tente, je ferme et ouvre les yeux, sans cesser. J'ignore à quel rythme le temps s'écoule, j'ai perdu toute notion d'heure. Nous sommes des êtres dépendants de la lumière, nous vivons avec le coucher et le lever du soleil. Mais quand il disparaît du ciel, que se passe-t-il ? Je baisse la lampe au débit minimum d'acétylène et l'oriente dans ma direction. Dans mes poches, je glisse aussi les deux, trois mégots qui traînent. Puis je grave dans la mousse du tapis de Michel deux traits verticaux. Je songe à Robinson Crusoé, qui s'était confectionné un calendrier en entaillant un morceau de bois. Sur son île, il pouvait lire la Bible, élever des chèvres et cultiver le blé. Rien ne lui manquait, si ce n'est la compagnie des hommes. Ici, on a les hommes, mais il manque tout le reste.

Robinson avait nommé son île *Désespoir*. Je décide officiellement d'appeler notre gouffre *Vérité*.

Sur le tapis, je termine mon « II ». Deuxième jour. Je vais tenter de tenir un calendrier en me calquant sur notre cycle de vie. Quand j'aurai sommeil, je dormirai. Et quand je me réveillerai, quand j'estimerai avoir assez récupéré, je considérerai qu'un jour est passé et je tracerai un trait.

Je sursaute, Michel et Farid aussi. Pour la deuxième fois, un éboulement réveille la nuit. C'est comme si le gouffre se comprimait, se refermait sur nous. Pok se met à grogner. Depuis son agression, les pétards, les claquements, il ne supporte plus. D'après les vétérinaires, les bruits violents pourraient faire ressurgir les traumatismes de son passage à tabac. Ce serait la fin de tout.

Michel, complètement ramassé en chien de fusil sous son duvet, chuchote :

— Cette balle, je sais pourquoi elle est restée dans le barillet. Oui, je le sais… Dès que l'un de nous trois sera à bout… Couic… Tu me la donneras, Farid, si j'en ai besoin ?

— C'est même moi qui appuierai sur la détente, si tu veux.

Farid s'est couché avec l'arme contre lui. La présence de cet engin de mort ne me rassure guère. Le cœur serré, je caresse le gobelet de *Bienvenue*, éteins la lampe et, appuyé tout contre Pok, pleure Claire en silence. *Devine ce que je lui ai fait*. Puis, je me transporte vers ma Françoise. Je pense au donneur de moelle. À ce que m'a raconté ma tendre moitié, il est grand et châtain. Pourquoi a-t-il éprouvé le besoin de donner une part de sa vie pour en sauver une autre ? D'une certaine façon, je me dis que tout n'est pas perdu là-haut, que dans la fourmilière du monde moderne, les gens bons, généreux existent encore. J'aurais tant aimé connaître cet homme.

Je dois absolument cesser de parler au conditionnel.

Voilà peut-être le plus difficile à supporter. Ne pas avoir de nouvelles, ne pas pouvoir en donner, et ne pas savoir. C'est dans l'absence que j'aime le plus ma femme, c'est dans le poids de ses mots grésillant à travers une vieille radio que je souffre du manque de lui avoir dit « je t'aime ».

Voilà, Michel ronfle, Farid n'en est pas loin, il respire fort et régulièrement.

— Jonathan…

C'est la première fois que le jeune Arabe m'appelle par mon prénom. Ça me fait à la fois drôle et chaud au cœur. Il va peut-être se confier. J'essaie d'empêcher ma voix de trembler.

— Oui ?

— Merci de ne pas réclamer le duvet… T'étais là avant moi. Il t'appartenait.

— De rien.

J'effleure les deux oranges.

— Eh, Farid. Je crois qu'il faut nous méfier de Michel. Il nous cache des choses.

— Pourquoi tu dis ça ?

— Méfie-toi de lui, c'est tout.

Plus rien. J'attends que Farid aussi embarque pour sa nuit, m'empare sans bruit du casque et de la bouteille de gaz, remonte, les dents serrées, la fermeture de la tente et m'éloigne, direction la ligne rouge. Je vais jeter le corps dans le puits.

Les maillons de mon entrave cliquettent, je m'immobilise, avant de repartir, plus lentement encore. Pok, à moitié endormi, remue à peine son museau. Au bout, des craquements résonnent, le glacier vit, il respire, sa glace travaille. Ma frontale absorbe des rubans de gouttelettes, l'humidité est si intense qu'elle flotte dans l'air, comme de petites mains d'enfants. J'ai en tête l'image d'Armstrong, bondissant dans sa mer de la Tranquillité. Et la joie immense de sa découverte.

Je me fige soudain, persuadé d'une présence dans mon dos. Je m'immobilise, me retourne, balaie large avec le faisceau lumineux. Personne. Je laisse mon cœur retrouver son rythme de croisière et continue à avancer. Je me dis que *Vérité* n'a jamais dû être visitée. Dans notre malheur, nous en sommes sûrement les premiers explorateurs.

Soudain, face à moi, je vois une traînée de sang qui traverse la ligne de peinture rouge. Le macchabée est de l'autre côté. Si proche et pourtant hors de portée.

Il a été déplacé.

Un craquement se manifeste dans mon dos. Je me retourne et sursaute. Michel se dresse dans son masque de mort.

— Vous avez sincèrement cru que je dormais ? Je savais que vous reviendriez. Vous avez décidé de jeter le corps dans le puits, alors il faut le jeter. Vous n'arrêtez pas de me donner des ordres et de me rabaisser devant le gamin, depuis le début. Eh bien non, ça ne marche pas de cette façon.

Je vois rouge, me rue sur lui et le pousse vers l'arrière. Il chute lourdement, surpris et déséquilibré par le poids de son masque. Je lève le poing pour cogner. Il se met à rire. Une succession de sons effroyables.

— Allez-y, frappez.

Je respire fort et finis par me calmer. Michel recule et franchit la ligne.

— J'ai vu avec votre chien, puis Farid, puis avec moi. Toute cette agressivité que vous essayez de dissimuler, mais qui a l'air de ressortir. Je ne suis pas psy, mais ça sent pas bon, un comportement pareil.

— Fermez-la.

— Et maintenant, vous voulez monter le jeune contre moi. Vous croyez que je ne vous ai pas entendu ?

— J'ai découvert un pépin d'orange sous vos semelles. Vous avez laissé de la nourriture dans la galerie !

— Eh bien maintenant, il n'y en a plus, j'ai tout mangé. C'étaient juste trois ou quatre oranges, vous n'allez pas en faire un drame ?

— Qui me dit que vous ne mentez pas ? Vous êtes un égoïste. On est dans la même situation que vous, nous aussi, on est enfermés, sans nourriture. Nous aussi, on crève de faim.

— C'est moi qui ai travaillé, pas vous.

— Et cette glace que j'arrache à la paroi, ce n'est pas du travail ?

— Oui, mais moi seul peux nous libérer.

Son haleine est chargée de vodka. J'ai envie de l'étrangler, je tends l'index.

— Allez chercher ce cadavre. Immédiatement.

Je ne m'attendais pas à ce qu'il sorte le pistolet de son pantalon et le balance d'une main à l'autre.

— Sinon quoi ?

Je serre les poings. Farid doit avoir un sommeil de plomb pour s'être laissé subtiliser l'arme. De toute façon, ni lui ni moi n'aurions fait le poids contre Michel. C'est un costaud et ce qu'il veut, à mon avis, il l'obtient.

— Allez vous faire foutre !

Michel relève le canon dangereusement, j'en attrape la nausée. Je me rends compte, à ce moment, à quel point la situation est périlleuse. Je ne connais pas ce type, ni ses réactions.

— On se calme, papy, on se calme… Un coup, c'est si vite parti.

Sa voix est curieuse, laiteuse, inhabituelle. Là, maintenant, elle m'effraie. Je me rue sous la tente, me déleste de la bouteille de gaz, ôte mes chaussures, tous mes habits sauf la chemise, et m'enferme dans le duvet à fermeture intégrale. Avec la chaîne, c'est très pénible. Le froid me caresse la nuque, les maillons me pétrifient la poitrine.

J'entends Michel rentrer, je me recroqueville davantage.

— On vole mon sac de couchage maintenant ?

Je ne réponds pas.

Le *plop* du gaz. Il vient d'allumer le réchaud au milieu de la tente, par provocation, ça ne fait pas un pli. Je frappe de la paume sur le matelas.

— Viens, Pok, viens mon chien.

Pour la première fois, Pokhara pénètre dans la tente. Il s'allonge entre la toile et moi. J'ai vu le masque de Michel rayonner au-dessus de la flamme. Il est effroyable.

— Tu laisses entrer ta sale bête chez nous sans demander l'autorisation ?

Je ne réponds toujours pas, serre mon animal contre mon torse, l'enveloppant de mes deux bras. Ma grosse peluche… Avec lui, je me sens enfin rassuré. Puis je ferme les yeux. Ces sons, ces respirations, autour de moi. Les poumons qui craquent, les gouttes qui roulent sur la toile. Le goût amer de la peur me remplit la bouche. Je me recroqueville davantage. J'ai un âge où l'on ne devrait plus avoir peur et pourtant, je suis mort de trouille.

Ça fait seulement deux jours que nous sommes ici. Et nous sommes déjà sur le point de nous entre-tuer.

16

« [...] Aujourd'hui, papa, on est allés à Troie avec la classe. On est montés dans le fameux cheval, situé à l'extrémité de la ville turque. Impressionnant d'imaginer à quel point les Troyens se sont fait avoir par les Grecs, faire entrer le piège au milieu de la ville était vraiment un stratagème astucieux. Après, on a regardé le film avec Brad Pitt, Troie, *surtout pour la qualité des costumes et des maquillages, puis le soir, comme travail, on a dû chacun choisir un héros mythologique et écrire deux pages. J'ai choisi Hercule. Tu sais qu'il s'est rendu au fin fond de la Terre, jusqu'aux Enfers, pour y enchaîner Cerbère ? Tout ça, ça m'a fait réfléchir sur une histoire que tu racontes à tout le monde, celle qui concerne Jean-Christophe Lafaille. Il voulait être le premier Français à enchaîner quatorze sommets au-delà de 8 000 m. Je n'avais pas fait le rapprochement avec Hercule. En fait, je crois que toutes les époques ont brassé leurs héros, et que Jean-Christophe Lafaille était l'un d'eux. Il a malheureusement disparu à son douzième « travail », mais n'est-ce pas là, au final, le destin tragique de tous les héros ?*
Merci d'avoir arrêté tout ça, pour maman et moi. Tu n'es peut-être pas ce héros que tu aurais voulu être aux yeux des autres, mais tu es le mien. Le nôtre, plutôt.

Embrasse maman et Pok pour moi. Plus de MSN me concernant jusqu'à après-demain, d'accord ? Je t'écris dans quelques jours, ne t'inquiète pas, tout va bien ici. Ciao Papà, ti amo. Il mio eroe. »

E-mail envoyé depuis l'ordinateur de Claire à son père, le 23 février, deux jours avant le réveil de Jonathan dans le gouffre.

Coiffé du casque, sangles de la bouteille d'acétylène dans la main, je me lève pour pisser. En pleine nuit, si je puis dire. Mon halo de lumière dessine un cercle sur la paroi noire. Je bâille, je me sens mou, léthargique. Un vaste courant d'air raidit ma nuque et fait gémir la pierre. C'est au moment où je me retourne vers le puits que je *la* vois. Je me pince le bras. Une créature vient de remonter du puits. Une vague odeur d'orge, de sarrasin et de kérosène la précède. Abasourdi, je recule, jusqu'à me plaquer contre la paroi. La bête se dirige vers moi à coups de mouvements ralentis, presque décomposés. Paniqué, en apnée, je lâche le casque, la bouteille, cours vers la tente et m'y enferme. Je plonge dans un duvet, jusqu'au menton. Farid dort, Michel n'est pas là. La fermeture Éclair se met à cliqueter et monter. Je ne respire plus, les mains crispées entre mes jambes. Le monstre effleure mon sac de couchage, trouve l'ouverture et se glisse à mes côtés en un saut. Son corps est glacial, mou, ses doigts démesurés, aplatis comme des spatules à leurs extrémités. Il se plaque contre moi. Je me vois dans ses yeux énormes. L'instant d'après, il couvre mon torse d'une bave gluante et, dans un souffle, m'enfonce un tibia pointu dans la poitrine.

Un brusque sursaut m'arrache du sommeil. Je me redresse, transi de peur.

Seigneur… Je suis toujours ici, dans le néant. Le gouffre existe bel et bien.

Sortir d'un cauchemar, pour se réveiller dans un autre.

Je suis seul dans la tente. Seul au monde, j'ai l'impression. Où sont les autres ? Je secoue la tête, à demi endormi et endolori. Le rêve paraissait si réel, si… palpable. Ce monstre, et puis ces odeurs… Le sarrasin, l'orge, si caractéristiques des villages bordant l'Everest. Et le kérosène, oui, je me rappelle si bien ces vapeurs âcres. Les bouteilles de kérosène : le fardeau des sherpas, courbés aussi par le poids des bûches, des sacs et des sodas. Les fanions bouddhistes qui claquent au vent.

Et puis ce coup, dans ma poitrine.

Comme ces coups de piolet que j'ai reçus et qui ont failli me tuer, jadis.

Les voix de Farid et Michel résonnent. À travers la toile, la lumière du photophore oscille. Mes deux compagnons de galère semblent tenir la discussion et se déplacer. Je caresse Pok, il n'a pas bougé et somnole encore.

Je sors rapidement les jambes de mon duvet. Rien n'a changé. La même humidité, la même obscurité. À l'extérieur de cette tente, il n'y a rien. Nul rayon de soleil pour me caresser le visage, aucun espoir que mes conditions de vie s'améliorent. J'imagine un présentateur météo parler de *Vérité* : « Aujourd'hui, la température sera d'un degré Celsius, intérieure comme extérieure. Pas de nuages, un peu de vent, temps calme, beau soleil noir sur tout le pays. Néanmoins, quelques chutes de glace sont à prévoir, n'oubliez pas de sortir avec un parapluie d'acier. Bonne journée, à demain, pour la même chose. Si vous êtes toujours vivants. »

Du bout des doigts, je cherche le réchaud, il n'est plus à l'endroit où je l'ai abandonné hier, ou tout à l'heure, ou… Je ne sais plus, tout s'embrouille. Je me traîne vers le bord de la tente, récupère à tâtons le briquet de Farid et palpe enfin la recharge de butane. Elle n'est plus très lourde.

J'allume le réchaud, plisse les yeux. Même ce peu de clarté me fait mal.

Côté droit de mon sac de couchage, je découvre avec stupeur les pelures d'une orange, sans leur précieux contenu. Il ne reste plus qu'un fruit. Je pense connaître l'auteur des faits. Je récupère précautionneusement le moindre gramme d'épluchures et les glisse à l'intérieur de mes poches.

J'ai faim à en crever. Une envie de petit-déjeuner, de lait de chèvre, de croissants chauds qu'on avale à grandes bouchées. Je regarde avec langueur le second fruit, intact, j'imagine son jus sur mes lèvres. Ma bouche salive, tout mon organisme réclame. La douleur du manque m'étrangle. Je n'ai pas envie de me lever. Pour quoi faire ? J'ai le sentiment d'être enfermé dans un glaçon. J'enfonce le thermomètre qui traîne là dans mon oreille, il indique une température de 36,3 °C. Mon métabolisme basal ralentit déjà, la lente activité de mon cœur le confirme, l'hypothermie, et donc la léthargie guettent. Ne plus bouger revient à sombrer dans une semi-hibernation, donc accepter de mourir.

Je lâche un morceau de pelure sur ma langue et me mets debout dans une grimace. J'ai suspendu mon pantalon au piquet longitudinal pour éviter son contact avec le sol, mais je le retrouve sans souplesse et glacial. J'ai l'idée de le glisser dans le duvet pour le réchauffer. Le frottement du tissu sur ma peau me gèle le sang, je l'enfile les dents serrées, il en va de même pour mon pull et ma veste-duvet, piégés autour de mon poignet entravé.

Avant de sortir, je jette un œil en direction de ma douce *Bienvenue*. Elle n'a pas bougé d'une patte depuis la dernière fois. D'un coup sec, je lève le gobelet, l'araignée sent l'appel d'air et se rétracte. Elle est bien réelle, elle, au moins. Quel animal fascinant. Réussir à vivre dans un environnement si rigoureux. Je joue un peu avec elle, la laisse fuir, la piège, elle glisse sur mes doigts, danse au bout de ses pattes. J'ai l'impression que sous les lueurs bleues des flammes elle me salue, qu'elle applaudit même, parfois. Je me surprends à parler seul, et me rends vite compte du danger de la situation. Ce n'est pas bon signe et le pire, c'est que j'en ai conscience. Je vais mal, je me sens mal. Je pense à ma fille en danger, à Françoise et à son combat, je vois ses cheveux se décrocher par paquets, ses beaux cheveux qu'elle pousse en cachette dans le trou du lavabo, j'entends ses vomissements étouffés, la nuit. Oui, c'était de cette façon que ça avait commencé, avec des vomissements. Le début du long cauchemar.

Ai-je le droit de flancher, alors que ma fille m'attend sûrement quelque part ? Alors que mon épouse se bat pour rester en vie ? Que ces rayons censés la soigner lui déchiquettent le corps ?

Le geste lourd, je repose *Bienvenue* dans son coin, sous le gobelet. Avec mon morceau de caillou, je décide de tracer un trait supplémentaire.

III

Seulement trois jours. Je crois.

Encore la même durée, et Françoise passera sur la table d'opération pour recevoir sa greffe. Et moi, moi, je serai où, dans trois jours ? Dans quel état, surtout ? Serai-je seulement capable de me tenir debout sur mes deux jambes ? C'est dur et j'ai envie de chialer.

Je sors.

Là-bas, à proximité du puits, tremble la lueur du réflecteur. Me frottant les épaules avec énergie, j'avance d'un pas prudent, sans gants. Mes jambes sont dures, mes muscles gourds, l'inactivité se dresse en ennemi difficile à combattre. Le rachitisme aussi nous menace. La lumière est l'une des composantes nécessaires à la vie ; sans elle, on s'éteint, on se dissocie. Je me rends compte à quel point la chaleur d'un rayon, d'un sourire, me manque.

Instantanément, face à moi, tout s'emballe. Le casque blanc roule au sol. La flamme bondit, les silhouettes s'arc-boutent dans des grognements. Farid et Michel se bagarrent. Je me précipite. Michel est agrippé à son adversaire, je l'en écarte en tirant fort vers moi. Il pèse, le bougre. Farid saigne à la lèvre. Les deux combattants halètent et gardent entre eux une distance respectable. Je m'adresse à Michel :

— Qu'est-ce qui se passe ?

— Ce petit salopard se moque de nous depuis le début !

Je me tourne vers Farid, qui se palpe la lèvre du bout des doigts. Il crache au sol un ruban de sang et détourne les yeux. À l'évidence, il se serait fait mettre en pièces. Michel me saisit au poignet pour me traîner en direction du puits. Il a une sacrée poigne.

— Il s'est discrètement levé, tout à l'heure, pendant qu'il nous croyait endormis. Vous, vous ronfliez et moi, j'étais recroquevillé à proximité de l'entrée, immobile. Il a chuchoté, pour voir si on était réveillés. Je n'ai pas répondu. Alors, il s'est habillé en silence, dans le noir, il a pris le casque, la bouteille et il s'est éloigné d'abord vers le glacier. Je ne sais pas ce qu'il fichait, il le longeait, avec la lampe, comme s'il cherchait quelque chose. Puis il est parti par là, vers l'endroit où nous l'avons trouvé la première fois. Quand je suis sorti de la tente, je l'ai vu grimper vers sa corniche, puis redescendre. Il cachait un truc dans son blouson. Un truc volumineux.

Farid pointe un index menaçant.

— Tu dis n'importe quoi !

Il me regarde, cherchant à se disculper.

— J'avais envie de pisser, j'ai essayé de m'éloigner le plus possible pour pas contaminer notre lieu de vie. J'ai d'abord voulu pisser sur le glacier, mais c'était franchement pas une bonne idée, parce qu'on la buvait, cette eau. Alors je suis allé me soulager sur le pieu de ma chaîne. Comme ça, par vengeance, un moyen de dire « va te faire foutre » à notre bourreau. Mais je te garantis, j'ai jamais grimpé là-haut ! Et je…

— Ferme-la, petit con ! Ensuite, il a couru vers le puits, prenant bien soin de faire le moins de bruit possible. Moi, j'étais caché, je l'ai bien vu. Il s'est penché au-dessus du puits, il a ouvert son blouson et a bazardé au fond ce qu'il transportait. La preuve, regardez.

Farid proteste, il parle en arabe et j'ai horreur de cette fuite derrière la barrière du langage. Je m'empare du système d'éclairage et pointe le réflecteur vers le trou. Son haleine glacée m'agite les cheveux. J'aperçois une petite corniche, environ dix mètres plus bas. Apparemment, dessus, il y a de la toile noire, ou un sac-poubelle. Mais le faisceau manque de souffle et tremble trop.

Michel tend l'index :

— Vous avez vu ? Je crois que ce qu'il a balancé, c'est resté accroché à cette corniche.

Je me retourne vers le jeune beur.

— C'est vrai ce qu'il raconte ?

— Non, non. Il est en plein délire. Ce sac, sur la corniche, il se trouvait peut-être déjà là, c'est sûrement les fringues que le macchabée a balancées avant de se suicider. N'oubliez pas qu'il était à poil. Je sais pas pourquoi cette gueule d'acier s'acharne sur moi. Ça n'a aucun sens. Il pète les plombs, c'est tout.

— Avoue que c'est quand même bizarre. Pourquoi Michel mentirait ?

— Pourquoi ? Parce que c'est lui, le menteur, et qu'il fait tout pour semer l'embrouille entre nous, t'as pas encore compris ? Qui te dit que ce sac, c'est pas lui qui l'a récupéré au fond de sa galerie pour le balancer ?

Michel hausse les épaules et se penche.

— Vous allez devoir jeter un œil là-dedans.

J'observe attentivement les parois lugubres. Lisses comme une patinoire.

— Impossible, il n'y a aucune prise, ça glisse, et je n'ai plus pratiqué depuis des années. Ce serait du suicide.

Il soulève mon entrave.

— Et ça ? Il y a encore assez de mou pour votre descente, il suffit de s'en servir comme d'une corde. Vous ne pourrez pas tomber.

Rien que l'idée de me suspendre dans cet effroyable boyau hurleur, au bout de ces maillons, me donne la nausée.

— Pourquoi Farid voudrait-il qu'on reste bloqués ici ? Ça n'a pas de sens, il est celui qui souffre le plus du froid.

L'Arabe acquiesce avec conviction.

— Ouais, pourquoi ? T'es totalement barge, tu crois que je me marre ici ? Y a pas que ton masque qui est en métal. Ton cerveau aussi.

Je m'approche de lui.

— Tu disais avoir pissé ? Tu peux montrer ?

Farid prend une cigarette et l'embrase avec la flamme d'acétylène. Ses doigts tremblent quand il renfile ses gants.

— Comme ça, toi non plus, tu me crois pas, hein ? Je te pensais différent de lui.

— Je ne demande qu'à te croire, en fait. Allons-y.

Il hausse les épaules.

— Allez-y, vous. Moi, je rentre à la maison. J'ai les pieds comme des glaçons, et même les massages n'y changent rien. Je vais crever de froid avant même de crever de faim.

Il s'éloigne d'un bon pas et se laisse recouvrir par les ténèbres. Quelques secondes plus tard, un papillon de lumière volette sous la toile. Farid a allumé le réchaud à pleine puissance. Bon Dieu, ils vont écouter ce que je leur raconte ou pas ?

Coiffé du casque et alourdi par la bouteille, je prends la direction de la paroi et m'immobilise soudain quand grésillent des sons inattendus.

I see trees of green, red roses too
I see them bloom, for me and you
And I think to myself, what a wonderful world

Mes yeux s'embuent, Michel s'immobilise. Le timbre d'Armstrong, impénétrable, divin. La chanson me rappelle ma mère, assise dans le rocking-chair, en train de tricoter d'affreux pulls en laine. *Quel monde merveilleux...*

Michel se plante à ma droite, en chuchotant :

— Le môme, je sais qu'il a des trucs à se reprocher. Déjà avec l'agrandissement photo, cette histoire de chasseur et de tronçonneuse. Puis ça, maintenant.

— Et s'il avait raison ? Et si ce sac, sur la corniche, il était déjà là ? Vous avez peut-être imaginé des choses. Nos cerveaux commencent à défaillir, vos sens peuvent vous tromper.

— On ne peut pas lui faire confiance à ce gamin, il nous roule dans la farine.

Je désigne une flaque d'urine, proche de la niche suspendue. Le pieu en est encore imprégné.

— Parce que vous avez le besoin absolu de reporter la responsabilité de notre situation sur quelqu'un ?

— D'accord, il a vraiment pissé, mais je vous le répète, il...

— J'aurais peut-être plus confiance en lui qu'en un égoïste qui, après s'être empiffré dans la galerie, se permet de manger nos maigres réserves.

— Je vous laisserai l'autre orange, d'accord ?

— Laissez tomber. Je vais voir là-haut…

En sautant, je parviens à me suspendre sur la lèvre de la niche, et me hisse à la force des bras, utilisant le pieu de la chaîne de Farid. Me voici deux mètres plus haut, là où le jeune beur s'est réveillé.

— Il n'y a rien.

— Il n'y a plus rien, vous voulez dire. On aurait dû penser à aller jeter un œil.

Je scrute l'endroit une dernière fois. Ce n'est pas très large, tout juste peut-on s'y tenir allongé. Je redescends, prenant garde à ne pas me tordre la cheville. Mes vieilles chaussures abîmées ne sont pas des plus confortables.

Michel se cale devant moi :

— Alors, pour finir, vous tentez la descente dans le puits ? Je peux tenir la chaîne, je vous aiderai à remonter.

Nous nous dirigeons à nouveau vers le puits. J'aperçois soudain, sur le côté, une forme blanchâtre grimper le long de la roche. Je m'arrête net, aux aguets.

— Vous avez vu ?

Michel s'immobilise et suit mon regard paniqué.

— Quoi donc ?

La bestiole paraissait un peu moins grosse que dans le rêve, et se déplaçait en adhérant à la paroi. Je tourne le débit d'acétylène à son maximum pour amplifier le halo, et balade le réflecteur dans toutes les directions. Rien n'est plus immobile que cette caillasse ignoble. Pas une âme, pas un soupçon de vie.

— Il y avait comme… une bête.

— Une bête ? Vous délirez ?

Je cherche encore, en vain. Un courant glacé me glisse dans le dos.

— Continuons…

Michel renifle un coup, observant lui aussi le plafond.

— Il faut qu'on sorte d'ici.

Nous arrivons à destination. Le puits, et tout ce qui ressemble de près comme de loin à une crevasse, m'effraie. Ici, on dirait une porte ouverte vers l'enfer, avec ce courant d'air démoniaque, qui semble nous aspirer vers le bas. Je m'accroupis, mes jambes tremblotent. Le froid me fige le visage. Je palpe sa matière bien trop lisse. Sans doute du calcaire sur le rebord. Je considère le cercle d'acier autour de mon poignet et, subitement, m'imagine suspendu dans l'entre-monde, le bras en l'air, les pieds dans le vide. Je me vois gesticuler en criant, je distingue ce masque de fer perché par-dessus, qui essaie de me remonter à la seule force des bras. Il s'essouffle, s'essouffle, n'en peut plus, ses bras lui brûlent et il lâche tout. La chaîne cède. D'horribles cris craquent au fond de mon crâne, je baisse les paupières et des flashs m'assaillent. Max Beck hurle, sa voix se perd dans les bourrasques de neige, sa barbe se couvre de givre.

Et il chute dans le vide.

Ma tête se met à tourner. Mes jambes lâchent, je m'effondre, en hyperventilation.

Noir.

17

« Tom se dit qu'après tout l'existence n'était pas si mauvaise. Il avait découvert à son insu l'une des grandes lois qui font agir les hommes, à savoir qu'il suffit de leur faire croire qu'une chose est difficile à obtenir pour allumer leur convoitise. Si Tom avait été un philosophe aussi grand et aussi profond que l'auteur de ce livre, il aurait compris une fois pour toutes que travailler c'est faire tout ce qui nous est imposé, et s'amuser exactement l'inverse. Que vous fabriquiez des fleurs artificielles ou que vous soyez rivé à la chaîne, on dira que vous travaillez. Mais jouez aux quilles ou escaladez le mont Blanc, on dira que vous vous amusez. »

Extrait des Aventures de Tom Sawyer, *de Mark Twain.*
Premier « gros livre » que Jonathan Touvier lut ;
il avait neuf ans

— Ça va ?

La voix qui résonne. La danse des ombres au plafond. Le souffle fatigué de la corolle bleutée, devant la tente. Je me redresse sur les coudes, avec l'impression d'avoir avalé un sac de sable.

— Qu'est-ce que…

Farid est penché au-dessus de moi, son haleine a l'odeur du vide. Il roule sur le côté et retourne au niveau du coffre.

— Tu t'es évanoui, il paraît. L'Autre t'a ramené jusqu'ici.

Les toiles, de chaque côté de l'entrée, sont enroulées et nouées. J'aperçois, au loin, dans les alentours du glacier, une autre lueur en mouvement : le casque.

— C'est moi qui l'ai mis dehors, le réchaud. T'as raison, ça craint vraiment trop, ces gouttes suspendues, j'ai essuyé la toile avec une serviette. Et puis moi, je veux pas qu'il fasse entièrement noir, tu comprends ? Parce que j'ai l'impression d'être mort. Regarde mes doigts, ils ressemblent à des glaçons. Même avec les gants, ça va pas bien, faut que je les réchauffe, en permanence. Et si tu permets, maintenant, je récupère mon bien.

Il retire les gants qu'il m'a sans doute passés pendant mon inconscience et les enfile.

— J'ai bossé sur le cadenas, mais on irait plus vite à deux, sans jamais s'arrêter. Un qui tourne, un qui tire l'anse. On n'en est qu'à deux mille cent soixante-sept, t'imagines ? Il fait trop froid, on dirait que mes os vont se briser.

Je me palpe le crâne.

— Ça ne m'est jamais arrivé. M'évanouir comme ça. Combien de temps je suis resté dans le gaz ?

— Pas mal de temps, je me serais inquiété si t'avais pas respiré comme une turbine d'avion et si t'avais pas parlé.

— J'ai parlé ?

Il acquiesce.

— Tu m'étonnes, t'as l'air de faire des sales cauchemars. Ton père te battait ?

Mes mâchoires se contractent.

— Pourquoi tu dis ça ? Qu'est-ce que j'ai raconté ?

— Oh rien... Mais moi, pendant ce temps-là, j'ai bien dû fumer deux ou trois clopes, et tourner trois ou quatre cents fois ces molettes. D'ailleurs, j'ai de plus en plus de mal à les allumer, mes clopes. (Il ouvre son deuxième et dernier paquet, et en sort une au hasard.) Regarde, elles débandent complètement. Le mange-disque ne marche plus. Trop humide. Plus de musique, et plus de clopes. Je vais devenir quoi, moi ?

Il renifle, se bouchant une narine. Le raclement dans sa gorge n'augure rien de bon.

— Qu'est-ce qui t'est arrivé ?

Je secoue la tête.

— Je l'ignore. Je crois que ça ressemblait à une hypoglycémie, j'ai vu des étoiles, puis plus rien.

— C'est pas toi, le mec censé être le plus endurant de nous tous ?

— Je suis surtout le plus vieux. Et puis la montagne, l'extrême, c'est loin.

Je regarde avec attention sa lèvre inférieure, sérieusement gonflée. Je vais pour la toucher, il me repousse.

— T'es pas ma mère. C'est rien, j'ai déjà vu pire.

Il hoche le menton vers le coin de la tente, se frottant les épaules.

— T'as pas remarqué ?

J'épouse la direction de ses yeux, et ma poitrine se contracte. L'endroit où se trouvaient l'orange restante, les deux bouteilles de vodka, la casserole ainsi que les réserves de gaz est vide. Seules restent les assiettes,

Bienvenue sous son gobelet, ainsi qu'une cartouche de gaz renversée. Je me précipite et la secoue, incrédule.

— Elle est vide, confirme Farid. Ce porc d'homme masqué a décidé de jouer avec nos vies en embarquant les recharges de gaz et en les utilisant comme bon lui semble. Il veut le contrôle.

Assis, le jeune beur regroupe ses genoux contre son torse et passe ses bras autour de ses tibias.

— Il ne se promène plus sans le flingue chargé. Il m'a pointé avec, quand il a tout embarqué, parce que je voulais l'en empêcher. Je… Je te jure, j'ai cru qu'il allait m'allumer. T'aurais entendu sa voix… On m'a jamais braqué avec un flingue de cette façon-là. Je suis sûr que, derrière son masque, il souriait. Le tueur, c'est lui. C'est sûr que c'est lui. Pour une raison X, il a buté le type avec le tatouage. Et puis je te dis, il est en train de péter un câble, ce mec. D'abord, il me voit faire des choses que j'ai pas faites. Je l'entends aussi parler, des fois, seul. Puis ce vol, maintenant. Parce que c'est bien un vol.

Je le regarde en face, j'y lis la détresse d'un gosse paumé, sans guère de repères.

— Dis-moi que tu n'as rien jeté dans ce puits.

Il retire son gant droit et plaque sa paume sur son cœur, deux doigts en V.

— Je suis un bon musulman. Je te jure, sur ma mère… Ce sac, il était déjà là. Alors ? Tu me crois au moins ?

— J'aimerais bien.

Je me retourne, cherche mon chien. Il a disparu. Brusquement je me lève et me rue vers l'entrée. Ma tête tourne encore un peu.

— Pokhara ! Pok !

Mon animal est allongé, en retrait, dans une niche naturelle, à même le sol. Il redresse la gueule, me jauge d'un œil indifférent et continue à vaquer à ses occupations. Je plisse les yeux, m'approche. Il est en train de s'arracher les poils des pattes. Des îlots de chair à nu rosissent le long de ses membres.

— Pok ! Pourquoi tu fais ça ?

Il grogne sans me regarder. Son oreille droite se tend, sa queue s'épaissit, sa babine gauche vibre. C'est le signal clair qui m'indique de rester à distance. Je n'avais plus vu un tel comportement depuis le cambriolage. Lui aussi, il morfle, et nous montre à quel point nous dérivons, tous.

Un éternuement me distrait. Je me penche à l'entrée. Farid me fixe d'un air apeuré. Il enroule son duvet autour de son cou, de ses épaules.

— C'est rien. Juste un éternuement, d'accord ? Ça va passer. Si, si, ça va passer, je te le jure, mec. Ma mère, elle a toujours dit que j'étais un gaillard solide. Jamais de rhume, rien, mais le problème, c'est mes extrémités. Les mains, les pieds. J'ai une mauvaise circulation d'après le docteur, il faut toujours que je les réchauffe. Quand je ramassais les patates dans les champs, chaque mois d'octobre, j'avais souvent l'impression de me casser en morceaux au moindre coup de vent. C'est comme cette maladie qu'on appelle l'alexie, j'y peux rien.

— Ce rhume arrive parce que cette grotte, elle pénètre en chacun de nous. Jusqu'au fond de nos gorges, de nos tripes. Elle refuse de se laisser posséder, alors elle nous possède. Écoute-la chanter, écoute-la se foutre de nous. Si on veut s'en sortir, il faudra la combattre, à chaque instant. Tu ne te laisses pas aller, d'accord ?

Son silence est, en soi, un signe de faiblesse. Je pointe le gobelet retourné.

— Regarde *Bienvenue*, mon araignée, et dis-toi que si un organisme si fragile y arrive, alors nous y arriverons aussi.

Je m'apprête à m'éloigner, il m'appelle.

— Jonathan ? J'ai faim.

La faim, un mot qui me percute le crâne cent fois par jour.

— J'ai faim à un point tel que je pourrais me bouffer le bras. Ça fait quoi ? Trois jours qu'on est ici ? Trois ridicules bâtons verticaux... On dirait que ça fait des mois. Je... Je sais pas s'il y en aura beaucoup d'autres, des bâtons. J'ai... J'ai déjà envie de dormir, et de ne plus jamais me réveiller. Ce serait tellement plus simple.

En entrant de nouveau sous la toile, je me rends compte à quel point nos corps en perdition sentent mauvais.

— C'est maintenant que la sensation de faim se révèle la plus forte. Il faut tenir, ton organisme va s'habituer au manque, l'eau parfumée à l'orange lui suffira. Tu as l'habitude avec le ramadan, non ?

— C'est pas pareil. Et puis, on triche un peu, au ramadan. Là, j'ai le sentiment que les batteries, elles seront bientôt à plat.

— Je sais, je sais. Le froid y joue pour beaucoup, il force notre organisme à puiser dans les réserves pour maintenir la température de croisière. C'est ce qui peut expliquer aussi les choses curieuses que nos yeux voient. Mais si j'ai découvert une petite araignée, c'est qu'il existe d'autres insectes cavernicoles dans ce gouffre, ou d'autres bestioles. Nous les mangerons, s'il le faut.

— J'ai pas vu d'insectes. Aucun être vivant. Les seuls microbes qui traînaient, c'était pour moi. Et même ? Si on trouve un scarabée, on le partage en trois ?

Je repense à la bestiole, ou ce je-ne-sais-quoi qui semblait ramper sur la roche. J'en frissonne, tandis que Farid renifle encore.

— Tu vas m'en vouloir de… de songer à un truc pareil, mais… ça tourne dans ma tête, depuis quelques heures. Et je n'arrive pas à me défaire de l'idée.

— Quoi donc ?

— Il existe peut-être une solution à ce problème de bouffe. Quelque chose qui pourrait nous aider à tenir plus longtemps. Nous redonner un peu de forces, de courage, et de la chaleur. Nous dire que…

— Parle au lieu de tourner autour du pot !

— Ton chien.

Sa réponse me tranche les veines, j'ai l'impression de me vider de mon sang. L'évidence, *leur* évidence ne m'avait même pas traversé l'esprit. Parce que Pok n'est pas juste un chien. C'est mon meilleur ami.

— Mon… Mon chien ?

Farid se redresse, découvrant ses épaules couvertes de duvet. Il a ôté ses gants, et ses doigts sont vraiment dans un sale état.

— Depuis le début, je me demande pourquoi il est là, ton chien. Pourquoi on t'aurait privilégié, toi, pourquoi on aurait voulu te faire plaisir. Tu vois, ici, la notion de plaisir, elle a pas vraiment lieu d'être. Notre bourreau, il t'aurait jamais fait une fleur, vu son sadisme. Et puis ces assiettes, ces couverts… Je crois que la faim, elle a apporté une réponse à tout ça. C'est dingue comme ça aide à réfléchir, un estomac vide.

La colère monte en moi.

— Jamais on ne touchera à Pok.

— Je sais, tu m'as raconté. Mais c'est pas toi aussi qui disais qu'on n'abandonne pas quelqu'un qui a besoin d'aide ? Bientôt, j'aurai besoin d'aide. Je veux pas mourir, pas ici, pas comme ça. Ton chien, c'est qu'un animal.

— Pok représente bien plus pour moi. Le jour où je l'ai arraché à sa mort programmée, ce n'est pas moi qui lui ai sauvé la vie. C'est lui qui a sauvé la mienne.

— Justement, il peut encore te sauver la vie, et à nous aussi. Un sacrifice pour le bien de la communauté. On est en démocratie, mec. Si on fait rien, on va tous crever de toute façon, et lui avec.

— Non, désolé. Manger mon chien, ce serait… ce serait du cannibalisme.

Farid retourne dans son coin en renfilant ses gants. Il renifle une cigarette avec envie, mais se retient de la fumer.

— En tout cas, dis-toi bien que si moi j'y ai pensé, alors Michel aussi. Et lui, il te demandera pas ton avis.

18

« Quand j'étais écolier, il y avait dans les couloirs de l'école une sorte de petite vitrine peinte en rouge qui renfermait, je crois me souvenir, une hache. Au-dessus, un écriteau : "En cas de danger, briser la vitre". Je pense que mon guide de survie, après avoir été lu, devrait être déposé dans une vitrine du même genre dans chaque maison... »

Citation de Max Beck, ami de grimpe de Jonathan Touvier, auteur du petit guide Survivre dans toutes les conditions

Suite aux propos de Farid, je sors précipitamment et éprouve le besoin de caresser mon animal. Il ne s'arrache plus les poils, alors je le serre dans mes bras. C'est à ce moment que je remarque de petits morceaux de papier, sur ses babines. Je le pousse et aperçois, sous son poitrail, une lettre qu'il a commencé à dévorer.

J'ai soudain envie de me tirer une balle dans la tête. Cette lettre, c'est celle que j'ai laissée dans la chambre d'hôpital de Françoise, deux jours avant qu'on apprenne l'existence d'un donneur de moelle. Des larmes coulent de mes yeux. Malgré l'état du papier, les déchirures et les trous, je me mets à la lire en silence :

« Ma Françoise,

Hier soir, j'ai haché du chou rouge pour la première fois de ma vie. Je ne sais pas pourquoi je me suis mis soudainement à cette expérience culinaire, mais j'ai finalement obtenu l'explication en t'écrivant cette lettre. Ce chou, j'en avais à peine coupé la moitié que je me suis enfoncé la lame du hachoir dans le doigt. Si tu avais été à mes côtés, tu aurais ri, comme toujours, et tu aurais couru vers cette armoire pleine de pansements et d'antiseptiques dont la porte ne s'ouvre plus très bien. Tu aurais décollé un sparadrap et l'aurais enroulé autour de mon annulaire en te moquant de moi.

En définitive, l'épisode du chou est un bon résumé de ce que je suis. Quelqu'un qui n'a jamais été doué pour les choses les plus simples de la vie. Ces détails anodins qui font le bonheur d'une famille.

Ce « tragique » épisode, j'aurais pu te le raconter au lieu de te l'écrire, j'aurais pu te dire, en venant te voir, que ce pansement, ce n'était pas juste une blessure sans importance, mais que je me la suis faite parce que en coupant du chou, je voulais entendre le bruit du hachoir contre la planche en bois. Et qu'entendre ce bruit traverser notre vieille maison, c'était un nouveau prétexte pour te ramener à moi.

Toutes ces pensées, je ne te les ai jamais vraiment exprimées ailleurs que sur le papier ou par téléphone. Je t'ai toujours écrit les moments essentiels de notre vie. Quand mon cœur t'a choisie, toi, plutôt que le gra-

nit. J'ai toujours su m'en sortir habilement avec le non-dialogue, sur ce point j'ai hérité de mon père, sans aucun doute. Tu sais, chérie, les mots d'amour me brûlent les lèvres en permanence, mais ils sont comme ces vagues qui meurent avant d'atteindre la plage. Je ne comprends toujours pas pourquoi, à cinquante ans, j'ai peur de te dire « je t'aime » sans me noyer dans tes yeux. Je t'écris « chérie », mais ne le prononce pas. Dans le parler, « ma Françoise » devient juste Françoise, comme s'il fallait économiser les mots aussi.

Ma Françoise, je vais avoir besoin que tu m'aides, concernant Claire. Elle n'a pas encore ses vingt ans mais nous devons lui parler à présent, tous les deux. Lui dire la vérité de son passé tant que toi et moi le pouvons. J'ai une telle frousse que le courage m'abandonne de nouveau. Tu veux bien m'aider, ma Françoise ?

Il y a autre chose que je voudrais te dire. Tu m'as souvent demandé pourquoi j'avais grimpé. Tu sais, les grosses difficultés permettent de cacher les plus petites. Nous grimpons tous notre Everest, à un moment de notre existence. Une mère qui donne la vie, un jeune couple qui se serre la ceinture pour acheter sa propre maison... Il n'est point de tâche plus aisée qu'une autre. Construire sa vie dans la verticalité, comme je l'ai fait, n'était qu'un moyen de fuir le calvaire qui m'a étranglé toute mon adolescence, et m'a donné l'espoir que quelque chose en moi pouvait changer.

La prochaine fois, je t'expliquerai enfin la vérité sur mon passé mais de vive voix, cette fois.

Avec tout mon amour,

Ton Jo. »

Je la serre dans mon poing et fixe Pok dans les yeux.

— Où tu l'as trouvée ? Dis-moi où tu l'as trouvée ?

Cet imbécile me lèche les doigts. Avec hâte, je ramasse les morceaux, les fourre dans ma poche. J'ai envie de crever. Le salopard a approché ma femme. Il est entré dans sa chambre. Il a volé la lettre et l'a ramenée ici, pour la poser quelque part. Pour que, tôt ou tard, je la découvre. Et si Farid avait vraiment jeté quelque chose dans le puits ? Et s'il avait perdu cette lettre en se déplaçant dans l'obscurité ? Je regarde le beur en cachette, il est recroquevillé, tout grelottant. Je me penche vers l'oreille de Pok.

— Il y a quelqu'un d'autre dans ce gouffre ? Quelqu'un qui se cache ? Dis-moi, mon chien...

Sans savoir, je me redresse et fouille les coins d'ombre. Droit devant moi, la lumière de la lampe frontale illumine la vague de glace. D'un pas ferme, je me dirige vers la silhouette de Michel. Une dernière fois, je laisse le réchaud allumé pour Farid, mais il va falloir sérieusement prendre des mesures drastiques. Nous ne sommes plus en vie, mais en survie. Je constate avec impuissance que mes jambes ne fonctionnent plus de la même façon. Elles sont beaucoup plus lourdes, les muscles tiraillent, l'effort de la marche se révèle intense. Farid a raison, je suis sans doute le plus robuste, mais un 4×4 sans essence ne vaut pas grand-chose. Ce que je redoutais se produit : ma chaudière interne se vide. À défaut de m'abattre moralement, *Vérité* recourt à un moyen bien plus pernicieux, l'usure physique.

Devant le rideau de glace, Michel est en train de fumer comme un plat de porridge. De la vapeur s'échappe de son pull, de son cou, des orifices de son masque, même de ses chaussures. Armé de la pierre tranchante utilisée pour tenir mon calendrier, il frappe dans la glace sans cesser, avec un acharnement incisif. Il me remarque, et se remet à l'ouvrage.

— Je vois que… vous avez… récupéré.

Il est essoufflé. Du pied, il broie la matière décrochée, qu'il transforme en cristaux pour les déposer dans sa casserole. Je lui attrape le poignet fermement.

— À quoi vous jouez ?

— Je fabrique… un congélateur. Pour… notre macchabée… On a… tout ce qu'il faut… ici…

— Je ne parlais pas de ça. Mais de nos réserves. L'orange, la vodka, le gaz.

Il se défait de mon étreinte d'un geste brusque et poursuit son travail.

— Ah, nos… réserves ? Ne vous… inquiétez pas… Je les ai mises… en sûreté. Là-bas, dans le Frigo. Enfin, la galerie, le Frigo, c'est pareil…

Il ôte ses moufles trempées et glisse son auriculaire dans les trous de son masque. Ses phalanges sont rouge vif. Du sang.

— La sueur… me pique. Saleté de… masque ! J'aurais presque envie… de plonger dans les flammes, rien que… pour le plaisir de le regarder fondre.

Et il se gratte, comme ça, de tous les côtés. On dirait que des mouches invisibles l'assaillent. Puis il désigne le mur de glace.

— Vous… avez remarqué, cette… tache, derrière la… glace ? Qu'est-ce… qu'elle représente… à votre avis ? Un trou ? Et si… Et si c'est ce que Farid cherchait la nuit dernière ?

— La couche est trop épaisse pour que la lumière l'atteigne, on n'y voit rien. Mais c'est sans doute un rocher enserré dans l'eau gelée, certainement pas autre chose…

Je lui prends le poignet.

— Ce sang, sur vos mains. Ce n'est pas le vôtre, je me trompe ?

Il ouvre ses paumes devant lui. Ses doigts tremblent, son haleine sent la vodka rance. Je devrais peut-être lui apprendre qu'à fortes doses, l'alcool agit comme une toxine diminuant la résistance au froid, contrairement à ce qu'on peut croire. Michel ne bouge plus depuis vingt bonnes secondes, soudain déconnecté. Ses mains restent ouvertes devant lui.

— Ce n'est pas le vôtre, je répète ?

Il secoue la tête.

— Ce n'est rien… On naît bien avec le sang de sa mère sur les mains quand… on lui traverse l'utérus, n'est-ce pas ? Tout ça, mettre les pieds… dans le sang et les tripes, ça fait partie des… choses de la vie. C'est un juste retour… aux origines.

Ses propos ne riment à rien, il n'a plus tous ses esprits. Inutile que je lui parle de la lettre.

— Faut juste que… que je pense à ma femme… Je sais qu'elle va bien… Qu'il ne lui est rien arrivé…

— Vous devez ramener les réserves dans la tente. Immédiatement.

— Non, non… De cette façon, je… je serai sûr que… que vous ne me ferez pas de mauvais coups, tous les deux. J'ai vu vos regards complices… J'ai entendu… vos messes basses, vos chuchotements… Écoutez-les, vous les entendez ? Ça chuchote, ça chuchote tout le temps. Vous… complotez contre moi.

— Pas du tout. On commence tous à avoir des hallucinations, mais il faut à tout prix se rendre compte qu'il s'agit uniquement d'hallucinations.

Soudain, Michel se courbe et bourre sa bouche d'une poignée de glace broyée. Il mâche à s'en rendre malade. Ça croustille entre ses dents. Il avale tout, puis se retourne soudain, à l'affût de quelque chose dans les ténèbres. Je suis son regard, je n'y vois rien.

— Vous avez vu quelqu'un ? je lui demande. Une silhouette ? Un animal ?

Il se lèche les doigts.

— Je garde toutes nos réserves de l'autre côté de la ligne rouge… Elle est géniale, cette ligne rouge, vous… ne trouvez pas ? Le gaz est à l'abri, au fond de la galerie… À l'abri des chutes, et tout… Je ramènerai les recharges au fur et… à mesure, pour faire de l'eau. Mais si… vous tentez quelque chose contre moi, alors…

— On ne va rien tenter contre vous.

— Vous non, peut-être pas. Mais l'Arabe, oui. Il complote, il a le regard mauvais. J'ignore à quoi il joue, mais je compte bien le découvrir.

— Il n'a pas le regard mauvais.

— Si, si, ils sont… tous pareils. Et ceux avec les yeux bleus, ils sont encore plus pervers. C'est comme les belles petites grenouilles d'Amazonie, ce sont les plus dangereuses.

— Vous devriez arrêter de boire sans rien dans l'estomac, ça vous ravage la cervelle. Et ces réserves, elles ne sont pas votre unique propriété.

Il reprend son souffle. Comme dit si bien Farid, il est en train de péter un câble.

— Que s'est-il passé au bord du puits ? il me demande. Vous avez fait une véritable crise de panique quand… je vous ai *prié* de descendre là-dedans.

— C'était juste la faim, la faiblesse. Une petite hypoglycémie, mais ça va beaucoup mieux.

— Hypoglycémie ? Vous vous fichez de ma poire ? Non, non, j'ai bien vu la peur dans vos yeux. Une peur de gosse. Vous étiez montagnard, vous l'avez dit. Les montagnards ne peuvent pas avoir la frousse du vide. Pourquoi avoir arrêté l'escalade et vous être contenté de simples randonnées pour touristes ? La grimpe, c'est comme l'alcool, non ? Quand on commence, on ne peut plus s'arrêter. Que vous est-il arrivé là-haut ?

Mes deux poings se serrent, il le remarque, s'enfilant encore de la glace qu'il recrache cette fois.

— C'est une trop longue histoire.

— Il me semble qu'on a tout notre temps. C'est peut-être pour ça qu'on est enfermés. Pour prendre le temps de raconter. Je vous écoute.

Je fais demi-tour sans lui répondre.

— Touvier ?

— Quoi ?

— Vous feriez bien de vous y remettre, à l'escalade, avant d'être trop faible. Parce que je vous garantis que, d'une manière ou d'une autre, vous allez y descendre, dans ce puits. Très, très bientôt.

19

« Nicholl, consultant le thermomètre, vit qu'il était tombé à dix-sept degrés centigrades au-dessous de zéro. Donc, malgré toutes les raisons de s'en montrer économe, Barbicane, après avoir demandé au gaz sa lumière, dut aussi lui demander sa chaleur. La température basse du boulet n'était plus supportable. Ses hôtes eussent été gelés vivants. »

Autour de la Lune *(1869), Jules Verne.*
Roman qui marqua profondément Jonathan Touvier, de par son aspect prémonitoire

Je me surprends à somnoler, sursaute chaque fois que je m'endors, avec la tenace sensation de chuter dans un trou. Le monde tourbillonne, le manque se joint au froid et à l'humidité pour tout ravager dans mon organisme. Je me redresse, secoue la tête, sans savoir où je suis, où je vais. Quelle heure est-il ? Quelle date ? Que deviennent celles que j'aime ?

Je rabats mes yeux larmoyants sur le tapis de mousse, avec cet insatiable besoin de me raccrocher au temps qui s'écoule. III. Trois jours… Bientôt quatre, je présume. Mais quand ? Je ne pensais pas que tout irait si vite. Notre déchéance, je veux dire. La lourde marche silencieuse vers le panneau *no return*. Farid ne se lève même plus pour fumer. Son ultime paquet de cigarettes, ce troupeau de *bande-mou*, comme il dit, il ne le finira peut-être jamais.

Le photophore crache une lumière modérée. Je lève le front, la toile vibre, encore, toujours. On dirait que l'obscurité gratte la toile, elle glisse et tournoie autour. Elle est patiente, *Obscurité,* elle attend que le gaz s'essouffle, elle déploie ses grandes mains autour de notre tente, elle nous asphyxie.

Michel a cessé ses allers et retours avec les casseroles de glace, il est assis en tailleur à l'intérieur de notre abri, le casque blanc et maculé de sang entre les jambes, et ne bouge plus. Il ne s'est même pas rincé les mains. Des chuchotements roulent sous son masque de fer, que je ne parviens pas à comprendre. À bien y réfléchir, je me rends compte que même si j'ai grimpé les plus hauts sommets, rien ne m'empêchera de crever au fond d'une cuvette à chiottes. Je ne veux pas de notre tente pour cercueil, alors, je me relève avec difficulté. J'ai l'impression que mon corps est gorgé d'eau, je bouge au ralenti. Michel tourne mollement la tête, il hausse les épaules, sans véritable raison. Je sors avec Pok, prends la casserole et me dirige vers le glacier. Mon chien, lui, montre un semblant de vivacité, il trottine mais je sens que le mouvement des pattes n'y est plus. Après quatre ou cinq allers et retours vers le glacier, j'ai constitué un joli mont de glace devant la tente. Le réservoir en eau de notre première douche. Je me penche vers l'intérieur de la tente.

— On ne se laisse pas démonter, d'accord…

Ce n'est pas une question, ni une affirmation. Juste une phrase atone. Personne ne répond. Après les sinistres propositions de Farid qui ont transformé mon animal en viande de boucherie, Pok et moi, on ne se lâche plus. Quand il éprouve le besoin de sortir pour uriner, je l'accompagne, et vice-versa. Je ne veux plus qu'il quitte ma vue ou qu'il s'éloigne seul, surtout quand Michel n'est pas là. Je sais qu'il va essayer de le tuer, tôt ou tard.

Une fois de retour à notre camp de base, je pose le récipient sur le feu. J'en profite pour rapprocher du réchaud tout ce qui doit sécher. Les serviettes en éponge, les gants, le blouson de Michel, que je retire de ses épaules sans le lui demander. Il est amorphe, vidé, à plat, j'ai le sentiment de déshabiller un mannequin.

Dans ce sursaut de lucidité et de courage, j'ôte tous mes vêtements. Même la chemise, qui pend avec le pull et le blouson au bout de mon poignet entravé. J'ai la ferme sensation que chacun de mes muscles va tomber sur le sol comme un paquet de viande congelée.

Farid se redresse et émet un sifflement tremblant entre ses dents.

— La vache…

C'est toujours ce que ça fait, la première fois que quelqu'un découvre mon corps nu. Transi, je plonge le doigt dans la casserole, l'eau est tiède, je crois. Mais elle pourrait être glaciale comme bouillante, j'en sais rien. Pour sûr, je vais tomber en morceaux.

— Michel, s'il vous plaît.

Moi qui tutoie d'ordinaire facilement, je me rends compte qu'après plusieurs jours ici, je n'arrive pas encore à le tutoyer. Ce masque n'est pas qu'une barrière, c'est une angoisse.

— Versez, comme ça, sur mes épaules. Faites vite, avant que je gèle sur place.

Farid ne me quitte plus des yeux. Mon corps est lardé de cicatrices, de toutes formes et origines.

— T'expliques ? lance Farid comme s'il avait lu dans mes pensées.

Michel, si curieux d'ordinaire, ne demande rien, il se contente d'incliner le récipient. Le liquide me percute la peau, le choc est une pluie de volts. Je frotte partout, entre mes cuisses, mes pectoraux, sur mon visage où crisse une barbe courte, mon ventre. Sensation de propreté, de purge, même sans savon, sans gant de toilette. La fierté d'être quelqu'un de droit sur ses jambes, de vivre, encore. Très vite, je plonge sous la serviette gelée, frotte à en faire rougir ma peau. Je me sens mieux, plus humain. Je repense à la question de Farid. Je reste à poil, quelques secondes. Je plante mon index sur mon front.

— Arcade droite, cinq ans, chute à vélo.

Mon doigt se déplace au fil de mes descriptions.

— Huit ans, Melun. Je tombe la tête la première sur un rocher qui m'entaille profondément le front. Ma mère m'a raconté que je suis rentré à l'appartement couvert de sang, sans verser une seule larme. À l'époque, on habitait au rez-de-chaussée, ce qui me vaut sans doute encore d'être vivant aujourd'hui, vu le nombre de fois où j'ai tiré une chaise pour marcher sur le rebord du balcon.

Je descends mon doigt sur mon visage, le long de mon nez un peu de travers, sur ma bouche épaisse. Les deux m'écoutent avec attention.

— Neuf ans, mon menton s'écrase sur le bitume de la cour de récréation, quand je saute d'une branche d'arbre... Douze ans, je lis des *Comics* à n'en plus finir, je deviens persuadé que je ne peux pas mourir. Chute du toit de ma maison à Munster, trois points de suture au genou, et des fractures un peu partout : aux jambes, aux poignets, un terrible souvenir. Là, quatorze ans... (je regarde Farid) un mauvais coup de mon père... Là, seize, là, dix-sept, rien de bien méchant mais le personnel de l'internat se souviendra toute sa vie de moi. Là, là, et puis là, c'est à l'armée. Les chasseurs alpins. Ensuite, quelques bobos, mais grosso modo, calme plat jusqu'à vingt-huit ans. Là, c'est les Dolomites, sans doute ma pire frayeur. Quatre points de suture... Trente-quatre ans, les côtes, sur la gauche. Mon nez cassé, à maintes reprises. Et puis, il y a ces morsures de chien, mais je t'ai déjà expliqué. Et maintenant... Je me rhabille, si tu veux bien. Parce que si on continue ainsi, vous allez me ramasser à la petite cuillère.

Il désigne mon pectoral droit.

— Et là ?

Ils l'ont vu, évidemment. J'aurais préféré ne pas en parler, mais je me demande s'il y a encore un sens à nous cacher les uns des autres. Deux taches rosâtres, creuses, comblent la partie haute de ma poitrine.

— C'était il y a vingt ans. Deux coups de piolet...

— On t'a astiqué au piolet ? Plutôt original.

— C'était mon meilleur ami... Max Beck.

Je ramasse mon pantalon, les lèvres pincées. Un piolet contre une poitrine, ça fait un bruit dont on ne peut pas se débarrasser, une espèce de clapotement semblable à celui d'un pied dans une flaque. Sans plus un mot, j'enfile mon pantalon. Ils me regardent, dans l'attente que j'en dise davantage, mais je ne m'étalerai pas. C'est ma vie, et je ne vois pas, de toute façon, comment ça pourrait nous faire sortir d'ici.

À peine lavé, et me voilà obligé de replonger dans la sueur des jours passés. M'enfoncer, de nouveau, dans ces habits chargés de fluides morts. J'en ai marre de vivre, dormir, émerger dans la merde infâme de ma propre déchéance. Mais que faire d'autre ? Comment contrer cet implacable destin ? Ici, on ne peut pas faire demi-tour, on ne peut pas rentrer chez soi.

— Une histoire de femme, ces coups de piolet ? me demande soudain Michel en se déshabillant.

Je fronce les sourcils, pensant que le sujet des cicatrices était clos.

— Pourquoi vous me dites ça ?

Michel se retrouve à son tour entièrement nu. Il montre une charpente robuste, aux muscles lourds, avec de solides biceps et de belles épaules. Musculation ou club de remise en forme, à tous les coups. Lui aussi, il arbore deux ou trois cicatrices plus petites, aux avant-bras. Les poils de son torse grisonnent. Sur la partie haute de son omoplate droite s'étend un tatouage bleu et jaune – ou vert et blanc –, qui représente la lettre *C*. Il se masse énergiquement les épaules.

— On boit, on parle femmes et c'est là que tout part en vrille. Derrière chaque bagarre, il y a une histoire de femme.

— Ce Max, c'est ça ? me dit Farid.

Mes poils se hérissent.

— D'où tu sors ce prénom ?

— Tu parles vachement quand tu dors, je te l'ai dit. T'as l'air tourmenté de cauchemars, mec. Ton père et ce Max en font partie, on dirait…

Bras croisés sur le torse, Michel trépigne.

— Bon, si vous pouviez vous manier, je me les gèle, au cas où vous n'auriez pas remarqué. Vous voulez que je tombe malade, c'est ça ? Non, alors versez la moitié de la casserole dans la cavité gauche de mon masque, et l'autre moitié dans la droite.

— Vous êtes sûr ?

— Faites… Ça me gratte, ça me pique, et je vais m'exploser la tête si ça continue une journée de plus.

— Et si ça dérègle le mécanisme de… de la bombe ?

— Tant mieux.

Je m'approche de lui. Il lève le front au plafond, de sorte que les petits trous devant ses yeux soient horizontaux.

— Le tatouage, dans votre dos… Ce gros C, c'est…

— C comme Cédric. Comme pour la boucle d'oreille. Bon, vous accouchez ?

Sa réponse sèche m'invite au silence. Je verse l'eau suivant ses indications, dans les cavités ridicules. Michel pousse un long râle de soulagement. Je prends une serviette sèche et frotte dans son dos, ses reins. Il en plonge les extrémités dans les orifices du masque. Farid nous regarde, ahuri, nous soigner l'un l'autre, comme deux vieux singes. Derrière nous, le glacier se dresse, majestueux. Il y a quelque chose d'improbable dans notre situation. Je me mets à rire nerveusement.

— On peut savoir ce qui te fait marrer ?

Je hoche le menton vers ce stupide glacier.

— Michel, nu avec son masque, devant une superbe cascade. On se croirait sur l'île de La Réunion, version cauchemar.

Je crois que Michel ne rit pas. Le jeune beur essuie le filet transparent au bout de son nez.

— À mon avis, on n'attrape pas de rhume à La Réunion.

Je pose l'autre serviette à moitié mouillée autour de ma nuque. Je compte essuyer Farid avec l'autre moitié, la sèche.

— À toi, je lui dis.

— Non, non, non, merci. Ta douche d'Esquimau, tu remballes, d'accord ? Je peux pas. J'ai trop froid. Tu veux ma mort ou quoi ?

— Il faut donner de la chaleur à ton corps et chasser la crasse. Lui montrer qu'il est vivant. Allez, viens !

Le forcer à sortir de son duvet, c'est comme lui arracher un membre. Il me faut y aller de toute ma verve pour qu'il daigne se lever. Il se déshabille au ralenti. Le gouffre est en train de le digérer. Quand je le vois nu, quand je constate avec quelle violence il tremble, les mains ouvertes et abîmées devant son sexe circoncis, j'oublie La Réunion et me demande combien de temps nous allons encore tenir.

À présent, Farid a les deux poings regroupés sous sa gorge, et il lève les yeux au ciel, les jambes légèrement pliées.

— Fais vite, pu…

Ce qui se produit l'instant d'après ne dure pas une fraction de seconde. Alors que je décolle la casserole du feu, Farid se rue soudain en direction de Michel dans un hurlement. Son sexe pelé claque contre ses cuisses, ses muscles effilés se bandent tandis que son visage semble se mouvoir au ralenti. Je vois ses frisettes se détendre dans l'air, les traits de son front se plisser comme le granit qui craque. Les deux poings devant lui, il percute Michel en pleine poitrine. Un râle de surprise inonde les lèvres du colosse ; déséquilibré, il tombe en arrière. J'ai l'impression de capter chaque phase de sa chute. Pok bondit sur le côté, l'oreille droite à l'affût, le museau relevé.

À ce moment-là, une stalactite traverse mon champ de vision. Elle est plus grosse, plus longue qu'un parasol fermé. Elle se désagrège en centaines d'éclats au contact du sol. Des morceaux de glace me giflent les joues, percutent le dos de Farid, ses mollets, ses fesses. Le jeune Arabe, couché sur Michel, pousse un cri de douleur. Pokhara, lui, détale dans l'obscurité en couinant, la queue entre les pattes arrière.

C'est fini. Plus un bruit.

Nous restons là, stupéfaits, immobiles, chacun dans nos positions avant l'impact. Je jette un œil au plafond. On dirait que cette stalactite, elle était placée là, juste devant la tente, pour nous tuer.

Lentement, Farid bascule sur le côté, les fesses au sol, et Michel finit par se redresser, bras repliés sur le crâne. Titubant, il s'approche du point d'impact, là où il se tenait quelques secondes auparavant. J'entends Michel respirer lourdement. Puis il se tourne vers le réchaud, sans un mot. Il se baisse, décolle le récipient du feu, se recule et part un peu plus en retrait.

— Viens… il fait de sa voix éraillée, s'adressant à Farid.

Le jeune beur s'approche, il ne tremble plus, encore fouetté par l'adrénaline. Michel le prend à la taille et le retourne, avant d'inonder ses épaules et de lui frotter le dos, les cuisses, les mollets du plat de la main. La jambe supportant l'entrave tendue à l'horizontale, Farid se laisse faire, le pied gauche dans la glace qui se met à fondre. Ses yeux si bleus s'attardent sur le mégot que la stalactite a percuté. Son cœur soulève le voile de peau sous la troisième côte, ses lèvres se serrent, je crois qu'elles me sourient quand, doucement, Michel lui passe la serviette sur la nuque et frotte comme un père.

Michel se penche soudain.

— T'as remarqué que ton pied était dans la glace ?

— Hein ? Quoi ? C'est vrai. Merde !

Michel se frotte les mains l'une contre l'autre.

— Tu ne sens pas le froid ?

Farid secoue la tête. Michel et moi, on se regarde, les lèvres pincées. Le colosse se baisse.

— Ça ressemble à un début d'engelure. On voit le même genre de symptômes sur les carcasses de porcs dans les chambres froides. D'abord les fissures dans la peau, puis les crevasses.

Farid observe son pied, incrédule, alors que je me rapproche. Son regard se teinte d'inquiétude.

— C'est pas normal, c'est ça ? Qu'est-ce que ça veut dire ?

Michel s'accroupit.

— Que si on ne trouve pas de solution rapidement, il va falloir couper.

20

Jonathan Touvier : « Revenons à la motivation de vos expéditions extrêmes. Si nous avons bien compris, vous y allez pour pouvoir ensuite vous réjouir d'en être revenu ? »
Reinhold Messner : « En gros, c'est cela. Mais, au début, c'est un peu différent. On tâtonne, on se risque toujours un peu plus loin, jusqu'à atteindre un point limite, un point de non-retour, à la frontière entre le possible et l'impossible. Si je fais un pas de plus, je risque la mort, mais si je ne le fais pas je ne serai pas allé au bout de mes exigences. Arrivé à cette frontière, je ressens enfin le désespoir, la détresse, la peur : je ne vais pas pouvoir redescendre, je vais tomber... Cette angoisse, je ne la ressens que si je vais à ma limite, que peut-être je ne reviendrai pas à la maison, que je suis allé trop loin, qu'il y a trop d'obstacles entre la sécurité et moi... »

Interview de Reinhold Messner, l'un des plus grands alpinistes, par Jonathan Touvier pour Extérieur

J'ai déjà vu des orteils gelés, ça ressemble d'abord à de la roche volcanique, puis très vite, à des morceaux de charbon. Je plante une casserole sur la flamme, pleine de la glace que je viens de ramasser au sol.

— Va vite sous le duvet, et masse, je lui dis. Il faut absolument raviver tout ça. Depuis quand t'as arrêté les massages ?

— Je… J'en sais rien, merde ! Pourquoi ? Pourquoi faut que ça me tombe dessus, à moi ?

Farid se rhabille en coup de vent et s'exécute, répétant sans cesse : « Qu'est-ce qui va m'arriver ? » Je crois que rien n'est plus effroyable que de voir son propre corps dépérir, se mettre à geler comme s'il ne nous appartenait plus. Cinq minutes plus tard, le jeune plonge ses orteils dans l'eau tiède, directement dans la casserole. Sa peau aux allures de pain rassis se ramollit en même temps que la douleur se réveille. Il se met à crier. Michel, tout proche de lui, ôte ses épaisses chaussettes.

— Il faudrait de l'huile pour nourrir les tissus et les sauver de la nécrose. Tu vas te masser encore, puis tu enfiles mes chaussettes, en plus des tiennes. Ça devrait ralentir la progression de l'engelure.

Michel se rechausse, les pieds nus. Je lui attrape le bras.

— C'est de l'inconscience. Les chaussures ne sont pas fourrées, vous risquez de vous retrouver dans son état.

— Je sais, et c'est bien ça le problème : c'est que je sais.

Je pense qu'il me regarde d'un air grave. Sans en dire davantage, il ramasse la seringue positionnée le long de la toile, en ôte l'aiguille et la défait de son extrémité en plastique. Ensuite, il se met à arracher du fil de nylon au bout de notre duvet. Il en récupère au moins un mètre, en plusieurs fois et en grognant quand les coutures lui résistent trop. Puis il s'empare du réchaud allumé, de la recharge bleue de propane et disparaît vers la ligne rouge, sans un mot, sans un regard. Farid grimace et appuie sur ses orteils redevenus mous.

— Qu'est-ce qu'il va faire ? L'aiguille, le fil… Puis t'as entendu sa voix, ses grognements ? On aurait dit… une bête sauvage.

— C'est ce qui me fait peur.

Farid lève ses yeux vers le haut de la toile, tandis que je masse le pied.

— Comment elle s'est décrochée, la stalactite ? Elle est tombée en plein sur mon mégot de cigarette. Tu crois que c'était le hasard, tout ça ? Ou que… qu'On nous punit ? Je veux pas que… qu'on me coupe mes orteils, putain.

Je regarde un peu partout. La pierre tranchante, qui me sert à marquer les jours, a disparu : Michel l'a embarquée avec lui. Je rabats les pans de la toile et remonte la fermeture. Enfermé de la sorte, je me sens un peu plus rassuré. J'ai cinquante berges et davantage peur que ce môme, j'en suis sûr.

— Tu aurais dû nous le dire avant, pour tes pieds.

— Et ça aurait changé quoi ? Je crois pas que Michel m'aurait donné ses chaussettes, si je lui avais pas sauvé la vie.

— Mais moi, j'aurais pu te prêter les miennes. Et puis on aurait massé, sans cesse.

— J'ai toujours appris à me débrouiller seul.

À présent, je prends ses mains entre les miennes et frotte activement. Ce sont des éponges dures et sèches. On dirait qu'il se consume par les extrémités, peu à peu, comme un papier qu'on brûle et qui finira par disparaître.

— Te débrouiller seul ? J'étais comme toi, quand j'étais jeune. Solitaire et borné. Dans la montagne, je me suis aperçu que quelque chose de profondément humain existait, ça s'appelle l'entraide. Aider, sans rien attendre en retour. Je n'attends rien en retour, Farid. Si je te masse les mains, ici et maintenant, c'est parce que j'ai envie de te donner quelque chose de simple et qui ne coûte rien. Juste un peu de chaleur humaine.

Son expression change, il me regarde avec ce que je pourrais interpréter comme un soupçon de tendresse. Pour la première fois depuis que nous sommes ici, je me dis que c'est vraiment un beau garçon. Il doit plaire aux filles.

— C'est marrant, il me dit. C'est toujours sous terre que les gens se révèlent. Il n'y a jamais eu tant de chaleur humaine partagée qu'au fond de la mine. Mon grand-père n'arrêtait pas de dire ça.

Farid me sourit, enfin. J'aime la façon dont ses fossettes se creusent, la beauté dissimulée de son visage de gosse.

— Hé ! Pourquoi tu me regardes comme ça ?

Je préfère le lâcher et m'éloigner un peu pour caresser Pok.

À travers la toile, la corolle bleutée du réchaud oscille soudain sur la surface rouge et se rapproche. On entend un halètement, Michel revient. Pok se dresse et gratte contre la toile de la tente. Je baisse la fermeture, il sort précipitamment, je l'imite. Dès lors, mon chien fonce vers les pieds de Michel et renifle. J'ai du mal à réaliser ce que mes yeux découvrent.

L'horreur.

Farid m'a rejoint à l'entrée de la tente, aucun son ne franchit la barrière de ses lèvres.

Michel est debout, immobile à nous regarder, ses chaussures regroupées dans une main, une orange dans l'autre. Ses pieds sont emmitouflés dans deux grosses chaussettes blanchâtres qui montent par-dessus son pantalon. Des chaussettes que nous n'avions jamais vues.

Des chaussettes de peau humaine.

Avec l'aiguille et le fil, il a cousu les extrémités entre elles au niveau des orteils, et le haut de chaque chaussette est cousu directement à son pantalon. Clairement, on devine que les bords ont été cisaillés par à-coups violents, acharnés, parce qu'ils sont en dents de scie. Il a dû couper avec la pierre tranchante, en tendant la peau comme on tend du papier cadeau.

Il nous double, pose l'orange, s'empare de la casserole et s'immobilise, sans raison, en regardant sa main aux doigts en moins. L'épisode de déconnexion dure bien vingt secondes, avant qu'il reprenne ses mouvements et verse le liquide tiède sur ses doigts.

— Ce… n'est pas compliqué à faire. On réalise une incision au coude, l'autre à l'avant-bras, et on retire la peau avec la couche de graisse sous-cutanée. Ça s'enlève aussi facilement qu'un gant.

Il parle avec naturel, comme un enfant qui voit un mort pour la première fois à la télé et qui continue à manger ses biscuits au chocolat. Se rend-il seulement compte qu'il est devenu un ignoble pilleur de chair humaine ?

— Regardez, le pli du coude s'adapte à la perfection au talon. Magique. Vous ne pouvez pas imaginer comment c'est chaud et confortable. Ils faisaient ça chez les gauchos, avec des poulains.

Ça fait un bruit étrange lorsqu'il marche, comme une succion. Je regarde Farid, et j'ai l'impression qu'il va s'évanouir. Michel, excité et fier, n'arrête plus de parler :

— Quoi ? C'est ça, la survie, les gars. C'est pas terrible, mais on est bien obligés de s'adapter, n'est-ce pas, Jonathan ? On n'a pas le choix. Ça va mieux, Farid, tes orteils ? Demain, je ramènerai un peu d'huile. On fera chauffer avec l'eau, et on trempera tes pieds dedans. Ça va permettre d'hydrater et de nourrir les tissus mal en point. Nul doute que les choses vont s'arranger pour toi.

Je l'observe, désormais si sûr de lui, si serein, et me demande jusqu'où nous allons aller ainsi. Il caresse ses chaussettes immondes, de haut en bas. Ce type est un taré, j'en ai soudain la conviction. Et pourtant, il est le seul à pouvoir bouger les rochers et détenir les clés de notre liberté. Il est l'unique moteur de notre espoir, notre survie. Les mâchoires serrées, j'ôte mes propres chaussettes et les lui jette au visage.

— Gardez mes chaussettes mais débarrassez-vous de ça immédiatement. Je vous en supplie.

Il semble peser le pour et le contre. Ça dure une bonne minute. Il redresse son ignoble regard d'acier vers moi.

— Sûr ?

— Sûr…

— Très bien. Accord conclu. Mais ne me les réclamez plus jamais.

Il tend sa main rouge, je ne la serre pas. Il prend alors son dû puis, dans un rire sec, s'empare du réchaud. Il s'éloigne à nouveau vers le fond du gouffre en sifflotant. Farid le regarde partir et rentre dans la tente, sans un mot, les joues creuses, le regard bas, tandis que je glisse mes pieds nus dans le duvet. Dès lors, je l'entends marmonner en arabe.

Une prière…

21

« La fin de l'espoir est le commencement de la mort. »

Charles de Gaulle

Plus tard, Michel réapparaît avec la bouteille de vodka entamée et l'orange. Dieu merci, il s'est débarrassé des lambeaux de peau et a renfilé chaussettes et chaussures. Il pose le *festin* entre nous, de même qu'une assiette. Sur le réchaud qu'il vient de laisser à l'extérieur, il abandonne la casserole, et y introduit de la glace qu'il récupère de la stalactite brisée. Il casse le morceau plus menu en l'écrasant de son poids.

— Dire que ça a failli me transpercer… Le jour de mes quarante-sept ans.

Farid et moi, on se regarde, Michel le remarque :

— Ouais les gars. Depuis que je me suis mis à gratter la glace, ce matin ou je ne sais quand, c'est mon anniversaire. Trois traits sur le tapis bleu… Quarante-sept printemps. Je… Je ne voulais rien vous dire, je ne suis pas du genre à susciter la pitié ou de la compassion. Mais avec ce qui vient de se passer… On pourrait peut-être fêter ça, avant que le ciel nous tombe sur la tête. Mourir transpercé par une stalactite dans une grotte, il y a quand même plus glorieux.

Il tourne la tête vers moi, levant le fruit intact.

— Je travaille dur, pour vous. C'est notre seule lueur d'espoir, cette galerie, celle qui va nous faire tenir, nous donner envie de vivre encore un peu plus longtemps. Je suis à bout de forces, mais je vous la laisse, cette orange. Je ne cherche pas à vous nuire, à tous les deux, pas plus que je ne cherche à être votre ami. Mais c'est... avec ce qui nous arrive. J'ai l'impression de... de perdre les pédales, parfois.

Il se gratte brusquement le cou, dans un tremblement nerveux. Je le fixe avec un peu de nostalgie, et dis :

— Quarante-sept ans... Le jour de mes quarante-sept ans, je mangeais des homards et des écrevisses au restaurant *L'Air du temps*, à Annecy.

— Des homards... Des écrevisses... t'es vache de parler de ça.

Michel pose les quartiers dans l'assiette, en formant deux tas.

— Quatorze. Sept chacun, pour vous deux. Allez-y.

Je vois que Farid apprécie le geste, il récupère sa part. Il aligne précautionneusement ses petits croissants de vie dans sa paume ouverte en soupirant.

— En haut, on se bat pour le fric, pour gagner toujours plus. Mais ici, qu'est-ce que ça vaut, le fric ? Ces quartiers, ils sont plus importants que n'importe quel diamant. Je donnerais un an de ma vie pour en avoir dix de plus.

Serrant les mâchoires, il repose en définitive deux quartiers dans l'assiette, qu'il pousse vers Michel.

L'homme au masque le remercie d'un coup de menton.

— T'es pas obligé.

— Me tente pas de les reprendre, mes diamants.

Pok est aux aguets, il gratte avec sa patte contre ma cuisse. Je pioche les sept morceaux de ma portion, les renifle avec envie, et en glisse quatre d'entre eux sur le tapis. Ils disparaissent en un gros coup de langue. Il m'en reste trois, je les lève devant moi.

— Trinquons, alors. Bon anniversaire.

— Bon anniversaire, répète Farid d'une voix morne.

Michel hoche lentement la tête.

— Dire que là-haut, je voulais honorer la mémoire de Cédric, mon fils. Je fais ça à chaque anniversaire. On va sur sa tombe, avec Émilie, et on brûle de petites bougies.

Personne n'en rajoute. Que dire d'autre ? Qu'il existe meilleur endroit pour fêter un anniversaire ? Que, dehors, des gens dansent et boivent du champagne tandis que nous, on croupit ici, frigorifiés, en taillant dans un cadavre ? Michel avale doucement ses deux quartiers, en appréciant chaque bouchée. Il vient se glisser entre Farid et moi et s'empare de l'appareil photo. Il tend son bras devant lui, l'objectif braqué vers nous trois.

— Non ! je fais en tendant la main.

En une fraction de seconde, le flash part, nous brûle les yeux. La petite langue de papier glacé sort de l'engin.

— Pourquoi vous avez gâché la photo ?

— Je n'ai rien gâché du tout. C'est mon anniversaire, non ?

Les faciès se dessinent, peu à peu, on voit ma main tendue vers l'objectif, qui masque une partie de mon visage. Tous trois, nous observons attentivement la photo. Il n'y a pas un sourire, les mines sont déconfites, ma bouche est ouverte. Ça fait drôle, on dirait un cliché qui n'a aucun sens, aucun contexte. Dessus, Farid est en train de porter un quartier d'orange à la bouche. En se regardant, Michel palpe chaque aspérité du masque, en apprivoise les courbes, les nuances. C'est la première fois qu'il se voit ainsi, si je puis dire, et j'imagine fort bien le sentiment d'impuissance qu'il doit ressentir.

Avec son aiguille et du fil, Michel transperce la photo et la suspend à la barre transversale. Il fait de même avec celle de Farid, puis celle où il est au bras de sa femme.

— Elle veillera sur moi.

Je lui demande de faire pareil avec la photo de Claire. Les clichés s'agitent au-dessus de nos têtes comme un attrape-rêves. Ensuite, Michel place son gobelet devant lui, le remplit de vodka et me le tend. J'hésite, à deux doigts de refuser. Je connais trop bien les dangers de l'alcool, mentaux et physiques.

— Allez. Laisse les mauvais souvenirs de côté, et tirons-nous quelques heures de ce maudit gouffre. C'est mon anniversaire, fais ça pour moi. Pour pas me laisser seul avec le cadavre au fond de la grotte. Quarante-sept ans…

Il a raison, à quoi bon souffrir en permanence ? Je me décide à franchir le pas. Alors, moi le prudent, je n'économise rien, embarqué dans un festin gargantuesque. J'avale mes deux quartiers jusqu'au dernier pépin, me lèche les doigts, et m'enivre de quatre généreuses gorgées d'alcool. Je fume la cigarette molle dans notre « restaurant », aussi, accompagné de Farid. Plus de limites, de barrières, le temps d'un anniversaire. Ça fait un bien énorme. Depuis quand n'ai-je pas bu une goutte d'alcool ? Depuis quand n'ai-je pas pensé à autre chose qu'à Françoise et sa leucémie ? Aux factures que j'ai du mal à payer et à ces cachets ronds qui finissent au fond de ma gorge quand ça va mal ?

Michel, lui, s'offre un torrent au goulot. Il tend la bouteille à Farid.

— Bois. Bois, ça te fera du bien à toi aussi.

Farid se lève et s'approche du réchaud.

— Non, pas d'alcool. Un thé plutôt. Un thé avec le zeste d'orange dedans. C'est une bonne idée, le zeste d'orange.

— Tu devrais laisser ta fichue religion de côté. Elle ne sert à rien, ici.

— C'est justement ici qu'elle me sert le plus.

Le silence nous tombe dessus. Michel agite subitement la vodka devant lui et rompt cette infernale absence de bruit.

— Vous pensez que si, un jour, on devait raconter cette histoire à nos petits-enfants, ils nous croiraient ?

Je lève les yeux vers la photo de Claire, qui tourne lentement, puis vers celle que vient de tirer Michel.

— Sans doute pas. C'est tellement irréaliste. Tellement... fou. C'est pour ça que cette photo de nous trois existe. Elle est la preuve de notre souffrance. Cette photo est un bien précieux, en définitive. On la ramènera à la surface avec *Bienvenue*.

Michel cogne du poing sur le dessus de son masque, se mettant à rire.

— Et puis, la folie ne sonnerait pas si creux. Retenez bien ce bruit de métal. Aussi longtemps qu'il résonnera dans votre tête, il prouvera que vous n'êtes pas fous. Tous les trois, nous avons réellement existé, ici, au fond de ce gouffre. C'est ça que nous devrons raconter. C'est ça que nous devrons transmettre. Pour que personne n'oubl…

Il ne termine pas sa phrase, la flamme du réchaud mollit et disparaît. Michel se redresse sur-le-champ.

— Non, non, ce n'est pas grave. Deux minutes, deux minutes, d'accord ?

Il part en courant avec le photophore et revient presque aussitôt. À toute allure, il libère le réchaud de sa recharge usée et en visse une nouvelle.

— Voilà, voilà… Hop, on n'a rien vu. Tout va bien, d'accord ? Il y en a encore deux là-bas, on est sauvés. Deux, vous imaginez ? C'est énorme, deux. Allez, on reboit un coup !

Il se met à rire, seul, un rire douloureux arraché à ses cordes vocales malades. Il n'allume pas, cette fois, laissant seulement brûler la flamme d'acétylène du réflecteur. Nous nous regardons à présent en silence, nous nous comprenons sans ouvrir la bouche. Que se passera-t-il quand nous manquerons de gaz ? Quand ce petit cercle mouvant qui nous abreuve, nous éclaire, nous réchauffe, nous nettoie, aura disparu pour de bon ?

D'un trait, un nouveau verre de vodka dévale dans ma gorge, me brûle le gosier. Je veux qu'il m'arrache les intestins et m'emmène loin de *Vérité*, je veux sortir de ce trou et ne plus penser à rien. Farid me prend délicatement le récipient vide des mains. Il y verse l'eau frémissante, gratte la pelure d'orange comme je le fais chaque fois et boit un grand coup. Son nez goutte, il le frotte discrètement.

Voilà, je me sens voguer, déjà, l'enfer s'adoucit. J'éteins ma cigarette et me couche, les yeux tournés vers Farid. La voix de Michel résonne soudain, hors du temps :

— Si quelqu'un a des choses à dire, ou des confessions à faire, c'est peut-être le moment.

On dirait un oracle. Je me mets sur les coudes. Mon esprit divague. Je sens des choses curieuses dans mon ventre. Trois jours sans rien dans l'estomac... Des années sans vraiment boire. L'alcool a dû prendre l'autoroute jusqu'au cerveau sans passer par les intestins.

— Rien de plus qu'hier, rien de moins que demain.

— Et toi, Jonathan ?

J'essaie de réfléchir, je n'y arrive plus vraiment. Je me sens bien.

— Non, rien. On pourrait se mettre à raconter nos vies, mais...

— Justement, parle-nous de ces coups de piolet. Celui qui t'a fait ça, ce Max, tu ne crois pas qu'il a un rôle dans l'histoire ?

— Max est mort. Il est...

Tous ces remugles du passé, ils se sont accumulés dans mon crâne comme de la neige tassée par un blizzard. Les cauchemars, les réveils en pleine nuit. Les raconter à d'autres oreilles que celles de ma Françoise me ferait peut-être du bien. Michel me tend son verre, je bois encore une belle gorgée.

— Max Beck est mort après un bivouac sur le Siula Grande, dans la cordillère des Andes, en 1991. J'avais trente et un ans. Le Siula Grande, c'est... c'est un véritable enfer vertical, à cause de… des *ice-flutes*... une architecture de glace et de neige pulvérulente que seules les montagnes péruviennes savent façonner.

J'incline la main devant moi, mes yeux me font mal. Je suis là-bas, sur les pentes, à peiner dans l'effort. Je sens la neige me durcir les traits, les UV m'agresser la peau. Mon corps n'est plus que brûlure et douleur.

— Même à soixante-dix, quatre-vingts degrés de pente, cette satanée neige tient. Oh oui, elle tient bien. Et elle s'accumule en corniches. On dirait des champignons sur des troncs d'arbres géants. Max et moi, nous grimpions depuis deux jours, en route vers l'arête sud. On s'était gavé de nourriture avant l'ascension. Du chili comme on n'en fait plus, du porridge, des tas de fromages péruviens fabriqués avec du lait de chèvre. Si vous aviez pu goûter ce lait de ch…

J'entends les glottes claquer dans les gorges, la salive se déverser sur les langues gonflées par la faim.

— Bref, on riait, on sortait des blagues foireuses, persuadés d'une montée difficile mais faisable. Nous en avions vu d'autres. Le Kilimandjaro, trois ans auparavant, les Bridal Veil Falls l'année précédente, une tentative d'ascension du Cho Oyu juste l'année d'avant.

Je ravale ma salive.

— Dans les pentes du Siula, à cause d'une soudaine tempête, nous avons été obligés de bivouaquer sur l'une de ces fichues corniches. Il n'y avait aucun autre choix possible. En poursuivant notre ascension, on aurait gelé sur place. On ne voyait pas à un mètre.

Les mots me restent en travers de la gorge. Je me souviens encore si clairement… Nos lunettes couvertes de givre. Nos barbes coiffées de glaçons et ce vent, qu'on appelle là-bas le « balai de Dieu ». Max n'avait jamais aimé cette montagne, à cause de la météo changeante, mais il voulait *se la faire,* avec moi, comme une revanche sur notre mésaventure du Cho Oyu.

— … Au lendemain matin, quand le soleil est revenu, Max est sorti en creusant la neige entassée devant l'entrée de notre abri. Il faisait beau, Max sifflotait. On avait le moral, persuadés que le sommet était accessible en une matinée. C'est à ce moment-là qu'une partie de la corniche a entièrement disparu sous ses pieds. Nous n'étions pas assurés par une corde. Je… Je l'ai vu chuter de la hauteur d'un immeuble de trente étages, se fracasser contre la roche et disparaître au fin fond d'une crevasse, à plus de cinq mille mètres d'altitude.

Le silence m'ensevelit. Je me rappelle le moindre pli de sa combinaison rouge et jaune. Je vois encore ses globes oculaires, noirs de fatigue, se creuser de surprise, sa main agripper le vide, ses lèvres gercées se perdre dans un cri.

Je me prends la tête dans les mains. La dernière fois où j'ai parlé de l'accident remonte à si loin. L'ambassade de Lima… Puis, sur le sol français, les sponsors, la presse spécialisée, *Extérieur* évidemment… Françoise, bien sûr. Je me souviens aussi de l'orbe de silence qui avait frappé le milieu de l'escalade, la consternation, le sentiment d'une perte inestimable. Max était un alpiniste remarquable, à la grâce athlétique et au caractère impétueux. Mais, derrière cette façade de roc magnifique, il s'éclatait avec des prostituées avant chaque ascension. Et, par-dessus tout, il frappait son épouse.

Et elle restait avec lui, bon Dieu. Elle l'aimait malgré tout, comme le sherpa adule sa montagne.

Michel soupire.

— C'est quelque chose d'affreux à vivre. Voir quelqu'un partir sous ses yeux sans rien pouvoir faire. Être, en quelque sorte, un survivant.

Je m'allonge, Pok serré contre moi. Ça tourne de plus en plus.

— C'est… C'est comme vous, avec vos doigts sectionnés… Ce genre d'accident fait partie du métier. La montagne est belle, mais c'est une tueuse d'hommes. C'est la première leçon que… l'on apprend en grimpant.

Michel lève sa main mutilée devant son masque.

— Les risques du métier, ouais.

À nouveau, il se fige. Longtemps. Puis il revient subitement vers nous et pose la bouteille dans un coin.

— Bon… On éteint la lumière et on dort ?

Farid, replié sous sa couche, les yeux vers la toile, se perd dans une soudaine quinte de toux. Quelque chose de gras, d'inattendu, un raclement semblable à celui de la paille qui aspire le fond d'un milk-shake.

— Ferme pas, Michel. Ferme pas… Tu peux bien baisser au strict minimum, mais ferme pas…

J'acquiesce silencieusement en direction de Michel, la bouteille d'acétylène est grande et encore bien pleine, semble-t-il. Michel tourne le robinet à son minimum. Les ombres dévalent sur la toile, les ténèbres s'engouffrent à l'intérieur. Je les sens presque me caresser le visage. Je sais qu'*Obscurité* en a profité pour se glisser sous la toile. Je perçois, sur ma droite, de petits tressautements… Les narines qui aspirent l'air… Farid est en train de pleurer, mais il semble retenir son souffle pour que cela ne se remarque pas. Je roule sur le côté et me glisse dans son duvet. Sa voix se meurt :

— Qu'est-ce que tu fiches…

— Rappelle-toi. Un peu de chaleur humaine, ça n'a jamais brûlé personne. On n'a que deux duvets, on est trois.

Nos corps se touchent, je passe mes bras autour de sa poitrine bruissante, laissant couler la chaîne au-dessus de son flanc droit, et le serre fort contre moi. Je sens la chaleur monter.

— Ça va aller… Ça va aller, d'accord ?

Je claque la main au sol, Pok vient se plaquer contre mon dos, puis je détourne la tête vers Michel. Les vêtements pendent au piquet transversal et m'effleurent le front.

— Vous pouvez éteindre maintenant.

Ma tête me tourne. Dans l'obscurité, je me colle davantage à Farid. En dépit des habits, nos carcasses se chauffent l'une l'autre, s'unissent pour mieux lutter. Je plaque mes pieds sous les siens et colle mon front contre son dos. Je renifle son corps, les yeux fermés.

— Qu'est-ce que tu fous, putain ?

Il me donne un coup de coude, je sursaute. Je me retourne alors et pose honteusement mes mains à plat sur mon pantalon, au niveau de l'entrejambe.

22

« Après tout, en dépit de ces innombrables obstacles, je venais de réaliser le rêve propre à chaque alpiniste : avoir atteint le toit du monde. Mais c'est seulement une fois là-haut que l'on prend la réelle mesure du travail qu'il reste encore à accomplir : la descente. Le sommet, en soi, ne représente que la moitié du chemin. Pour beaucoup, vaincre l'Everest, c'est planter son fanion à l'endroit le plus élevé de la planète. Mais non. Vaincre l'Everest, c'est arriver vivant en bas. »

*Jonathan Touvier, n° 121 d'*Extérieur, *septembre 1986*

Nous sommes le matin, sûrement…

Ma main se tend vers l'arrière pour étirer mon corps endolori, et dans le geste elle renverse le gobelet de *Bienvenue*. L'araignée ne réagit pas, je me penche, la pousse mollement du pouce. Rétractée en un petit caillou noir, elle est morte. De faim, peut-être. Ou c'est cette minuscule pelure d'orange qui l'a intoxiquée. Je la prends délicatement au creux de ma paume, agite un peu la main et la repousse vers le fond de la tente.

Pourquoi m'a-t-elle abandonné si rapidement ?

C'est dans cette découverte abominable que je m'aperçois d'un grand vide. Le manque d'une présence. Je me redresse, soudain bien réveillé.

— Pok ? Pok !

Juste à l'entrée de la tente, debout, Michel ne bouge pas. Il a les mains gantées le long de ses cuisses, les jambes écartées.

— C'est bien ça le problème. Pok…

Il s'est attardé sur le « o », et sa langue a claqué contre son palais quand il a prononcé le « k ».

Je me lève aussitôt.

— Quoi ! Quoi !

— Ce qui devait arriver est arrivé. Ton chien, il a investi la caverne où se trouvent les réserves de gaz. Pas moyen d'approcher sans qu'il essaie de m'arracher le bras. Et tu sais quoi ?

J'ai peur de la réponse, qui sort quelques secondes plus tard de ses lèvres figées dans l'acier :

— Il est en train de s'envoyer un festin comme il n'en fera sans doute plus jamais dans sa vulgaire vie de chien.

Je m'habille en quatrième vitesse, enfile mes chaussures et cours vers la ligne rouge. Mon entrave tendue tire mon bras droit vers l'arrière, tandis que le reste de mon corps s'élance vers l'avant. Je vais, viens, voyage dans le rayon autorisé par ma chaîne sans cesser de crier.

— Pok ! Pok ! Viens, mon chien !

Avec prudence, Michel a placé le casque et la bouteille à l'entrée de la caverne, derrière la courbe. Ce que nous voyons se mouvoir sur la paroi intérieure de la grotte est effroyable. Il s'agit d'une ombre gigantesque, étirée, comme ces larges dessins qu'on peut observer dans les grottes préhistoriques. Avec les perspectives, la position de la source lumineuse, les distances, on discerne quatre longues pattes, supportant un corps rond, hérissé de poils, qui laisse penser aux araignées géantes des films d'horreur. Mon chien est penché au-dessus d'une masse, probablement le cadavre. L'ombre arque ses pattes, semble forcer sur le dessus du corps, puis se trouve brusquement propulsée vers l'arrière.

— Il a l'air d'avoir quelques difficultés, murmure Farid qui nous a rejoints. Regarde comment il tire. Tu crois qu'il taille dans quoi en premier ? Les jambes ? Le ventre ?

Je n'arrive pas à articuler. La réponse sort des lèvres de Michel :

— Je crois surtout qu'il essaie de traîner le corps ailleurs. Loin de la lumière, vers le fond de son nouveau territoire. Il y a plein de traces de pisse là où j'ai posé la lampe. Cette grotte lui appartient, à présent. Et il ne la cédera pour rien au monde.

Les grognements lointains de Pok roulent sur la roche. Il s'acharne, la chair du macchabée doit lui donner du fil à retordre. À nos pieds, le réchaud brûle à sa puissance minimale, afin de nous éclairer un peu. Je tente de retrouver ma voix, et de la garder assurée :

— Il va bientôt revenir.

Michel est extrêmement nerveux. Les bras croisés, il marche sans cesse, le menton bas. Je sais à quoi il pense, et où il dirige son regard : vers le revolver, posé entre la caverne et la ligne rouge. Alors je me précipite vers lui et lui barre le chemin.

— Il va revenir, pas la peine de s'alarmer. Et quand il sera avec nous, j'enroulerai ma chaîne autour de son poitrail, comme une laisse. Il n'ennuiera plus personne.

J'essaie de réfléchir le plus rapidement possible. Le temps m'est compté, nous sommes en train de basculer vers une solution que je ne veux même pas imaginer.

— Vous êtes sûr que vous ne pouvez pas récupérer le gaz ?

— Certain. Les recharges se trouvent au fond de la galerie, derrière le cadavre. Et surtout, je ne peux pas creuser. Ça, c'est gênant.

Je me penche et secoue la petite bouteille de propane reliée au réchaud.

— Elle est encore à moitié pleine, on…

— Je dirais plutôt qu'elle est à moitié vide.

— Ce n'est pas grave, on attend. J'ai calculé, on peut encore se fabriquer une dizaine de casseroles de boissons, largement de quoi tenir avec les zestes d'orange, et… pour économiser, on arrête de se laver pendant qu…

— Pendant quelques jours, c'est ça ? Et tu crois qu'on sera encore là, sans nourriture, dans quelques jours ? Ça fait quatre putains de nuits noires qu'on a le ventre vide !

Michel s'approche de Farid et lui met une main sur l'épaule.

— La solution, elle est toute simple. Demande à Farid, tu verras.

Farid ne me regarde pas dans les yeux.

— Elle est toute simple, répète le beur. Et elle nous permet de résoudre un tas de problèmes d'un coup. Le gaz… Les rochers à bouger… La nourriture…

— Et aussi le froid, complète Michel. Moi, je pense à Farid, à ses pieds et ses mains qui finiront dans un sale état si on ne réagit pas. *Idem* pour tes pieds, à toi. Imagine les bons vêtements, les chaussettes qu'on pourrait faire, en taillant dans la fourrure et…

Je me jette sur lui, l'agrippant à sa veste-duvet.

— Depuis le début, tu n'as pensé qu'à toi ! Tu ne toucheras pas à mon chien !

Nous nous empoignons l'un et l'autre. Michel me repousse violemment vers l'arrière et réajuste ses manches de blouson.

— Moi, je propose qu'on vote. On est encore en démocratie, même dans un gouffre, non ? Nous sommes trois, le calcul sera simple. Pas d'ex aequo possible. Qui vote pour qu'on abatte le chien ?

Ils ne peuvent pas me prendre Pok, pas mon compagnon de toujours. Je me suis battu par le passé pour qu'il vive, envers et contre tout. Dans un sursaut d'espoir, je me rue vers Farid et le supplie, à genoux. Jamais je ne me serais cru capable d'une chose pareille. J'ai grimpé l'Himalaya, le Kilimandjaro, j'ai vu la Terre d'en haut, j'en ai chié au-delà de tout ce qu'on peut imaginer, et je m'agenouille devant un gamin de vingt ans que je ne connais même pas.

— Ne fais pas ça. Tu connais notre histoire à tous les deux. Tu sais combien il compte pour moi. Je dois le ramener à ma fille. Je t'en prie. On attend au moins que la bouteille de gaz se vide, on…

Farid opère deux pas vers l'arrière, secouant la tête. Mes mains mollissent et lâchent ses poignets par pure résignation. Il se perd dans une toux abominable avant d'annoncer, les yeux brûlant d'un début de fièvre :

— T'as bandé dans mon dos, hier, pédé. Je vote pour.

23

« Certains inconditionnels de Freud veulent voir dans la souffrance de l'alpiniste un conflit entre ses pulsions de mort et ses pulsions sexuelles. Pour eux, voir un jeune s'entraîner jour après jour à des dizaines de tractions sur les petits doigts ne serait dû qu'à un "cuirassage névrotique et temporaire devant un œdipe non résolu". J'emmerde les névroses et j'emmerde Freud. Je préfère voir chez l'alpiniste l'aventurier moderne, avec ses qualités, ses défauts, son rejet des contraintes, sa recherche d'absolu, sa pudeur de sentiments et son courage physique. Un homme qui, en définitive, ne demande qu'à être un homme. »

Notes personnelles de Jonathan Touvier

Sans plus réfléchir, je me jette à nouveau sur Michel, réussis à lui agripper l'arrière de la veste.

— Lâche-moi !

Il me colle un coup de crosse. Je m'effondre, les mains sur le crâne.

— Ne sois pas si sauvage, l'ami… Je ne le fais pas de gaieté de cœur.

À quatre pattes, je crie avec mes tripes. Ma voix craque, mes cordes vocales me brûlent et la peau de mon poignet rougit dans le cerceau de ma chaîne. Je supplie Pok, le conjure de revenir. Sans gêne ni honte, Michel demande à Farid comment on vise, et le jeune lui explique. Je n'envisage même pas la suite. Je tue Farid du regard. Voilà, la machine est en marche. Je m'assieds, à bout de forces, et observe ces ombres sur la caverne, impuissant.

D'abord massive, trapue, la silhouette de Michel s'étire à mesure qu'il s'enfonce dans la grotte. Elle me fait penser à une mante religieuse, avec ses membres supérieurs repliés, ses longues pattes inférieures. J'ai envie de détourner les yeux et, pourtant, je ne bouge pas. Je veux accompagner mon chien jusqu'au bout. Assister au cauchemar de sa mise à mort.

Dans les instants qui suivent, je vois deux ombres s'affronter, se mélanger. Un coup de feu ébranle alors le gouffre. On dirait une boule de son qui vient fouetter les oreilles et part se fracasser contre le glacier. L'onde a traversé la cavité en une fraction de seconde. Des éboulements retentissent, des stalactites s'effondrent tout autour de nous. En criant, Farid court se réfugier dans la tente, tandis que je m'allonge au sol, les bras en croix. Je ferme les yeux.

Des fragments de glace et de calcaire me fouettent les joues. J'espère qu'un gros bloc va m'écraser le cœur. Mais rien ne me transperce.

D'un coup, Michel hurle. Soudain droit devant, il arrache la bouteille d'acétylène du sol et fonce dans notre direction en courant. Le casque traîne derrière, relié par le tuyau, bute, roule. La flamme s'éteint. Il me semble avoir vu, très succinctement, la silhouette de Pok se dessiner dans l'entrée de la grotte. J'ai le temps de me dire : « Pok est encore en vie. »

Michel me double sans se retourner et s'oriente vers la tente en catastrophe. Je ramasse le réchaud, la recharge de propane et le talonne. Des stalactites de toutes tailles ont explosé çà et là. Droit devant moi, l'homme au masque de fer chute lourdement au contact d'une sardine en métal, la bouteille d'acétylène s'écrase au sol, le gaz liquide grésille. Les mains vides, Michel se relève, titubant, haletant, et se traîne jusque sous la tente, épargnée par les chutes de glace. Il a ôté un gant à moitié arraché. Sa main pisse le sang entre le pouce et l'index, la chair est profondément entaillée. Il gémit. Très vite, il prend une poignée de glace devant l'entrée, la fourre dans la casserole et plonge sa main à l'intérieur.

— Je crois que... que je l'ai touché.

— Touché où ? dit Farid.

Au fond de moi-même, je suis tiraillé. Pok, vivant... Pok, blessé... Pok, traumatisé...

— Je n'en sais rien. À une patte, je crois, mais ce n'est même pas certain. Au moment où j'ai voulu tirer, il m'a sauté dessus. Un bond comme j'en avais jamais vu.

Il se met à grogner sur Farid.

— Remonte la fermeture !

Farid s'exécute et vient s'accroupir au milieu de la tente, en colère.

— C'était quand même pas difficile de le descendre !

— J'ai jamais tenu un flingue, tu peux comprendre ça ? Et avec des doigts en moins, t'as déjà essayé ?

Il fracasse l'arme sur le côté.

— Tiens, récupère-le, ton maudit flingue !

Il se tourne vers moi.

— Ton chien, il avait la gueule en sang et n'avait plus rien d'un chien. Il se régalait de la carcasse.

Il sort son poing de la glace dans une rage folle, et le plonge dans une serviette en éponge. Elle s'empourpre rapidement.

— C'est bien ouvert, faut recoudre. On a du matos. L'aiguille de la seringue, la bouteille de vodka, et… j'ai encore du fil de nylon, dans ma poche. Farid, donne tout ça à Jonathan, il va s'en charger.

J'hésite, il le remarque, me jauge longuement.

— Tu ne veux pas recoudre, Jonathan ?

Farid étale le matériel devant moi, mais je ne réagis pas. Je finis par me lever et pars m'asseoir dans un coin. Michel me fixe sans bouger.

— Ça, ce n'est pas sympa, Jonathan. Et ça va se payer.

Il hoche la tête vers Farid.

— Vas-y, toi. Et fais vite.

Farid ne proteste pas. Il s'empare du « matériel de chirurgie ». L'aiguille ne possède pas de chas, il met cinq minutes à passer le fil dans le trou qui sert d'ordinaire à injecter du liquide. Michel verse de l'alcool d'abord dans sa gorge, puis sur sa plaie. Il grogne et pince sa peau de façon à rapprocher les deux lèvres de chair. L'entaille est jolie, Pok s'en est donné à cœur joie.

— Allez, ordonne Michel. Taille dans le tas.

Dents serrées, Farid tente de s'appliquer au mieux. À voir cette plaie, cette façon artisanale de recoudre, il me semble être revenu des années en arrière, quand

Pok m'avait agressé de la même façon dans le blockhaus. Tout le corps de Michel s'arc-boute au premier passage de l'aiguille, ensuite ça va un peu mieux pour les suivants. C'est un solide, ce type.

Terminé. Quatre points de suture presque parallèles, Farid s'est bien débrouillé. Michel éponge avec la serviette. La couture n'est pas très régulière, ni esthétique, mais elle a le mérite de ne plus saigner. Farid nettoie encore avec de l'alcool, il semble assez fier de son travail et se remet à tousser.

— Et maintenant, on fait quoi ?

Alors que Michel fixe sa plaie, je sors et récupère la bouteille d'acétylène sur le côté de la tente. Je la ramène à l'entrée, dans la lueur du réchaud, pour observer le système d'allumage du casque. Le bec, le briquet, le réflecteur, le tuyau, tout semble intact, hormis un écrou qui agit sur la sortie de gaz, fendillé et désaxé à cause des chocs. Je le remets bien en place en serrant. Il aurait fallu peu de chose pour qu'il cède et…

Je tourne la pierre, la flamme jaillit et me rassure. Je m'éloigne seul avec le système d'éclairage. Proche de la ligne rouge, j'appelle à nouveau mon animal. Le silence… Puis les grognements, au fond de la caverne, mêlés à des cris plus aigus.

— Pok ? Allez, Pok, viens !

Ma lampe tremblote, atteint à peine les bords de la galerie. Je plisse soudain les yeux. Pok se tient à l'entrée, la gueule rouge sang. Il boitille par l'arrière. Les grognements ne cessent plus. Il m'en veut, va, vient, sans me lâcher du regard. Je claque des mains contre mes cuisses. Mon animal se fend d'un long hurlement. Je vois la vapeur sortir de ses mâchoires ouvertes. Cette image est épouvantable : un loup hurlant sous des stalactites glacées.

L'instant d'après, il détale dans le goulot sombre. Autour, le courant d'air enfle, le puits se met à chanter. Je plaque mes mains ouvertes sur mes oreilles.

C'en est fini, Pok n'est plus Pok. Il est cette *chose* combattue en Lorraine.

Un monstre capable d'attaquer et de tuer.

Là, maintenant, j'aurais préféré cent fois qu'il soit mort. Que Michel n'ait jamais raté son coup. Je retourne à la tente en marche arrière, les bras ballants, avec le dernier espoir qu'il revienne se glisser entre mes jambes et renifler au creux de mes mains. Je pénètre dans notre abri en baissant la fermeture, par sécurité, puis considère Michel avec un air de reproche.

— Tu as fait pire que mieux. On n'a plus de balle, on ne peut plus accéder au gaz et mon chien n'est plus mon chien. Et maintenant, que proposes-tu d'autre pour nous enfoncer plus encore ?

Il relève sa face de boulons.

— Qu'on le tue à mains nues.

Ce type n'abandonne jamais, il ira au bout de son délire. Je ne sais plus quoi penser, je suis perdu, je réfléchis mal. Farid s'est accroupi auprès du coffre, se donnant l'illusion de faire quelque chose, d'être utile. Mais utile à quoi ? Mille cent vingt-deux, mille cent vingt-trois, mille cent vingt-quatre…

— Qu'on le tue à mains nues ? Et tu m'expliques comment on l'éjecte de sa caverne luxueuse ?

Michel saisit de la pierre tranchante, pousse son duvet et se met à fendre le tapis de mousse d'un dessin. La caverne d'un côté, la tente au milieu, le glacier à l'autre extrémité.

— Il possède peut-être la nourriture, mais pas l'eau. Là, il est en train de se faire une orgie, mais il va rapidement se rendre compte que manger de la bonne viande naturellement salée, ça donne soif. Si on peut tenir sans manger, on ne peut pas tenir sans boire.

Farid hausse les épaules :

— Et toute la glace que t'as amenée là-bas ?

— Il ne pourra rien en faire. On peut crever de soif sur une étendue de neige. Si on n'a rien pour faire fondre, on meurt. C'est aussi simple que ça.

De sa main valide, Michel s'empresse de tracer une croix entre la paroi gauche et l'avant de la tente.

— À cet endroit-là, au point de chute de la stalactite, il y a une légère dépression dans le sol. De quoi créer une belle flaque d'eau. Je vous explique le plan. On fait fondre trois ou quatre casseroles de glace, suffisamment pour créer une surface liquide, et on place la lampe juste à côté, de manière à créer un reflet pour que le chien le voie depuis sa galerie. Nous, on se planque sous la tente et on attend qu'il vienne boire. Et là, en profitant de l'obscurité, on bondit et on le tue.

C'est ignoble. J'imagine des lionnes affamées, amaigries, cachées dans la savane, qui patientent auprès des points d'eau dans l'espoir que des antilopes viennent s'abreuver. Farid renfile ses gants dans des gestes nerveux.

— Et à supposer que ça marche, on le tue comment ? Ce chien, il est traumatisé, et presque aussi lourd que moi. Et t'as vu ses crocs ?

Michel soulève mon entrave devant lui.

— Avec ça. Moi, je suis blessé, alors je l'occupe par-devant, j'attire son attention. Vous, vous passez sur les côtés ou par-derrière. L'un d'entre vous essaie de l'étrangler, et l'autre tabasse avec la chaîne partout où il peut. Si on se met à trois sur son dos, on l'aura sans trop de dégâts. Juste quelques morsures, au pire. Comme t'as pu constater, je n'en suis pas mort.

Je me lève, les larmes aux yeux. Je ne comprends pas ce qui m'arrive, je n'ai jamais ressenti tant de peur qu'aujourd'hui. Cette frayeur du néant, de n'être plus qu'une date sur une plaque de marbre, est si palpable à présent. J'ai la nausée. Avec Françoise, on n'a jamais vu la situation dans ce sens-là. Moi, parti avant elle, je veux dire. Je n'arrive pas à imaginer les gravures sur notre caveau : *Jonathan Touvier, 1960-2010 et Françoise Touvier, 1963-*. Mon cerveau s'est trop habitué à l'inverse. J'ai envie de chialer et, si je ne me décide pas à agir, à continuer à vivre coûte que coûte, je crois que je vais m'endormir et ne plus jamais me réveiller.

Alors, retenant mon souffle, je me lève et lâche :

— D'accord. On fait ce qu'a dit Michel, on s'active et on prépare le piège.

Je fixe Farid dans les yeux.

— Mais Pok, c'est moi qui l'affronterai. Et je le tuerai.

24

« ... Je ne sais pas, Françoise, si je t'ai un jour parlé de Göran Kropp. Il avait quitté Stockholm à vélo le 16 octobre 1995. C'était une bicyclette spécialement aménagée pour porter cent quarante kilos d'équipement. De Suède, il partit vers Katmandou, presque treize mille kilomètres de galère où, entre autres, on le détroussa en Roumanie, l'agressa au Pakistan, et brisa une batte de base-ball sur sa tête en Iran (heureusement, il portait un casque). Début avril, il arriva au pied de l'Everest, intact. Après des kilomètres et des kilomètres de marche et d'acclimatation, il partit du camp de base vers le sommet, le 1er mai, sans oxygène. Lorsqu'il atteignit les 8 748 mètres, soit cent mètres sous le toit du monde, à une heure de marche, il décida de faire demi-tour.

S'il était allé au bout, Kropp, bien trop fatigué, serait probablement mort en redescendant. C'est souvent au bout de nos forces, quand le filet de notre existence s'échappe par nos lèvres entrouvertes, que nous réalisons à quel point la vie est précieuse, et que, pour la plupart des gens, mourir glorieux ne vaut pas tant que de vivre en ayant essayé. Kropp n'a trahi aucune montagne, il a fait ce qu'il avait à faire.

Fais demi-tour toi aussi, Françoise. Ne monte pas au sommet seule, et attends-moi pour qu'un jour, nous y grimpions ensemble. »

Première lettre que Jonathan Touvier abandonna dans la chambre d'hôpital de Françoise Touvier, deux jours avant qu'un donneur de moelle apparaisse dans le fichier informatique et leur redonne espoir

La flaque brille dans l'alignement de mon regard. C'est mon tour de garde. Allongé, je reste à mon poste d'observation, l'oreille attentive. Dehors, l'eau est plane, immobile. Parfois, une goutte s'écrase et stimule de timides vaguelettes.

Pour rendre efficace notre piège, nous avons rapproché une pierre, sur laquelle nous avons posé le casque incliné, de manière à créer un reflet. Il a fallu beaucoup plus de casseroles d'eau que Michel ne l'avait estimé. Une bonne demi-douzaine, au total, sans compter celles pour notre propre consommation. Au mieux, je nous donne encore deux récipients pleins, avant que la bouteille de propane soit tout à fait vide. J'ignore depuis combien de temps nous attendons. Trois, quatre, cinq heures ? Nos respirations sifflent, nos intestins gargouillent sans cesse, nos yeux larmoient. Michel se parle à lui-même, tout bas, fixant ses mains ouvertes et faisant parfois de drôles de gestes, comme s'il chassait une mouche. Moi, je dresse mentalement la liste des plus hautes montagnes de chaque continent, afin de rester éveillé.

À tour de rôle, nous nous relayons, allongés à l'entrée de la tente. Farid continue à tourner les molettes, mais de plus en plus lentement. Il refuse que je le touche. Il n'a plus la force de discuter et la fièvre gagne du terrain. Michel grogne sous son casque, il se perd parfois dans de longues périodes de délire. Nous ne parlons plus. Nous ne sortons plus, sauf pour pisser. De plus en plus, nous nous enfermons dans les profondeurs de notre déchéance.

Plus tard, c'est à nouveau mon tour de garde. Je peine à me réveiller. Je n'ai pas le courage de m'arracher de mon duvet infect, de quitter le nid chaleureux. Il serait si facile d'y mourir. Je m'habille, fourre mes pieds nus et froids dans mes chaussures. Je ne sais pas combien de temps l'on dort, de plus en plus longtemps, je crois. Mon sang coule lourd, bruyant, il se végétalise, dirait-on. Le thermomètre auriculaire indique une température centrale de 35,9°C. Je me souviens d'un 34,4°C sur les pentes du Fitz Roy, en Patagonie. Une limite où l'organisme se dégonfle. À l'époque j'avais pu abandonner et faire demi-tour. Mais ici…

J'ignore à quelle température s'élève l'organisme de Michel, il ne semble pas se soucier de ce thermomètre. Quant à Farid, son front est brûlant. Désormais, il ne sort plus le nez de son sac de couchage. Il va très, très mal, j'ai peur pour lui. S'il ne mange pas bientôt, il ne supportera pas le choc thermique quand la fièvre partira. Je veux le sauver.

Je plonge ma main dans ma poche, à l'intérieur de mon blouson, et récupère un petit morceau de pelure d'orange que je coupe en deux. Je la mâche longuement. Ça fait tellement de bien, cette sensation d'un goût dans la bouche.

Dans mes phases de sommeil, je rêve, toujours plus. Mais uniquement d'images sinistres qui n'ont rien à voir avec des périodes de ma vie. Des ombres difformes, des figures géométriques mêlées, rien de cohérent. Plus de couleurs, de soleil, de lumière. Dans chaque période de réveil, je songe avec obsession aux plats pour nourrissons, aux bâtons de viande séchée, au pemmican, au lyophilisé, que nous avalions à contrecœur, tout là-haut. Aujourd'hui, j'en bave d'envie. J'en mangerais des caisses. Ma langue me fait horriblement mal. Elle se gerce du manque. Autre curiosité : tout à l'heure, le revolver noir est devenu gris, et la bouteille bleue de gaz a pris la couleur verte. Je veux dire, je sais qu'elle est bleue, mais mes yeux l'aperçoivent verte, en permanence à présent. Michel m'a dit que ça faisait longtemps déjà qu'il la voyait verte. Ce vert est agressif, je le hais. Rouge, vert, noir sont les seules couleurs que je continue à distinguer. Mes sens se détériorent. Mes oreilles bourdonnent continuellement et, entre deux chutes de pierres et de glace, je pense réussir à entendre le souffle lent de la mort.

J'ai tenté de calculer douze fois douze. Je me suis trompé trois fois, pour finir par compter sur mes doigts où crèvent de profondes fêlures rosâtres. Sans gants ni chaussettes, je ne tiendrai plus longtemps.

Douze fois douze. Cent quarante-quatre. Cent quarante-quatre. Cent quarante-quatre.

Et, tandis que je répète ces mots, Michel, à quatre pattes, le nez au sol comme un chien, se rue vers le fond de la tente et avale le cadavre de *Bienvenue*, jusqu'à la dernière patte.

25

« Ce que j'ai fait, nulle bête au monde ne l'aurait fait. »

Phrase célèbre prononcée par Guillaumet, perdu dans le froid de la cordillère des Andes après un atterrissage forcé.
Jonathan Touvier connaît son histoire par cœur

Une vibration, dans un instant perdu. Un feulement, le long de la toile. Michel et moi, nous nous figeons, cessons de respirer. Depuis une éternité, Farid dort et transpire, alternant des phases de délire et de lucidité. Mon regard croise celui de Michel et nous nous entendons : *ce-qu'est-devenu-Pok* rôde là, autour. Je rampe aussi silencieusement que possible jusqu'au bord de la tente, la gorge nouée. La surface de l'eau reste figée et rien n'indique la présence de la bête. Mais je sais qu'il nous observe. Que ses sens surpassent largement les nôtres. Je sais aussi qu'il se méfie.

Nos deux têtes se tournent en même temps, nos gorges déglutissent. Là, à l'arrière de la tente… Puis sur la gauche, la droite. Il tourne autour de nous, évitant l'ouverture. Je perçois la lourde respiration de Michel. J'imagine, de l'autre côté de la toile, cette gueule de crocs en attente. Ces babines retroussées, et la puissance des muscles prêts à arracher la chair. Il n'est pas dupe. Il a dû flairer le traquenard à des kilomètres.

Un grésillement. La sensation d'un courant le long du bord droit. Michel et moi, on se retourne. D'un coup, l'ombre monstrueuse revient. Elle escalade la toile, ses pattes se détendent et semblent encercler notre logis. Elles passent là, au-dessus de nos têtes. Des grognements s'ajoutent au tableau. Mes doigts se rétractent sur la chaîne, je m'apprête à surgir. Dès que l'ombre se dirigera vers l'avant de la tente…

Mais l'ombre de Pok ne s'oriente pas vers l'avant, elle reste penchée au-dessus de Farid, immobile, avant de soudain rétrécir et disparaître brusquement.

— C'est pas vrai, chuchote Michel. Je crois qu'il est reparti.

Nous attendons encore cinq minutes, la langue sur les lèvres, pour nous convaincre que *ce-qu'est-devenu-Pok* n'est plus là et que le piège a définitivement raté. Un vent de défaite nous ébranle et je me rends compte que, tiraillé par la faim, je suis devenu comme eux : un prédateur prêt à tout. J'ai senti l'instinct de la chasse sur le bord de mes lèvres.

Je sors avec prudence, suivi de Michel. Le photophore éclaire suffisamment la paroi latérale de notre abri. Au sol se succèdent quelques gouttes de sang. Et sur la toile s'épanche une grosse tache sombre.

— Ton salopard de chien est venu pisser sur la tente. Tu te rends compte ? Il se fout de notre gueule.

Mon index plonge dans une goutte de sang. Elle est encore chaude.

— Il a senti le piège, il ne s'est même pas approché de la flaque d'eau. Tu parles de chasseurs…

Je me redresse, les mains le long des cuisses, le regard vers le noir absolu.

— Il est blessé. Je sais ce que vaut un animal blessé. Les instincts de préservation se multiplient. Il est dix fois plus futé que nous. On ne l'aura jamais comme ça.

Michel serre les poings. Sa cicatrice s'étire un peu, éprouve les points de suture. Il doit grimacer.

— On fait comment alors ?

Résigné, je retourne dans notre abri et m'assieds, les poings sous le menton. Je regarde Farid, ses joues sont rouges et enflées. Il va mourir si on n'agit pas. Il gémit, m'agrippe mollement par la manche. Il semble à bout de souffle.

— Désolé, mec… Désolé pour tout… ce que je t'ai fait… C'était pas… ma faute…

— Qu'est-ce que tu m'as fait, Farid ? Dis-moi ce que tu m'as fait. La lettre, c'était toi ?

Il tremblote et sombre. J'essaie de le réveiller, sans succès. Je me relève subitement, ramasse la pierre tranchante et le tapis de sol. La rage me gagne davantage. Je remplis d'eau mon gobelet et m'arrête juste devant Michel.

— Tu t'occupes du gosse, d'accord ? Éponge-lui régulièrement le front avec une serviette, donne-lui à boire et empêche-le de quitter son duvet, sauf s'il doit aller pisser. Il faut surtout qu'il reste bien couvert. Ne laisse pas ce fichu gouffre l'emporter. Il doit vivre.

— Et toi ?

— Moi, je grimpe sur la corniche où il s'est réveillé. C'est par-dessus que je veux surprendre mon chien.

— T'es bien certain ?

— On n'a plus le choix. Hormis la flaque, on n'a presque plus d'eau. Et la bouteille de gaz est vide.

26

« Ensuite les tables furent couvertes de viandes : antilopes avec leurs cornes, paons avec leurs plumes, moutons entiers cuits au vin doux, gigots de chamelles et de buffles, hérissons au garum, cigales frites et loirs confits. Dans des gamelles en bois de Tamrapanni flottaient, au milieu du safran, de grands morceaux de graisse. Tout débordait de saumure, de truffes et d'assa foetida. »

Gustave Flaubert, Salammbô *(1862)*

Jour cinq. Je ne sais plus vraiment, tout s'embrouille. Je me rappelle être redescendu chercher deux fois de l'eau dans la flaque, avoir compté les bâtons sur le tapis de mousse, et ils étaient cinq. ~~IIII~~.

L'interminable attente… Les phases d'endormissement et de réveil successives. Allongé sur la corniche, je considère avec effroi la paume de ma main : une entaille superficielle la traverse de la base de l'auriculaire à celle du pouce. La pierre, à mes côtés, présente un filet rouge de sang sur sa tranche, mon sang. Mes vêtements sont tachés de gouttes éparses. Je ne me souviens de rien. Qu'est-ce que cela signifie ? Je prends la pierre, la serre, l'approche de ma paume. Je n'ai aucun souvenir de ce geste. Ai-je essayé de me trancher les veines ? Je ne sais plus. Plus... Plus...

Je roule sur le côté, traversé de douleurs. Je regrette de m'être endormi, peut-être Pok est-il déjà venu. Là-bas, comme perdue au milieu d'une plaine maléfique, notre tente se dresse dans l'ombre. Seules percent, dans ces hurlements prégnants du vent, les longues quintes de toux de Farid et les grognements incohérents de Michel. Très brièvement, je pense « ils vivent encore », et ça me rassure. Je n'ose pas m'imaginer seul ici, sans gaz, sans lumière, à attendre patiemment ma mort. Si cela devait arriver, je trouverais un moyen. Un moyen d'abréger... Avec cette pierre tranchante, ou grâce au puits, par exemple. Me laisser tomber dans sa grande bouche lugubre.

Cinq jours... Je crois, non, je suis sûr qu'après-demain, on greffe Françoise dans une unité de haute technologie à Grenoble. Les meilleurs spécialistes se tiendront à ses côtés. Avec la chimiothérapie et la radiothérapie, on lui a détruit toute sa moelle osseuse, on l'a rendue vulnérable, sans défense. À l'heure qu'il est, son donneur, son sauveur, doit se trouver à l'hôpital, lui aussi, pour le don de moelle. Si tout se passe bien, trois ou quatre semaines après la greffe, Françoise pourra vivre, courir et manger de nouveau de la glace à la pistache. Je lui offrirai toute la Häagen-Dazs du monde. Un Everest de Häagen-Dazs. Et nous irons loin, loin d'ici, tous les trois, avec Claire. Parce que Claire va bien, je le sais.

La pierre tranchante serrée à la manière d'un couteau, je reprends lentement ma position couchée et essaie, cette fois, de rester éveillé. C'est si difficile. Ma vue se brouille, sans cesse, mes pupilles n'accommodent plus, les reliefs dansent autour de moi. Je récite, tout bas, ma liste des plus hauts sommets par continent :

— Afrique : Kilimandjaro, mont Kenya, Ruwenzori. Asie : Everest, K2, Kangchen... Kangchenjunga. Antarctique : mont Vinson, mont Erebus...

Et je recommence.

Bien plus tard, un signal se réveille au fond de ma tête.

Un cliquetis d'ongles, en bas, le long de la paroi.

La bête sauvage a soif.

27

« ... Les choses ont mal tourné et par conséquent nous ne pouvons pas nous plaindre. Nous nous inclinons devant la providence, en restant toutefois déterminés à faire de notre mieux jusqu'au dernier... Si nous avions survécu, j'aurais pu parler de la hardiesse, de l'endurance et du courage de mes compagnons. [...] Ces simples notes et nos cadavres en feront le récit. »

Robert Falcon Scott dans son Message au public *écrit juste avant sa mort dans l'Antarctique, le 29 février 1912*

Mon nez coule, je l'essuie en silence avec la manche sale de ma veste-duvet. En quasi-apnée, abattu comme jamais, je rampe vers la lèvre de la corniche. Là-bas, l'aura projetée par le réflecteur s'écrase en un gros aplat jaune qui s'assombrit en ses extrémités.

Ce-qu'est-devenu-Pok a chevauché cette frontière lumineuse et se trouve complètement immobile, le ventre au ras du sol. Je distingue un cercle sombre et humide sur sa patte arrière gauche. Sans aucun doute sa blessure, qu'il a dû lécher jusqu'à s'en arracher les poils. Sa queue gonfle, droite et hérissée. De là-haut, avec son crâne en losange, la puissance suggérée de sa musculature, il ressemble à une machine de guerre perfectionnée.

Les dents serrées, je me redresse, accroupi, décollant avec précaution les maillons du sol et les empêchant de cliqueter. Un souffle d'acier échappe pourtant à ma vigilance. Pok bascule brusquement sa gueule vers la paroi, sous mes pieds. Je me fige et bloque l'air dans mes poumons, retenant mes dernières larmes. Je distingue ses babines plissées, toutes rouges, puis, dessous, ses crocs ensanglantés.

L'instant s'étire, paraît interminable. C'est un combat d'immobilité que nous nous livrons. Finalement, la bête abdique et avance en direction de la flaque. Le mouvement de pattes est ralenti, chargé de méfiance. Je prie pour que Michel ne tente rien, que Farid n'éternue pas, que mon estomac se taise et mes sanglots se tassent. C'est notre ultime tentative. Sans gaz pour chauffer notre eau, avec l'assommoir de cette défaite et nos forces consumées, nous mourrions avant cet animal rassasié.

Les unes derrière les autres, des vaguelettes se propagent sur l'onde et viennent s'éteindre sur le bord opposé. *Ce-qu'est-devenu-Pok* lape, la gueule inclinée vers l'entrée de la tente. Il est malin. Je sais que ses yeux roulent à droite, à gauche, je vois son train arrière se cambrer, sa colonne se creuser à la manière de ces vieux loups expérimentés. Le moindre souffle, et il détale. Moi, je me penche encore, les genoux au menton, prêt à me laisser choir comme un plongeur dans une piscine. Je vais me faire mal, me blesser probablement. Mais je n'ai pas le choix.

La bête a terminé sa besogne, elle se met à reculer, méfiante, trapue sur ses appuis. Puis, dans ce même crissement d'ongles, *ce-qu'est-devenu-Pok* retourne vers sa galerie. Vers son repaire de sang.

Notre destin se résume désormais à une question de synchronisation, de rencontre entre deux points en mouvement. J'inspire une dernière fois. C'est maintenant ou jamais. Lorsqu'il arrive à mon niveau, je me laisse basculer vers l'avant.

La chute dure une fraction de seconde. Je m'écrase sur lui, fort de ma vitesse. Mes deux bras en arc de cercle s'enroulent autour de sa gorge. Pok pousse un cri aigu de douleur lorsque nos corps culbutent sur le côté. J'ai entendu plusieurs os craquer. Je le ceinture par-derrière, mes jambes se sont repliées autour de son arrière-train, l'immobilisant au mieux. J'ai pourtant la sensation d'étreindre une anguille. L'animal se débat avec une hargne de taureau sauvage. Je hurle à ses oreilles, je le supplie d'arrêter le combat, de se laisser faire. Ma chaîne vient lui écraser la trachée. Je serre les maillons comme je serrais le granit, jadis. Dans le brouillard du combat, j'aperçois deux jambes devant nos corps emmêlés. Michel se dresse, je halète pour qu'il n'agisse pas mais je devine le coffre brandi au-dessus de sa tête, prêt à s'abattre. Nos carcasses fument dans l'effort, Pok distribue des coups de gueule, il veut me lacérer les joues, les mains, dans des grognements toujours plus graves, difficiles. Je plonge mon nez sur ses oreilles gris et bleu. Je veux l'accompagner jusqu'au bout, tandis que, lentement, sa poitrine pulsante se pose au sol, résignée, que sa queue se replie délicatement le long de ses cuisses, comme pour se réchauffer une dernière fois. J'ai envie de lâcher cette chaîne qui l'étouffe, de croire qu'il pourra redevenir mon animal, que notre rencontre a eu un sens, à tous les deux. C'est mon chien, c'est le souvenir de dix ans de ma vie. Alors que, de plus en plus, le précieux gaz quitte sa trachée, je suis en train de me tuer moi-même. J'explose en larmes. Toutes ces années où je n'ai jamais pleuré. Toute cette souffrance retenue au fond de mes entrailles. On me détruit de l'intérieur, m'arrachant ceux que j'aime les uns derrière les autres. Jusqu'où continuer à vivre ? Et pourquoi ?

Avant le dernier battement, je me renverse de l'autre côté et le regarde, les yeux dans les yeux. Avec une froideur effroyable, une dernière image se fige sur sa pupille inerte : celle de son propre maître, qui lui arrache la vie.

Son cœur s'arrête.

Ce-qu'est-devenu-Pok redevient Pok. Mon Pok.

La viande vit sur la viande, la vie sur la vie. Mon chien s'éteint tandis que se poursuit mon existence. C'est toujours ainsi depuis mon enfance.

Les gens qui m'entourent partent, et moi, je reste.

28

« Ils cherchèrent donc à faire durer ce qui leur restait en consommant des morceaux que jusqu'alors on avait dédaignés. Les pieds et les mains, par exemple, fournissaient une chair qu'on pouvait détacher des os. Ils s'efforcèrent aussi de couper la langue d'un cadavre, mais ils ne purent l'avaler. »

Les Survivants *(1974), de Piers Paul Read. Une histoire vraie...*

On me parle. J'entends mais ne trouve pas le moyen de répondre. Tout est noir en moi, j'ai l'impression qu'une chape de plomb me coule sur la nuque et emprisonne petit à petit mon corps. Je ne regarde pas mon chien mort, je ne peux plus. Avec un mal de reins terrible, les mains écorchées et des étoiles dans la tête, je rentre dans la tente.

Vivre me fait mal.

Je m'abandonne à l'inertie. Là-dedans, je ne compte plus les heures. Je pleure Françoise, Claire et Pok. Je pleure ma mère. Les seuls êtres importants pour moi.

Le temps passe. Sous la lueur du photophore, la bouteille de vodka vide repose entre mes jambes écartées. Je suis si proche de la frontière à présent. Il suffirait juste que je m'endorme tranquillement, en dehors de mon duvet, avec la quasi-certitude de ne plus me réveiller. Un départ sans souffrance.

Pourtant, quelque chose gronde encore en moi. Une énergie insoupçonnée, qui me raccroche à l'existence. Non. Je ne m'endormirai pas. Vivre, jusqu'au bout du bout.

Lové dans son duvet, Farid me regarde avec un pâle sourire, ses lèvres craquelées par les accès de température murmurent *Merci... Merci...* sans discontinuer. Il lui aurait été si facile d'abdiquer, de partir, et pourtant, il s'accroche à son passage sur Terre. Je me rapproche de lui.

— L'autre fois, tu as confié que tu étais désolé pour ce que tu m'avais fait, je lui murmure. De quoi tu parlais ?

— J'ai… J'ai jamais dit ça…

— Si, tu l'as dit. Raconte-moi, je t'en prie.

— Dis… Un truc que je voudrais savoir… Ton père te collait des roustes, plus jeune… Et puis quand t'as bandé, dans mon dos… T'étais un homo ou un bi, c'est ça ?

Je détourne la tête, les mâchoires serrées. Un grésillement s'élève du fond de la galerie et traverse la toile. Nous l'avons reconnu, Farid et moi, et nos langues ont instantanément gonflé dans nos bouches. Ce bruit, c'est celui de la chair en contact avec le métal brûlant de la casserole. Bon sang, ma salive afflue, j'en viens à baver comme ces chiens de chasse au son de la cloche. Je ne trouve même plus la force de me haïr.

La viande vit sur la viande, et la vie sur la vie. Je répète cette phrase à m'en rendre malade, elle me soutient, elle résume si bien l'évolution des espèces et explique clairement que la vie existe parce que son contraire existe. Que l'un est nécessaire à l'autre.

Voilà, Michel revient, on entend ses lourds pas le long de la tente. La flamme du réchaud butine dans l'air au rythme de sa marche. Ma langue court sur mes lèvres, très rapidement, un réflexe pavlovien impossible à refouler. J'ai honte. Farid s'est redressé sur les coudes, son visage est rouge écrevisse. À cause de la fièvre, ses yeux se résument à deux taches jaunâtres.

Michel pose le réchaud éteint, deux assiettes fumantes et la casserole au sol, le geste lent. Sa gueule de fer pue l'alcool, il a dû s'en vider une belle dose, dans son fichu *Frigo*. Ses mains sont maculées de la mort de Pok. Une incroyable odeur de chair grillée envahit l'espace et me brûle les narines. C'est si doux et violent à la fois. Si j'en avais encore la force, je me lèverais et fuirais en courant.

Courbé, à même le sol, j'ose un œil morne et vitreux vers le contenu des récipients. De la viande, juste de la viande coupée menu et en quantité. Il a fait les choses bien, Michel, avec sa seule pierre tranchante et son petit réchaud. Du bœuf, on dirait des morceaux de bœuf grillés et plongés dans un fond de graisse fondue. J'adore le bœuf et toute la graisse du monde.

La faim, contre le souvenir de mon animal. Le physiologique contre le spirituel. Une lutte effroyable, ancestrale, s'engage dans mon ventre. Du bout des doigts, je soulève une lamelle de « chose », la relâche, la remue du pouce. Farid, lui, ne se perd pas en considérations métaphysiques. Il tire l'assiette à lui et plonge les morceaux directement dans sa gorge. Il ne mange pas, il s'empiffre, s'étranglant dans ses sécrétions. Sa religion lui interdit d'avaler du porc, mais certainement pas mon chien. À ce moment-là, il me dégoûte. Tout me dégoûte.

Michel l'imite. Couché sur le côté, il puise dans la casserole et porte les lamelles à la bouche. Sous le métal, les mâchoires craquent de bonheur, Farid inspire et expire bruyamment, tousse, crache et enfouit à nouveau le nez dans son assiette.

— De la flotte, il murmure entre deux bouchées. Il faut de la flotte.

Il me regarde.

— Mange. Allez, mange toi aussi. C'est trop bon.

Michel acquiesce, pour m'encourager :

— La graisse fondue, c'est pour éviter que ça bouche les tuyaux. Sinon, on pourrait crever d'avoir trop mangé, ce serait con. Allez, avale, *tueur*, ça va couler tout seul.

Il fait claquer sa paume sur sa poitrine.

— Tueur de chien, je veux dire. On ne dira rien à personne si on sort d'ici. Promis...

J'observe la viande, chaque morceau me ramène le souvenir vivant de mon compagnon. J'ai toujours pensé que certains destins étaient faits pour se rencontrer. Pok est presque né dans mes bras, et il est mort dans mes bras. Lui et moi, nous ne formons qu'un. Alors que mon esprit lutte pour ne pas réagir, mon organisme déploie toute son ingéniosité pour me faire succomber : glandes en hypersécrétion, sens excités, tiraillements intestinaux. Mon estomac ne doit pas être beaucoup plus gros qu'une balle de tennis et pourtant, il lâche de l'acide à n'en plus finir.

Au fond de moi-même, je sais que repousser l'échéance ne sert à rien. Que tôt ou tard, la faim et la tentation me cueilleront. Je me dis aussi que les miens préféreront savoir que j'ai lutté jusqu'au bout. Qu'un jour, ceux qui découvriront nos corps comprendront le sens de notre geste.

Je me lève et vais m'asseoir contre une paroi, seul dans le noir, la tête dans les mains. Et réfléchis… Prolonger la vie, ou mourir. Je rentre bien plus tard, passe l'entrée de notre abri dans une grande inspiration. Mon visage est fermé.

Je demande à Michel de réchauffer mon assiette. Et je mange mon chien.

En moins de cinq minutes, nos récipients sont vides et nos estomacs pleins. Farid lèche le plastique. Il ne reste plus un gramme de chair.

Dans ce monde, rien ne se perd vraiment.

Tout transite d'un point à l'autre, en définitive.

29

« Je regardais vers le bas, mais je n'avais pas envie de descendre, maman. Pour parvenir jusqu'ici, il m'a fallu trop d'efforts, de nuits sans sommeil. Trop de rêves aussi. Je ne pouvais plus revenir en arrière. Pourtant, je savais mieux que quiconque que tu avais besoin de moi, et que j'aurais dû parler à papa au lieu de me sauver. Mais parler de quoi, maman ? Pendant plus de quinze ans, nous n'avons jamais parlé. Il a préféré frapper, pour chasser cette "maladie", comme il disait si bien. Redescendre d'où j'étais, à ce moment-là, c'était comme me saigner à blanc, me condamner à affronter ce que j'ai toujours cherché à fuir : le vide de son regard. »

Lettre de Jonathan Touvier à sa mère, il y a longtemps

D'ordinaire, quand un orchestre militaire traverse les rues d'une ville le 11 novembre, on entend d'abord le roulement lointain, presque suggéré des tambours, qui éveille notre attention. Puis arrive la rumeur des trompettes, des cors, des trombones. Les vents, comme on dit, qui nous font penser : « Tiens, c'est vrai, c'est le 11 novembre, il y a le défilé. » Alors, calmement, on enfile nos pardessus et on se présente sur le perron, afin de profiter pleinement du divertissement. Tout va bien, le défilé passe, c'est terminé, on rentre et la vie reprend, comme si de rien n'était.

La coulante, c'est différent. Elle ne prévient pas.

Le festival des réjouissances a commencé avec Michel. Les trompettes ont résonné brusquement alors qu'il revenait avec une casserole de glace pilée. Je l'ai vu se figer, serrer les fesses et baisser son pantalon aussi vite que Lucky Luke tirait sur son ombre. Il n'a même pas cherché à se décaler, à s'enfouir dans l'obscurité. Non, c'était là, flagrant et démonstratif, en franche lumière et en pleine gloire. Un spectacle d'apocalypse : l'homme au masque de fer, en position assise, fesses à dix centimètres au-dessus du sol. Si j'avais eu un appareil photo…

Quelque chose d'effroyable et de douloureux est alors remonté du fin fond de mon ventre : une énorme boule de rire. Je me souviens de m'être plié en deux, incapable même de respirer tant je riais. Farid, malgré sa fièvre alarmante, s'est traîné à l'entrée pour se joindre au son et lumière. Pour la première fois depuis longtemps il s'est dressé, a imité Michel, et nos rires se sont entraînés si fort que j'ai failli mourir étouffé. Le jeune beur, lui, s'est vraiment étouffé, ça m'a fait peur.

Puis mon tour est venu. Mes yeux ont immédiatement perdu leurs larmes de bonheur. Dans la panique, j'ai piqué un sprint en direction d'un endroit où nous n'allons jamais. Ce salopard de Michel, en meilleure forme à présent, a alors orienté la lampe dans ma direction.

— Fichez-moi la paix ! C'est intime, bon sang !

— Que le spectacle commence, ils ont répondu en chœur.

J'ai tenté de me cacher au mieux, mais le faisceau me traquait. Pour finir, je me suis appuyé contre un rocher, la tête entre les épaules, le pantalon au bas des jambes, et j'ai soufflé, longtemps. Et on a ri, encore. C'est le plus grand moment de complicité qu'on ait jamais partagé.

Une bouteille de gaz s'est alors présentée dans l'alignement de mon regard, devant la tente, renversée et détachée du tuyau en vinyle. Une autre la remplaçait déjà, Michel avait dû la changer tandis que je me vidangeais.

L'avant-dernière bouteille de notre stock.

Cette sordide image m'a rappelé abruptement qu'aujourd'hui je venais sans doute de rire pour la dernière fois de ma vie.

30

« Vous avez soif d'aventure ? Vous rêvez peut-être de voyager sur les sept continents pour vous offrir le sommet d'une haute montagne ? Maximum Adventures est votre solution. Nous savons comment transformer vos rêves en réalité et vous aiderons à atteindre votre but. Certes, vous devrez fournir beaucoup d'efforts personnels, mais nous nous engageons à vous donner les meilleures chances de succès et de sécurité pendant votre aventure.
Alors, pour ceux qui osent regarder leurs rêves en face ou relever des défis, nous vous invitons à escalader la montagne de notre choix avec nous. Rejoignez-nous très vite ! »

Brochure publicitaire présentant Maximum Adventures, société créée par Max Beck en 1985 et qui déposa le bilan en 1992, un an après sa mort tragique…

~~IIII~~ I. Sixième jour.

Avec la nourriture, les forces reviennent, et le moral aussi. Pour la première fois depuis notre présence sous terre, j'ai le sentiment d'une véritable cohésion au sein du groupe. Nous allumons le réchaud seulement dans l'absolue nécessité, et non plus pour nous éclairer ou nous laver. Nous ôtons nos chaussures en entrant dans la tente, exerçons un tas de gestes qui font désormais partie de notre quotidien et assurent notre survie. Ranger les gobelets, éviter la condensation en chauffant dehors, laver la vaisselle avec la glace pilée pour économiser le gaz, nous soulager le plus loin possible de la tente… Avec les serviettes en éponge, Michel et moi avons nettoyé notre lieu de vie de fond en comble, c'est si agréable de dormir sur un sol propre et presque sec. Puis nous avons nettoyé les serviettes elles-mêmes à l'eau froide. Le sang n'est pas parti, elles ne sécheront sans doute plus jamais mais peu importe : nous vivons désormais en quasi-harmonie avec un endroit on ne peut plus hostile. À peu de chose près, tout comme *Bienvenue*, nous nous adaptons.

Puisque nous disposons à présent d'une nourriture riche et grasse, j'ai réduit les quantités d'eau à un litre chacun par jour, environ, ce qui amoindrit considérablement le délai de fonte, la consommation de gaz et notre travail auprès du glacier. Je bois aussi, à chaque repas, une bonne dose de vodka. Elle aide à oublier ce que je mange. La deuxième et dernière bouteille est à moitié vide.

Eau, sommeil, nourriture. Nos organismes retrouvent leurs sensations et se remettent à fonctionner correctement. Le cerveau respire, le cœur pompe, les reins vidangent. Je ne boite plus quand je marche, et seuls quelques bleus de ma lutte avec Pok marbrent encore mon dos. Je redeviens enfin un être humain.

Si le jeune beur va un peu mieux, la fièvre est toujours là, se manifestant par pics violents. Tandis que mes pieds résistent à peu près au froid, les siens continuent à garder leur teinte pâle de craie. L'extrémité de ses orteils s'est mise à craquer. Michel lui a ramené un épais mélange à base d'eau tiède et d'huile, de couleur plutôt jaunâtre, qui devrait nourrir les tissus nécrosés. Je n'ai pas cherché à connaître le mode de fabrication d'une telle mixture.

Farid n'a plus reparlé de cette histoire d'homosexualité. Tous les deux, on reste en permanence devant la tente, à tourner les molettes du cadenas et observer l'ombre lointaine de Michel dans la galerie. Volontairement, l'homme au masque a placé le réflecteur juste au bord de la caverne pour que, nous aussi, nous disposions de quelques grains de lumière. J'ai le sentiment qu'il évolue dans le bon sens et que, progressivement, il s'érige en véritable chef. Tandis qu'il passe son temps à fabriquer des « vêtements » à partir de la fourrure de Pok, Farid me pose un tas de questions sur mon ancien métier. Il est abasourdi quand je lui explique avoir vaincu l'Everest, en 1986. Je lui signale clairement qu'il n'y a là aucune gloire. L'organisme de prise en charge était « Maximum Adventures », celui créé par Max Beck, et nous n'étions que les occupants d'une pouponnière qui garantissait une ascension à succès.

— Toi, t'es quelqu'un de grand et droit, il rajoute. Un mec bien.

— Effectivement, j'ai grimpé l'Everest, mais qui le sait, et qui s'en soucie ? Aujourd'hui, n'importe qui peut prétendre attaquer le toit du monde, à trois conditions. Avoir de l'argent, être assez bien entraîné et quitter les siens pendant deux mois. Quand tu vois comment l'Everest s'est prostitué, tes rêves de gosse se brisent.

— N'empêche, faut quand même le faire. J'aime bien les mecs modestes qui se la pètent pas. L'abbé Pierre et compagnie, tu vois ? Les seuls trucs que j'ai grimpés, moi, c'est des terrils. Et c'est déjà bien assez.

Je contemple la bouteille d'alcool et décide de la reposer devant l'entrée. Assez picolé pour l'instant.

— Tu sais, en 86, je n'étais qu'un suiveur. Comme les autres, j'avais acheté un ticket pour le sommet ou plutôt, c'est *Extérieur* qui l'a fait à ma place, moi je n'avais pas un rond. Bref, rien de glorieux. Mais cette ascension, elle m'a permis de… de faire le point sur… sur ma sexualité, comme tu as compris.

Il se tait, se contentant de me regarder.

— Quand j'ai eu une érection, dans ton dos… ce n'est pas parce que j'avais envie de toi. Je suis clairement hétéro, aujourd'hui, mais… je ne sais pas, ça venait du fin fond de mon ventre.

— Les instincts primaires, comme on dit. Laisse tomber.

— L'Himalaya, c'est là aussi que j'ai rencontré ce fameux Max Beck dont je parle tant dans mes rêves. Il était notre guide. C'est lui qui m'a véritablement formé à la montagne. C'est lui qui, pour la première fois de ma vie, m'a fait comprendre qu'atteindre le sommet d'une montagne est bien moins important que la façon d'y parvenir.

Farid sort les deux dernières cigarettes de son paquet qu'il jette par terre. Le *Fumer tue,* inscrit en gros sur la face avant, me donnerait presque envie de rire.

— Vous sembliez vraiment potes. Comment il en est venu à te planter avec un piolet, ce Max Beck ?

Je ramasse le paquet vide, le chiffonne, et le fourre dans ma poche.

— J'étais en train de tomber amoureux de sa femme. Et il l'a découvert.

Farid lâche un petit sifflement en allumant l'une des deux clopes.

— Eh bé, t'as pas perdu de temps, pour un ex-homo.

— Ex-bi… Je ressentais de l'attirance pour les hommes et les femmes…

— Ouais, eh bien, la femme d'un autre, c'est chasse gardée. Et ça s'est fini comment ? T'as continué à la voir, cette femme ?

— Je me suis marié avec elle deux ans plus tard.

— Attends, tu es en train de me dire que ta femme d'aujourd'hui…

— Françoise, elle s'appelle Françoise.

— … Que Françoise, c'était la meuf de ce Max, ton meilleur pote ?

— Oui.

— Oh ça, mec, c'est pas cool de ta part. Se marier avec la meuf d'un mort… ça fait de toi un beau voleur, ça, non ?

Je regrette immédiatement mes paroles. Qu'est-ce qui m'a pris de parler autant ? La tête en vrac, titubant un peu, je rentre à l'intérieur de la tente et m'assieds, le front dans les deux mains. Je ferme les yeux. Max… La haute montagne… Les coups de piolet… Les images affluent. Je me revois jeune, en route vers le passé…

31

« L'Everest incarnait les forces physiques du monde. C'est contre cela que s'élevait l'esprit de l'homme. S'il réussissait, il pourrait voir la joie illuminer le visage de ses camarades. Il imaginait le plaisir que sa réussite donnerait à tous les alpinistes. »

Sir Francis Younghusband, L'Épopée de l'Everest (*1926)*

Je me revois encore, ce jour-là… Je tiens entre mes mains du pain et quelques légumes crus, je croque une carotte. Je suis dans la tente de mess d'un campement américain, avec sa table en pierre, son éclairage à énergie solaire, sa minichaîne hi-fi. Oui, je me souviens, nous avions même écouté du Elvis Presley ! Au-dessus de l'appareil, cousu sur la toile intérieure, le drapeau des États-Unis d'Amérique.

Un homme jeune, grand, aux iris d'un noir puissant et à la musculature fine, vient de me poser entre les mains une flasque en peau de bison. Je la porte à mon nez. Whisky. J'ai horreur de ça et Max, qui vient de me tendre la flasque, le sait parfaitement. L'alcool ne m'a jamais vraiment réussi, et encore moins en altitude. Avec son bandana bariolé serré autour de sa longue chevelure blonde, son teint hâlé et ses lèvres tartinées de beurre de cacao, Max éclate de rire et me tape dans le dos, avant de se lover torse nu dans les bras d'Ann Riggs, une alpiniste de l'Utah qu'il a connue trois jours plus tôt.

Je grogne un coup, en jetant la flasque sur le côté :

— Va te faire foutre, Max.

Ils rigolent, tous les deux, et s'embrassent comme des adolescents. Riggs n'est pas vraiment belle, mais pas moche non plus. Elle me fait penser au mont Ventoux, il est là mais on pourrait s'en passer. Cette Ann Riggs, c'est juste une statuette de plus à rajouter à sa longue collection de conquêtes. Il a escaladé bien plus de femmes que de sommets, et Dieu seul sait s'il s'en est offert, des montagnes, à même pas trente ans.

Max et moi avons appris à nous connaître depuis cinq ans, et nous ne nous lâchons plus d'une semelle. Chaque été, nous menons ensemble quelques belles courses, pas loin de chez nous. La Meije, les Grandes Jorasses, Bionassay. Cet énergumène à la chevelure platine et aux sourcils blonds, c'est ma drogue, mon héroïno-dépendance, mon shoot de vertiges et d'adrénaline. Celui qui m'arrache de mon lit à minuit pour aller se baigner dans le lac à poil ou descendre dans les bars d'Embrun. Il boit gratis, baise gratis, connaît tout le monde. Tu parles, Max Beck, c'est l'enfant du pays, le feu à l'assaut de la glace. Grâce à lui, sa fougue, ses sponsors, toutes les portes se sont ouvertes pour moi chez *Extérieur*. Les plus beaux voyages, les plus prestigieuses ascensions où j'accompagne et interviewe les as de l'escalade. Tanzanie, Suisse, Bolivie, Népal. Évidemment, je ne grimpe pas toujours, il faut être patient dans ce métier, savoir regarder la montagne d'en bas. Dans le sillage de Max, je m'améliore en alpinisme, apprends, écoute. Ma carrière de reporter s'envole, j'ai tout juste vingt-huit ans et de la neige dorée plein les chaussures. Dans ce métier pourtant, il n'est pas question de fric. Juste de sensations et de liberté.

Toujours dans la tente du mess, je me lève. Le campement américain est installé sur une prairie, près du lit d'un torrent. Je chausse mes lunettes de soleil, sourire aux lèvres. Me voici en tee-shirt, à presque trois mille mètres d'altitude, en route pour le camp de base du Cho Oyu, le sixième 8 000 au monde. Le spectacle d'une beauté inégalée est à l'image de son pays : une Chine puissante, dominatrice et conquérante. Aux alentours, un fourmillement de vie, de couleurs, de bruissements s'épanouit. Installation des affaires personnelles dans les tentes montées en cercle, baignades dans le cours d'eau limpide, douches à ciel ouvert, plaisanteries en toutes langues. Les yaks paissent paisiblement et les sherpas font brûler des bâtonnets d'encens devant un autel où claquent des drapeaux de prières multicolores. J'aime ces instants hors du temps, entre ciel et terre, qu'on ne trouve nulle part ailleurs. Dans deux jours, Max, notre sherpa et moi-même les quitterons tous, pour partir vers les camps supérieurs avant d'attaquer le sommet.

Je détourne la tête et observe avec envie la tente de communication, à l'écart, qui contient un téléphone satellite et un télécopieur. Un moyen simple d'atteindre la France et de discuter avec Françoise, la fiancée de Max.

Françoise… Son prénom ne cesse de résonner sous mon crâne depuis mon départ d'Orly. Je me souviens de notre embrassade fugitive dans le parking de l'aéroport. Notre tout premier baiser, à peine osé. Je lis sa crainte lorsque nos regards se croisent ensuite, aux frontières de la salle d'embarquement. Je me rappelle avoir vu Max l'embrasser ardemment avant de lui murmurer quelque chose à l'oreille. Quand j'ai quitté Françoise, elle ne souriait plus et avait retrouvé un visage pâle, inquiet. Je n'ai pas compris et, depuis ce temps, je me morfonds. Est-il possible que Max soupçonne notre relation naissante ?

Alors que mes yeux caressent le sommet dangereux du Cho Oyu, je crois que je suis en train de tomber amoureux d'une femme pour la première fois de ma vie. Si *Extérieur* me comble sur le plan professionnel, il m'interdit toute relation sérieuse. Pas le temps de rencontrer, développer, faire durer, il faut toujours partir quelque part. Mais avec Françoise, c'est différent. Elle m'accompagne partout. Dans mes pensées.

Seulement, y a-t-il de l'espoir avec elle ? Amoureux de la femme d'un autre… D'une femme qui n'abandonnera jamais son fiancé, elle me l'a dit elle-même. Pourquoi s'est-elle laissé embrasser alors ? Pourquoi ne repousse-t-elle pas mes avances ? J'ai peur d'aller trop loin. De souffrir et de la faire souffrir.

Je sursaute. Derrière moi, Max et cette Ann Riggs sortent du mess et disparaissent en titubant dans la tente bleue de l'Américaine. C'est de la pure inconscience de boire à une telle altitude mais, en dehors du roc, Max est inconscient et fou. Un casseur, un voyou, un fêtard. On ne compte plus ses interpellations et ses mauvais délires. Je me frotte les bras, mes poils se dressent. Le soleil vient de disparaître derrière la chaîne himalayenne et instantanément, la température chute. Je file dans le mess récupérer mon pull, mon blouson et, avec discrétion, longe la tente de Riggs. Rires… Froissements de duvets… C'est avec de telles réactions que Max me dégoûte le plus, et que j'ai envie de rentrer chez moi. Mais l'appel de la roche est toujours plus fort. Suspendu aux parois, j'aime Max comme un frère.

Couché dans ma tente, emmitouflé dans mon duvet, je regarde l'heure. 4 heures du matin. Il doit être environ 23 heures en France. Dehors, le vent rugit, des flocons de neige s'abattent avec rage sur mon abri. L'été n'a aucune prise à de telles altitudes. Max est rentré tard, la gueule enfarinée. Il ronfle. Moi, je ressasse et ne parviens pas à trouver le sommeil. J'ai mal à la tête. À 3 000 mètres, le raisonnement commence à perdre sa logique et les questions accrochées à notre conscience sont obsessionnelles. Françoise est devenue plus importante que notre ascension préparée de longue date. C'est la première fois de ma vie d'adulte que je chasse la montagne en arrière-plan. La preuve irréfutable que mon cœur chavire.

Je veux estimer mes chances avec Françoise. Maintenant.

Alors, sans bruit, je décroche les gants et ma lampe torche de l'armature transversale qui soutient la toile, enfile mes chaussures, mon blouson et tire la fermeture en serrant les dents. Max s'est retourné, mais il ne s'est pas réveillé. Il me semble que même une avalanche ne le sortirait pas de son sommeil.

Des bourrasques de vent et de glace me pétrifient. Une main rabattue devant mon col, je cours, baissé, dans le noir. Ma lampe est illusoire, elle n'éclaire que de gros flocons qui me giflent les joues. On n'y voit pas à trois mètres, les bulletins météo avaient prévu une nuit agitée. Mes pas crissent, je suis entièrement gelé quand, enfin, je déniche la tente de communication. Le soulagement est énorme lorsque je rabats les pans de toile derrière moi. J'ôte mes moufles et souffle au creux de mes mains. Je donnerais cher pour boire un thé sherpa brûlant.

Le téléphone satellite avec lequel les Américains transmettent leur journal de bord repose derrière moi, sur une chaise pliante. Le type qui dort à ses côtés ouvre les yeux, je pose mon doigt sur mes lèvres et lui indique, chuchotant en anglais, que je dois appeler en France pour prendre des nouvelles d'une personne hospitalisée. Écrasé de sommeil, il n'a même pas le temps d'entendre la fin de ma phrase.

La gorge serrée, je compose le numéro de Françoise. Mon cœur bat fort lorsque j'entends la voix légèrement somnolente.

— Françoise ?

Un souffle dans l'appareil.

— Max ? C'est toi, Max ?

Il faut attendre entre chaque phrase, à cause de l'émission satellite. Des secondes s'égrènent entre nos questions-réponses.

— C'est Jonathan…

Un mouvement de panique.

— Quoi, Jo ! Quoi ! Ne me dis pas que…

— … Non, non ! Tout va bien, rassure-toi. Je me sens stupide, j'avais juste envie de t'appeler.

— … M'appeler ? Mais… Mais pourquoi ?

— … Je voulais être sûr que ce baiser… Que ce baiser à l'aéroport, ce n'était pas une erreur.

— … Le… Le baiser ? Oh, Jo, tu es fou. Tu es fou de m'appeler. Tu te rends compte ?

Je sens de la peur dans sa voix. Elle tremble.

— Dis-moi au moins que Max n'est pas au courant de cet appel, je t'en prie.

— … Pourquoi, Françoise ? Il te fait peur à ce point ? Que se passe-t-il avec lui ? Qu'est-ce que tu ne m'as pas dit ?

— … Jo, s'il te plaît.

— … Max dort. Tu n'as pas répondu. Ce baiser…

— … Que veux-tu que je te dise ?

Ma poitrine se serre. La toile de la tente vibre sous les hurlements du vent.

— Juste quelques mots. Les mots que je veux entendre, et je raccroche.

Une hésitation. Un instant qui s'étire dans l'éternité. J'ai la frousse. Le monde peut s'effondrer, là, maintenant.

— Jo… Tu vis dans un monde imaginaire, un univers d'enfants où tu crois encore que tout est rose. À l'aéroport, ce sont tes lèvres qui se sont approchées des miennes, et non l'inverse. Je ne suis la femme que d'un seul homme.

Elle me déchire le ventre. Je n'arrive pas à me retenir, la méchanceté m'étouffe :

— Tu veux savoir ce qu'il est en train de faire, ton « homme », pendant que tu es seule à l'attendre ?

— … Non, je ne veux pas savoir. Mais ce que je sais, c'est qu'en dépit de ce qu'il montre à l'extérieur, Max m'aime.

— … Mais il va voir ailleurs ! Tout le temps ! Écoute, Françoise. Ce qui m'arrive, c'est bien pire que le mal d'altitude. Je suis en train de tomber amoureux…

Il y a quelque chose de résigné, de mort dans son soupir.

— Avec Max, on essaie d'avoir un bébé, Jo. Un enfant, qui nous rapprochera.

Je me mords le poing, mes yeux s'embuent, spontanément. J'ai envie de chialer, mais rien ne sort, bien sûr. Rien n'est jamais sorti.

— Je suis désolée si tu as interprété notre baiser autrement que comme le signe de mon affection pour toi. Ne m'appelle plus, Jo… Ne m'en veux pas. Un seul homme…

Et elle raccroche. Le téléphone me reste entre les doigts, tout s'effondre autour de moi. Je me relève, vidé de mes forces, et sors de la tente. Au moment où je rabaisse la fermeture jusqu'en bas, mon pouls s'accélère soudain. Là, à mes pieds. Des traces fraîches de pas. Des piétinements.

Incapable de trouver mon air, je me retourne. Une ombre se tient derrière moi. Avec les bourrasques de neige, la nuit, je n'y vois rien. Je ne la reconnais pas.

L'éclair du métal dans l'obscurité.

Une fois, deux fois.

Le tourbillon, puis la chute.

Je me réveille bien au chaud dans le mess, enroulé de couvertures jusqu'à la taille. Il fait jour. Des visages bronzés et inquiets m'entourent. Une dizaine d'Américains, des Thaïs et des Français d'expéditions voisines. Max est accroupi au bord de mon tapis, il me caresse affectueusement le front.

— Je crois que pour le sommet, c'est mort, il me dit en souriant.

Je redresse ma nuque. Odeurs d'antiseptiques. De larges compresses me couvrent le pectoral droit.

— Qu'est-ce… Qu'est-ce qui s'est passé ?

— Un membre de l'expédition des Ricains t'a trouvé étendu dans la neige en allant pisser, au petit matin. T'as eu du bol. Une heure de plus, et t'aurais complètement gelé. À vue de nez, t'as été agressé au piolet mais, deuxième coup de bol, rien de vital n'a été touché.

Mes doigts appuient sur mes pansements et m'arrachent une grimace de douleur.

— Les traces de pas dans la neige… je murmure.

— La tempête a tout recouvert. T'as pas la moindre idée de ce qui a pu se passer ?

Bien sûr, que j'ai ma petite idée. Je le regarde avec insistance. Je connais par cœur ce visage, l'infime déformation de ses traits dans lesquels se sont gravées nos dernières années communes. J'y cherche le mensonge et je n'arrive pas à le dénicher. Pourtant, je sais qu'il ment. Je sais que l'homme au piolet, c'était lui. Qui d'autre pouvait rôder autour de la tente à cette heure ? Qui d'autre avait des raisons de m'en vouloir au point de chercher à me tuer ? Je me rappelle le visage de Françoise, à l'aéroport. Et si Max se doutait de nos rencontres ? Et si Max l'intuitif avait *senti* ce baiser et mon attirance pour sa femme ? Il est violent, possessif. Tout doit lui appartenir, même les montagnes. Je passe mes doigts sur mes lèvres gercées.

— Moi aussi, j'étais sorti pisser. Avec la tempête, je n'arrivais pas à m'orienter, je me suis retrouvé devant la tente de transmission. C'est là qu'on m'a frappé… Notre tente n'était pas loin. Tu n'as rien entendu ?

Je continue à plonger dans ses yeux, ils s'enfoncent dans les miens avec la même intensité. Nous nous cherchons comme deux loups qui se tournent autour, prêts au combat.

— Rien du tout. Je n'aurais pas dû picoler à 3 000. Ça ne se fait pas. Il a fallu me réveiller avec des claques. Je ne me serais jamais pardonné s'il t'était arrivé quelque chose.

Il regroupe mes deux mains dans les siennes.

— Sans toi, Jo, je ne suis plus que la moitié de moi-même. Je t'aime trop, mon gars.

Il se tourne vers les autres, les bras en l'air.

— *I love him !*

Une rumeur joyeuse s'élève de l'assemblée. On m'apporte un thé sherpa. Je me relève un peu, les dents serrées.

— Qu'est-ce qu'on fait alors ? je soupire. On en reste là ?

— M'étonnerait fort que la police monte jusqu'ici ou que le coupable se livre de lui-même. Alors oui, on en reste là, si ça te va.

Il me tend sa main en souriant. J'hésite et lui tends la mienne. Nous scellons ainsi le pacte du silence. Au fond de moi-même, j'ai envie de le tuer.

— Et alors, comme ça, t'as jamais su, en fait ?

Une voix claque à mes oreilles. Je sursaute.

— Quoi ?

Je roule les yeux. La tente rouge, le revolver sur le côté, Farid… Et la foudroyante pénombre d'un monde sans espoir.

— Ben ouais. Pour ces coups de piolet, t'as jamais su ?

Je mets un certain temps à réaliser où je me trouve. Le gouffre… *Vérité…*

— J'ai… J'ai vraiment parlé ? Je t'ai raconté ?

Farid agite la main devant lui.

— T'en tiens une belle, toi. L'alcool, ça te réussit pas.

Dans l'ombre, je devine la bouteille de vodka entre mes jambes, hagard. Le niveau d'alcool a encore diminué. Je la repousse sur le côté. Mes lèvres bougent toutes seules :

— Non, je n'ai jamais eu la preuve formelle… Mais je sais que c'était lui, comme il savait ce que j'avais confié à sa femme, cette nuit-là. Cependant, nous avons fait comme si de rien n'était. Nous n'avons plus jamais reparlé de cette histoire. C'était devenu tabou entre nous.

— Ça t'arrangeait bien, ce silence. L'accuser lui, c'était ne plus jamais la revoir, elle.

Farid hausse les épaules.

— Il y a un truc de récurrent chez toi. Un truc que je trouve pas cool du tout. C'est ta capacité à fuir les problèmes et faire comme s'ils n'existaient pas. Ignorer plutôt que d'affronter, c'est ta philosophie ? Ton chien, que tu laisses se faire massacrer pendant le cambriolage. Avec ce Max, tu préfères le silence aux explications franches. Et puis, piquer la femme de ton meilleur pote… C'est bel et bien du vol. Tout ça, ça me laisse penser qu'ici aussi t'es tout à fait capable de tromper ton monde. De faire croire que t'es un autre et de cacher tes mauvais coups. Peut-être qu'au final, c'est toi aussi le menteur, non ?

Il sort son briquet, sa toute dernière clope molle et l'allume avec difficulté.

— Qu'est-ce que t'as à répondre à ça ?

— Que maintenant que t'as l'air moins malade, tu ferais mieux d'aller fumer dehors si tu ne veux pas que je te torde les couilles.

32

« Nous avons oublié que c'est la montagne qui détient la carte maîtresse, qu'elle n'accorde le succès qu'au moment choisi par elle. Sinon, pourquoi l'alpinisme engendrerait-il une telle fascination ? »

Eric Shipton, Sur cette montagne *(1943)*

De son interminable labeur dans la caverne, Michel nous ramène trois paires de moufles triviales mais efficaces. Tous nos doigts, y compris le pouce, sont regroupés dans la même poche cousue et hermétique. Les mouvements s'en trouvent très limités et les manipulations approximatives, mais ces gants tiennent incroyablement chaud. En fait, ce sont les meilleurs gants que j'aie jamais enfilés. Cependant, chaque fois que je regarde ces belles couleurs grises et cannelle qui réchauffent mes mains, je vois Pok, et je l'entends hurler à la mort, la gueule dans l'alignement de son poitrail, sous les stalactites.

Notre dépeceur-cuisinier-ouvrier a aussi fourré mes chaussures. Mes pieds sont désormais bien au chaud, eux aussi. Farid m'interpelle, alors que je termine ma soupe où a trempé de la moelle :

— Tu fais vraiment peur avec ces trucs en peau à tes mains. Tu as l'air d'un barge échappé d'un asile.

— Ça doit être là-bas que je t'ai rencontré, alors.

Il masse ses pieds avec le mélange d'huile et d'eau. A priori, l'invasion du froid a cessé, sa peau redevient souple.

— Et puis, tu verrais ta tronche. Ton visage a doublé de volume. Tes joues me rappellent celles d'un hamster, ton front a enflé et tes yeux sont rentrés dans leurs orbites. Si je t'avais vu comme ça le premier jour, je me serais évanoui.

Il s'est décidé à me provoquer, mais la soupe est sacrément bonne, bon Dieu !

— Tu n'es pas beaucoup mieux que moi. L'humidité a créé un phénomène de surhydratation. On est gorgés d'œdèmes, l'eau s'est accumulée sous notre peau. Mais rien de bien méchant, je crois.

Je cherche le thermomètre que je pose d'ordinaire le long de mon tapis. Introuvable. Je fouille du regard autour de moi, les mains au ras du sol. Farid me regarde d'un air bizarre.

— Tu veux quelque chose ?

— Mon thermomètre. Où est-il ?

— Et pourquoi pas un aspirateur, tant que tu y es ?

Michel prend le relais :

— Les seuls objets de la grotte, c'étaient les bouteilles de gaz, le réchaud, une casserole, deux assiettes, deux fourchettes en plastique, deux gobelets et les trois fichues photos. Rien d'autre.

— Non, le thermomètre ne vient pas de la galerie, il était là à mon réveil, dans la tente. Je le laissais le long de la toile, vous l'avez nécessairement vu.

— Non, jamais.

Je fouille dans mes poches. Rien, hormis les papiers de cigarettes et quelques pelures d'orange. Je me tourne vers Michel.

— Pourquoi tu fais ça ? Pourquoi tu mens ?

— Je ne mens pas.

Je n'en crois pas mes oreilles. Ce thermomètre, il était là, je suis sûr de ne pas me tromper. La tête dans les mains, je lève les yeux vers Michel et préfère changer de sujet :

— Tu comptes reprendre bientôt ton tunnel dans la caverne ? Tu es bien certain qu'on va pouvoir ficher le camp par là ?

Il rentre à l'intérieur et baisse la lumière à la limite de l'extinction.

— Comment je pourrais en être certain ? Je suis tout seul à déplacer ces pierres, et rien ne dit que je vais y arriver. Ça dépend de la quantité de rochers empilés, et de leur taille, surtout. Et après, qui dit qu'on pourra sortir ? Il faut nous intéresser au glacier, plutôt. On est trois pour le gratter.

Il fixe Farid.

— Je suis sûr que cette tache sombre derrière la glace représente quelque chose. Ensemble, je pense qu'en deux jours, on peut réussir à l'atteindre. Ça vaut le coup d'essayer.

— Ça sert à rien de gratter cette fichue glace, dit Farid. C'est une perte de temps et d'énergie. La grotte, c'est mieux. C'est pas parce qu'on a à manger et à boire qu'il faut traîner ici. Je suis malade et j'ai franchement envie d'un bon bain chaud.

— On verra demain. Avant, il faut reprendre encore un peu de forces. Manger, dormir. Je suis crevé…

Je me décale et me glisse dans le duvet de Farid en bâillant. J'ai encore en tête l'épisode du thermomètre. Je ne suis pas débile. Peut-être qu'ils me mentent, tous les deux. Qu'ils veulent me rendre fou en s'associant. Je vais devoir rester vigilant, autant que possible. Michel s'empare de la petite pierre tranchante et ne bouge plus, pensif.

— Il y a quelque chose que je voudrais faire moi-même, si vous permettez… juste avant de dormir.

Sur le tapis en mousse, il trace un nouveau trait vertical. ~~IIII~~ II

— Bientôt sept jours. Une semaine qu'on est dans ce trou… C'est un moment très particulier pour moi.

Il semble ému. Sans en rajouter, il prend sa place sur le côté gauche, comme d'habitude. Il a aiguisé mon attention :

— Quel genre de moment particulier ?

— Désolé, mais c'est personnel.

— Fallait pas balancer la mèche, grogne Farid. Parle, maintenant que t'as commencé.

— Je ne vois pas ce qui peut être plus personnel que de se foutre à poil les uns devant les autres, je rajoute.

Un long soupir de Michel, qui regarde ses gants.

— Depuis hier en fait, je suis censé avoir accompli quelque chose pour Cédric. Quelque chose qui me tenait à cœur, depuis des mois. Il est décédé alors que je lui caressais le visage, dans une chambre d'hôpital.

Et on n'a rien pu faire pour lui à l'époque. Il avait huit ans.

Il me regarde.

— Le syndrome du survivant, ça n'arrive pas qu'en montagne, crois-moi… Toi, tu as vu ton ami partir sous tes yeux mais moi, c'était mon fils. C'est un drame dont on ne se remet jamais. Quel est le pire, tu crois ? L'ami de toujours, ou le fils ?

Je m'écarte de Farid et pose mes mains derrière ma tête, les yeux vers nulle part. Michel vient d'éteindre, nous sommes dans le noir complet.

— Le pire, c'est l'impuissance, je lui réponds.

— Toi, tu aurais pu éviter le drame. Je ne sais pas, si vous vous étiez encordés par exemple. Mais moi, c'était la maladie. Et on ne pouvait rien contre cette horrible maladie.

Mon corps se met à grelotter.

— Avec Max, ça s'est passé comme ça s'est passé. On n'était pas encordés, et il est tombé. C'est la loi de la montagne.

— La loi de la montagne… La loi de la maladie…

Je soupire.

— Moi, en ce moment même, je devrais me tenir aux côtés de ma Françoise, dans un hôpital. Elle m'attend pour quelque chose d'important. Dis, Michel, tu crois en la chance ?

— J'ai vraiment besoin de te répondre ?

J'inspire profondément. Depuis que j'ai tué Pok, je n'arrête pas d'avoir envie de pleurer. C'est abominable.

— Eh bien moi, j'y crois. Plus que jamais.

Je baisse les paupières. Françoise… Mes lèvres tremblent.

— Bientôt, ma main aurait dû serrer la sienne, pour l'accompagner jusqu'au bloc opératoire. D'après les médecins, il lui restait un mois à vivre. Elle allait entrer en phase terminale si la chance n'avait pas surgi. Françoise, elle est atteinte d'une leucémie. Voilà plus de deux ans que nous cherchons un donneur de moelle osseuse, nous avions une probabilité de un sur un million, vous vous rendez compte ? J'ai parcouru la France, les organismes de greffe, j'ai écrit des centaines et des centaines de lettres, donné des milliers de coups de téléphone, sans succès. Puis... Puis voilà quelques semaines, le miracle s'est produit de lui-même, un donneur compatible est apparu dans le fichier national. Françoise doit... elle doit se faire greffer à Grenoble, c'est totalement inespéré.

Je serre les deux poings.

— Quand je sortirai d'ici, je retrouverai ma femme d'avant. Ma belle Françoise. On voyagera, on profitera. On rattrapera le temps perdu, avec notre enfant. Tout le...

Je n'ai pas le loisir de terminer ma phrase.

Quelque chose de froid me serre la gorge et me prive d'air.

Michel est penché sur moi. Et il m'étrangle avec ma propre chaîne.

33

« Dans une situation extrême, je crois que viennent dans l'ordre chronologique l'instinct, puis les sentiments, et finalement, les pensées. Voilà pourquoi les situations extrêmes sont dangereuses, car l'instinct peut nous pousser à commettre des actes qui échappent à toute rationalité. Dans ces moments-là, il est alors impossible de savoir ce qui est juste, et ce qui ne l'est pas... »

Notes personnelles de Jonathan Touvier, 1983

Je roule sur le côté en crachant. Ma vue est brouillée, tout tourne. Je m'étouffe dans mes sécrétions quand soudain une grande tempête d'air pénètre dans mes poumons. Je me redresse, étourdi, incapable de comprendre l'ordre des événements. La lumière est revenue. Michel se tient assis, les jambes écartées et la tête dans les mains. Il pleure. Farid, debout, halète en me regardant. Sa joue est en sang, sa lèvre blessée pisse. Alors que j'agonisais, je crois que, en dépit de son état fiévreux, il s'est jeté sur Michel et a tenté de me défendre au mieux.

Tout tremblant, je rampe vers la casserole et me sers un verre d'eau. En buvant, j'en renverse la moitié sur mon blouson. Je me perds dans d'interminables étranglements. Michel me pointe du doigt :

— Espèce de fumier ! J'aurais dû te tuer ! J'aurais dû aller jusqu'au bout et serrer, serrer.

Farid s'accroupit et se mouille la joue.

— Qu'est-ce qui se passe ? T'es complètement givré !

— Ce qui se passe ?

Michel abat ses deux poings sur le sol dans un sanglot.

— Il se trouve que le donneur de moelle osseuse, c'est moi.

Je relève une figure de cendres, le gobelet m'échappe et roule sur le sol. La première pensée qui me traverse l'esprit est : *je veux mourir.*

Je veux mourir.

Sans plus contrôler mes gestes, je me redresse et sors en hurlant. Tout s'embrouille ensuite. Je me vois courir vers l'origine de ma chaîne, et tirer sur le pieu jusqu'à ce que mes doigts saignent. Je sens la brûlure de la neige dans ma nuque, j'entends le déclic d'un barillet en rotation. Mon poing serre le revolver, le canon est braqué contre ma tempe et j'appuie, j'appuie, j'appuie. Rien ne sort, je crie encore. Cette balle, on n'avait pas le droit de me la voler. Cette balle, elle aurait dû être pour moi.

— C'est comme ça que c'était prévu ? C'est comme ça ?

Je m'époumone dans le vide, je veux crever le ventre de *Vérité* avec ma voix, la blesser et lui cracher à la gueule. Plus rien n'existe et n'a d'importance à présent. Je tombe à genoux. Je suis coincé ici et Françoise va s'éteindre, seule, dans l'anonymat d'une chambre stérile.

Une caresse dans mes cheveux, le long de ma nuque.

— Françoise ?

Je relève les yeux. Le visage de ma femme s'étire et se transforme, ses cheveux se frisent. Ce n'est que Farid, il se serre contre moi. Je l'enroule de mes bras et pleure au creux de son épaule. Mes ongles s'enfoncent dans son dos.

— Françoise… Françoise…

Derrière, la voix de Michel s'élève et sonne, dure, intransigeante :

— On me fait subir cet enfer parce que j'ai voulu sauver une vie ? Mais qu'as-tu fait de si horrible ? Moi, je ne suis que le dindon de la farce. Mais toi ? Toi ?

Je secoue la tête, en larmes, et retourne dans la tente.

— Je n'y comprends rien, Michel. Je te jure que je n'y comprends rien.

Il se jette sur moi, m'arrache de terre et m'agrippe par le col.

— Tu dois comprendre ! Tu dois parler !

Je me laisse secouer, je n'ai plus la force de rien. Le seul être capable de sauver l'amour de ma vie est aussi prisonnier que moi, existe-t-il pire chose au monde ? Michel me repousse vers l'arrière en m'insultant.

— C'est bien fait si elle meurt.

Je le transperce du regard. Tout vire au rouge autour de moi. Rouge, rouge… J'ai envie de le tuer. D'étrangler ce fichu inconnu et lui faire payer tous ses crimes, quels qu'ils soient. Je ne maîtrise plus mes paroles :

— C'est ce que tu as pensé chaque fois que quelqu'un mourait d'une leucémie ? « C'est bien fait » ? Parce que toi, tu n'avais jamais pu sauver ton fils de sa propre leucémie ?

Son silence est une réponse. Ainsi, son fils aussi était leucémique. Je frotte mes yeux humides, arrache de l'attrape-rêves le cliché destiné à Michel. Mon index se plie sur le papier glacé.

— Ce *C* en boucle d'oreille, pour ton anniversaire de cette année. Ce *C* tatoué sur ton dos, fait l'année dernière… Le *C* de Cédric qui vous rappelle, à ta femme et à toi, sans cesse la douleur de l'enfant perdu.

Michel se rétracte au fond de la tente, sur la défensive. Je continue à affiner ma pensée, je me sais sur la bonne voie. Ma tête me fait un mal atroce.

— Quand ta femme et toi avez appris la leucémie de votre fils, vous en avez voulu au système tout entier, n'est-ce pas ? J'ai ressenti exactement la même chose pour Françoise. Un incroyable sentiment d'injustice. J'en ai voulu à l'administration, aux médecins, à tous ceux que je croisais dans la rue. Je me demandais pourquoi ils n'allaient pas donner leur moelle, pourquoi ils ne faisaient rien pour sauver ma femme. Pourquoi ils riaient, alors que moi, je sombrais. Je les haïssais pour leur indifférence. Ta femme Émilie et toi aussi, vous les avez haïs, tous. Et cette haine ne s'est jamais refermée, parce que votre fils est mort. Mais il vit encore, à vos côtés. Sur ton corps, dans vos esprits et dans vos moments d'intimité. Quand vous vous couchez dans votre lit, il est entre vous deux. Vous l'entendez respirer, chaque nuit.

— Boucle-la ! Boucle-la ou je te crève ! Je vous crève tous les deux !

— Non, je ne la fermerai pas ! Pas cette fois ! Trois ans après sa mort, tu te décides à offrir ta moelle. Trois ans… C'est long… Pourquoi ? Peut-être as-tu enfin décidé de faire le deuil ? Sauver la vie d'un autre pour te sauver, toi ? Mais si ta femme, elle n'avait jamais voulu que tu sauves une vie ? Elle t'offre cette boucle d'oreille en avance sur ton anniversaire comme un symbole, pour te rappeler que Cédric existe encore, que tu ne dois pas permettre à d'autres personnes de vivre là où ton propre enfant est mort. Cette boucle d'oreille, c'est un avertissement. Un moyen de te dire : « Fais attention à ce que tu fais. Cédric est mort à cause des autres. Tu ne dois pas les sauver. » Elle refuse que tu donnes ta moelle mais toi, tu t'obstines. Vous vous disputez, sans doute. Quelque chose ne va plus dans sa tête, alors, elle te fait enfermer ici… Elle te punit toi, elle me punit moi, ma femme aussi.

Je le fixe avec intensité.

— Dis-moi que je me trompe.

Michel se dresse, me pousse violemment sur le côté et s'enfuit en courant dans l'obscurité. Je l'entends se lamenter et cogner dans la glace, avec sa main blessée, sans doute. Farid est resté calme. Il tourne et retourne ses gants sur ses genoux.

— Je sais plus quoi penser avec vous deux. D'un côté, je crois que tu as raison et, de l'autre, que t'es à côté de la plaque. Parce que même si tu dis vrai, pourquoi moi ? Et pourquoi sa femme aurait fait du mal à ta fille ?

— Je crois que tu le sais. Et que tu ne veux pas le dire.

Farid disparaît dans son duvet. Très vite, je suis confronté à une autre réalité, bien pire que la nôtre : Françoise est condamnée à mourir seule.

34

« Si je tiens tant à escalader l'Everest, c'est parce qu'il est là », George Mallory (1886-1924)
« Les mystères de l'alpinisme sont aussi impénétrables à ses pratiquants qu'à ceux qui ne mettent jamais les pieds en montagne », Jean-Christophe Lafaille (1965-2006)
« L'alpiniste est un homme qui conduit son corps là où, un jour, ses yeux ont regardé », Gaston Rébuffat (1921-1985)
« La montagne n'est ni juste, ni injuste. Elle est dangereuse », Reinhold Messner (1944-)
« Qui ne risque rien n'a rien », Sir Edmund Hillary (1919-2008)
« Dès le début, pensez que ce pourrait être la fin », Edward Whymper (1840-1911)
« Je ne suis pas suicidaire. J'ai peur de mourir, surtout de la manière de mourir. Cette peur est mon assurance-vie. Je ne cherche pas à connaître mes limites, car le jour où je les connaîtrai, je ne rentrerai pas pour en parler », Erhard Loretan (1959-)

*Jonathan Touvier, n° 67 d'*Extérieur, *février 1987*
Sept alpinistes, sept destins

J'ai essayé de former des dates particulières avec les numéros du cadenas. Celles de la naissance et de la mort de Max, le 120591. Sans succès, évidemment. Max est mort, et j'ignore ce qui m'a poussé à croire, une seule seconde, qu'il pouvait être impliqué dans ce qui nous arrive.

Pourtant, j'y ai pensé.

La date de la mort du fils de Michel, 040207, a conduit au même échec. Cette date de naissance fut la dernière parole que Michel prononça. Longtemps, il s'est tenu au fond de la tente, les poings sous le masque, sans parler ni même bouger. J'ai bien cru, à un moment, qu'il dormait debout. Soudain, il a embarqué le casque, l'a placé au bord de sa galerie et s'est attaqué aux éboulements avec rage. On l'entendait grogner, d'ici. Il va très mal. Si physiquement nous sommes en meilleure forme, moralement, c'est une vertigineuse dégringolade.

Le lien est cassé entre Farid et moi. Il ne me regarde plus de la même façon, ses yeux portent de lourds reproches, comme si tout ce qui arrivait était ma faute. Je lui ai demandé de venir gratter la glace avec moi, il ne m'a même pas répondu, préférant son travail inutile avec les numéros du cadenas, qu'il a replacés à dix mille quatre cent deux.

Dix mille quatre cent trois, dix mille quatre cent quatre, dix mille quatre cent cinq…

J'ai bu beaucoup de vodka, ai relu la lettre adressée à ma femme, puis me suis rendu devant le glacier, en donnant des coups de chaîne dérisoires, sans force. Derrière moi, Michel se livre soudain à un drôle de ballet. Il se met à rapporter de grosses pierres issues de la galerie, auprès de l'une des parois. Il plie sous le poids de certaines d'entre elles, qui doivent bien peser trente ou quarante kilos. Je le regarde faire en silence. Désormais, il place chaque rocher à un endroit différent. Il grogne, fait rouler, tire, halète. Le sang de sa main blessée luit sur la pierre. Parfois, il se retourne vers le plafond de stalactites, semble chercher ou fuir quelque chose.

Il a terminé, on dirait. Avec ses maudits rochers, il vient de former deux arcs de cercle, orientés vers la paroi. On dirait… Deux cercueils sans couvercle. Michel se tourne subitement dans ma direction, les mains sur les hanches. Son masque rougeoyant me frigorifie. Puis il rentre dans la tente.

— Qu'est-ce que tu fais avec ces pierres ? je dis en le rejoignant un peu plus tard.

Sans répondre, il plante l'aiguille et du fil dans la peau de sa main, encore, et encore. Des sutures torturent sa chair dans tous les sens, par-dessus celles faites par Farid. Après avoir englouti le reste de notre casserole d'eau, il plonge directement dans son duvet, habillé, et ses seuls mots sont :

— Demain… Demain, on va bien s'amuser.

Deux minutes après, les poings sous le menton, il ronfle.

35

« Nous étions bien les seules créatures vivantes de ce monde souterrain. Par certaines accalmies du vent, un silence plus profond que les silences du désert descendait sur les rocs arides et pesait à la surface de l'océan. Je cherchais alors à percer les brumes lointaines, à déchirer ce rideau jeté sur le fond mystérieux de l'horizon. Quelles demandes se pressaient sur mes lèvres ? Où finissait cette mer ? Où conduisait-elle ? »

Extrait de Voyage au centre de la Terre, *de Jules Verne, que Jonathan Touvier a lu devant sa classe de 5ᵉ. Lectures sur le thème « Racontez le voyage que vous aimeriez faire »*

Un cri dans la nuit. Effroyable.

Je me redresse brusquement, arraché au sommeil. Farid a eu le même réflexe que moi, il s'est aussitôt relevé. Très vite, l'œil de lumière danse à travers la toile. Je me glisse sur la gauche et palpe le duvet de Michel. Vide.

— Jonathan ! Jonathan ! Viens vite !

Depuis l'extérieur, Michel crie comme s'il avait vu le diable. Je m'extrais en catastrophe du duvet, me vêts en quatrième vitesse. J'enfile le blouson suspendu à mon poignet, me chausse sans nouer les lacets et accours dans sa direction. Farid me talonne en toussant, aux trois quarts dévêtu et en chaussettes.

Michel se tient debout devant le puits. Il serre contre sa poitrine un énorme rocher, tout arc-bouté tant il doit peser lourd. À ses pieds, se trouve notre casserole, enroulée dans les deux serviettes sales, ainsi que le photophore et la bouteille d'acétylène. Il se retourne un court instant, le visage grimaçant.

— C'est… C'est là que… que je l'ai vu… Il faut l'écraser, le tuer…

Sa voix tremble ; avec cette masse contre sa poitrine, il peine à parler. Je m'approche en haletant. La torpeur du sommeil m'enveloppe encore, je peine à réaliser ce qui se passe mais immédiatement, je pense au monstre de mon rêve. Farid, derrière moi, enfile son pantalon. Il est plié en deux par le froid.

— Quoi ? Qu'est-ce que tu as vu ?

Me voici à ses côtés, les pieds au bord du vide. Le courant d'air glacial m'ébouriffe les cheveux et pénètre les mailles de mon pull.

— Toi, en train de tomber.

Une brusque poussée dans mon dos me propulse vers l'avant. Mon cœur se soulève, mes doigts tentent d'attraper le bord opposé. La chute m'aspire. Un choc me donne l'impression que mon bras va s'arracher. Mon corps se fracasse contre la paroi, ma tempe gauche émet un drôle de bruit. Sonné, je gémis, relève les yeux. Je ne me trouve qu'à deux mètres du rebord, retenu à la chaîne tendue par l'entrave au poignet. Au-dessus, malgré le bruissement incessant de l'air, je perçois le bruit d'une lutte, puis un tambourinement sourd. Un râle. Une masse qui s'effondre.

Plus rien.

Je reste suspendu dans le vide. Le vent crie dans mes oreilles, file vers les entrailles. Il fait si sombre, dessous, que je ne distingue même pas mes chaussures.

Je serre les dents. L'anneau de métal me torture le poignet. Je lance mon bras gauche vers le haut, réussis à agripper la chaîne. Impossible de me hisser, il faudrait que ma main droite puisse repasser par-dessus, mais je manque de mou. Je lâche tout dans une grimace, essaie de saisir des aspérités dans la roche. Elle est trop lisse, trop glissante. Mes pieds battent inutilement le vide.

Je n'arrête pas de me dire que je vais tomber. Mourir. Je hurle ma peur, ma colère et, pour la première fois, supplie au pieu lointain de ne pas lâcher.

Un violent soubresaut m'entraîne un mètre plus bas. Nouvelle déchirure de douleur dans l'épaule. Je me débats en vain, pris au piège de la pesanteur. À présent, ma chaîne descend plus régulièrement, mon pantalon crisse contre la paroi, je pousse des pieds pour éviter de m'écorcher. Je ne regarde pas en bas, je ne peux pas. Le noir, les profondeurs. Cette impression d'infini, de ténèbres, de chute sans fin.

— Michel ! Arrête !

Je sursaute au moment où mes chaussures délacées heurtent une surface dure. Ma carcasse meurtrie se pose lentement sur la ridicule corniche, la pression dans mon bras enchaîné se relâche enfin. Je reste debout dans la douleur, me massant l'épaule. J'ai la sensation qu'on m'a enfoncé une épée chauffée à blanc dans le deltoïde, des tendons ont dû être étirés. La lumière jaillit, sept ou huit mètres au-dessus de moi. Vue d'ici, elle semble à l'autre bout de l'univers.

— Maintenant, tu regardes ce qu'il y a dans le sac !

La voix de Michel résonne de partout. Je discerne à peine sa sale gueule de métal, perchée au bord du puits.

— Qu'est-ce que tu as fait à Farid ?

— T'occupe pas de lui. Le sac, j'ai dit.

Plaqué contre cette paroi de cauchemar, je baisse les yeux. Le sac aux extrémités nouées repose à quelques pas, proche du vide. Mes jambes se mettent à trembler, j'éprouve le besoin de m'agenouiller mais la chaîne tendue m'en empêche.

— Donne-moi du mou !

Michel disparaît, le mou arrive. Je comprends alors qu'il a utilisé la lourde pierre pour contrôler ma chute – en la lâchant sur les maillons sans doute – et éviter que je ne m'écrase contre la corniche. Du bout des doigts, je récupère le sac-poubelle et le tire vers moi. L'aspiration d'air continue à siffler, c'est horrible. Je n'ai jamais vu un endroit aussi effroyable de ma vie.

— Je l'ai. Et maintenant, fais-moi remonter !

— Dis-moi d'abord ce qu'il y a dedans.

En plus de me congeler sur place, le courant descendant me force à hurler, tandis que Michel se contente de parler normalement. Je souffle sur mes doigts gelés, et défais le double nœud. Prenant garde à ce que Michel ne puisse pas voir, j'écarte un peu les pans de plastique.

Mes mâchoires se serrent. Je jette un bref coup d'œil. Seigneur… Farid…

Abattu, je referme.

— Alors ? Qu'est-ce que c'est ?

Je noue solidement l'extrémité du sac autour de ma cheville droite.

— Si tu veux savoir, fais-moi d'abord remonter.

Le vent me brûle les oreilles et me glace les os. J'ose un œil vers le bas. Vers le ventre du monde. Il n'y a rien. Je sens alors un mouvement dans mon dos. Je me retourne vite et aperçois, à quelques centimètres à peine, dans un creux de la corniche, un animal blanchâtre, sans yeux, d'une vingtaine de centimètres de long. Ses pattes ressemblent à de petites spatules gluantes. Une salamandre. Elle me fait penser à une larve de lézard géante, et a l'air de m'observer. Brutalement, elle se retourne et se met à fouetter l'air de sa queue. Je distingue, dans un renfoncement, des centaines de boules translucides. Ses œufs.

Cette femelle courageuse défend son territoire.

Ces mouvements que je distinguais sur la roche… c'était elle.

Ainsi, ce gouffre vit vraiment, il nous chuchote ses secrets. Les araignées, les salamandres, ces petites traces de moisissures qui commencent à se développer sur les serviettes humides. Combien d'espèces invisibles se nichent ainsi dans ses interstices ?

D'un coup, mon entrave se tend et m'arrache à mes considérations. Très vite, avec l'autre main, je m'agrippe aux maillons. Il ne me reste plus qu'à espérer que Michel trouvera assez de ressources pour me sortir de là.

J'abandonne la salamandre à son monde irréel. Petit à petit, je remonte, par à-coups de cinquante centimètres environ, et reste ensuite longtemps suspendu au même endroit. Je pense que Michel utilise le rocher en bloqueur, ce qui lui permet de se reposer entre deux efforts de traction. Mes muscles se tétanisent, mes avant-bras me brûlent. J'ignore combien de temps je vais tenir ainsi avant de m'abandonner à la pesanteur. La lumière grossit, les sons récurrents reviennent. Le bord du puits se présente enfin. Mes doigts usés s'y accrochent, je me hisse en même temps qu'on me traîne, me retrouve à quatre pattes, haletant, les mains à plat sur le sol. Sur ma gauche, Farid est allongé, inconscient. Un hématome gonfle sur sa tempe. Lorsque je lève les yeux, Michel se tient au-dessus de moi, la casserole au-dessus de la tête.

Un choc sourd.

Puis le vide absolu.

36

« Pourquoi certains hommes gravissent-ils des montagnes ? Simplement parce que la plupart des autres ne les gravissent pas. »

Message gravé sur un fanion anonyme,
planté au sommet de l'Everest

C'est comme un cycle qui reprend. Un cauchemar qui ne trouve aucune porte pour se refermer.

Noir. Froid. Mal de crâne. Et immobilité. On prend les mêmes et on recommence.

J'ouvre, ferme les yeux. C'est pareil, l'obscurité est absolue. J'essaie de bouger, impossible. On dirait qu'un gigantesque boa constrictor me broie la poitrine. Je peine à respirer, gonfle mes poumons dans une grimace, c'est douloureux. Un cliquetis de chaîne accompagne chaque mouvement de ma cage thoracique. Mes bras sont plaqués le long de mes cuisses, mes jambes serrées l'une contre l'autre. Écrasées plutôt, comprimées pour être plus exact. Mon épaule droite me brûle. Je me rappelle la chute, dans le puits. La casserole qui se dirige vers mon visage. La déconnexion.

Je tente de me redresser, sans succès. De rouler sur le côté. Je sens alors, tout de suite contre mes épaules, une masse énorme qui empêche toute reptation, à gauche comme à droite. Un cercueil ne ferait pas mieux.

Je crois comprendre. Mon corps est complètement enroulé, momifié dans ma chaîne, et cerné de rochers disposés en muraille. Très vite, une image me revient à l'esprit : celle de ces deux demi-cercles, plaqués contre la paroi, que Michel a fabriqués avec ses pierres.

Des geôles.

Je tends le cou, le seul geste qui me soit autorisé. Mon crâne se décolle du sol, une douleur intense me brûle les omoplates et le dos. Je n'y vois rien.

— Farid ?

— Jonathan ? C'est toi, Jonathan ?

Dans l'obscurité, la voix est paniquée, chargée de peur. Je devine que Farid et moi, nous sommes tout proches l'un de l'autre. Un mètre, à peine. Il gémit :

— Je crois qu'il va me faire du mal. Me… me torturer… C'est à moi qu'il en veut désormais. Chacun notre tour, on va morfler.

Autour, les gouttes d'eau continuent leur petite symphonie aqueuse en s'écrasant au sol, le froid poursuit son travail sur mon visage glacé, le puits gémit.

— Depuis combien de temps tu es réveillé ?

— J'en sais rien ! Une demi-heure ? Une heure ? Jo… Jo, je… je crois que sous la chaîne, je suis tout nu. Il m'a entièrement déshabillé. Je ne sens plus rien. Plus mes bras ni mes jambes. Rien. C'est comme si…

comme si je flottais déjà. Mes pieds, ils… ils dépassent dans le vide, j'arrive plus à les bouger, j'te jure. Je… Je vais crever de froid, Jo. Crever, tout court. Partir d'ici, une bonne fois pour toutes. J'en peux plus.

Nu, Seigneur… Je ne lui donne pas deux heures. Bien contre mon gré, ma respiration s'accélère et j'ai de plus en plus mal. Je me vois agoniser, piégé entre ces maillons. Nous avons bien mangé, bu énormément d'eau. Combien de temps me faudra-t-il pour mourir ? Combien d'heures, de nuits ? Tout s'accélère sous mon crâne : et si Michel avait creusé une brèche dans la galerie pour se faire la malle ? Et si… Et si sa tête avait explosé et qu'il gisait, là-bas, dans le noir ?

Je crie alors son prénom. J'essaie de penser à Françoise, à ma fille, de sentir leurs parfums, mais je n'y parviens même pas. Je dois à tout prix me calmer. Je répète la liste des plus hauts sommets, écoute mon sang circuler dans mes artères. J'avale ma salive et dis :

— La fois où Michel t'a surpris… Mon chien était en train de dévorer une lettre, que j'avais rédigée à ma femme et laissée sous son oreiller… Et maintenant ce sac, remonté du puits… C'est toi, n'est-ce pas ?

— Non, non. Je n'ai rien à voir avec tout ça. Pourquoi ? Qu'est-ce que tu as trouvé dans le sac ?

— De l'argent. Beaucoup d'argent. C'est toi, le voleur ?

— De l'argent, tu dis ? Mais pourquoi j'aurais ramené de l'argent ici ? T'es complètement taré ou quoi ? Essaie plutôt de voir comment on peut sortir de ces chaînes au lieu de m'accuser.

— La vérité, Farid. C'est peut-être la vérité, que veut Michel.

— La vérité, c'est celle-là. La vérité, c'est que toi, ta femme et vos histoires de leucémie, vous m'avez foutu dans la merde. C'est ça, la vérité.

Il se perd dans une quinte de toux. La maladie revient le cueillir, elle est désormais descendue au fin fond de ses bronches. Au moins, sa mort sera plus rapide que la mienne.

Je sursaute brusquement. La lumière vient de jaillir, je l'ai en plein dans la gueule. Entre deux rochers, je peux apercevoir Michel, assis à l'indienne, les poings regroupés sous le menton. Il se tenait là, depuis le début, silencieux, à l'écoute. Je dois rêver, et même si mes yeux fatigués n'y voient plus grand-chose, je devine, sur son dos, le reste du pelage de mon chien. Aplatie, la gueule de Pok tombe sur le dessus de son masque rouge de sang, et la fourrure complètement lacérée dévale jusqu'au bas de ses reins. On dirait un sinistre chaman. Devant lui se trouvent le réchaud en train de dilapider son gaz, la pierre tranchante, les couverts en plastique. Je reviens sur la pierre tranchante et plisse les yeux. Je ne suis pas bien sûr. Ce n'est pas possible. À ses côtés semblent s'étaler de petites lamelles de chair, semblables à des frites aplaties.

De la chair humaine, c'est sûr.

Il fixe froidement Farid.

— Et moi, je crois que la vérité, elle est encore dans ta bouche.

Je distingue le visage transi de Farid, plaqué lui aussi entre deux rochers.

— T'as plus toute ta tête, réplique Farid en claquant des dents. Faut que t'arrête ça tout de suite, avant que ça tourne mal. Laisse-nous sortir d'ici.

Le beur se cambre en apercevant les morceaux de chair.

— Michel, cette… cette viande, c'est… (Il redresse la tête, tente de s'agiter en vain.) Dis-moi ce que c'est !

Son menton touche les maillons. Il cherche à apercevoir son propre corps dénudé à travers le métal. Michel aiguise la pierre tranchante en la frottant contre un rocher.

— J'ai une bonne nouvelle à vous annoncer. Sans doute la meilleure, depuis qu'on se trouve ici. J'ai réussi à creuser une brèche dans les éboulements. Eh oui, un trou par lequel on peut se faufiler. Derrière, il y a un boyau qui monte en pente douce. C'est évident qu'il permet de foutre le camp. Mais le petit problème, c'est que je suis le seul à pouvoir passer, avec une énorme inconnue au-dessus de ma tête : est-ce que je vais vraiment exploser ou pas ?

Il s'approche de Farid, les deux mains au sol.

— Je regrette le bon vieux temps, tu sais. Celui où la plupart des abattoirs n'étaient pas privatisés. On pouvait encore y faire ce qu'on voulait, mais maintenant… Tout est trop surveillé, réglementé. Il n'y a plus de plaisir. C'est marrant que t'aies les yeux bleu vif, comme les porcs. Je me suis toujours surpris à lire dans ces yeux-là un soupçon d'intelligence et de curiosité, avant que la peur les gagne quand ils rentrent en salle d'abattage. Tu devrais voir ce moment de terreur absolue. C'est quelque chose d'inoubliable dans la vie d'un homme.

— T'as bu. Stoppe tout avant que…

— Avant que quoi ? Avant que t'appelles tes potes ? Ou que la police vienne m'interpeller ?

Il se lève, les bras écartés.

— Quelqu'un a vu la police quelque part ? Qui peut me dire, ici, ce qui est bien et ce qui ne l'est pas ?

Il pointe l'index vers Farid.

— J'ai besoin de savoir si je peux sortir d'ici, seul. Tu as la réponse, Farid ?

Le jeune ne répond pas.

— Il y a plusieurs méthodes pour que tu parles. Des méthodes plus ou moins longues. Ici, bizarrement, on a tout le temps, mais c'est paradoxalement le temps qui nous manque le plus. Alors, je vais devoir faire au plus rapide. Et donc, au plus douloureux.

Il s'empare de la fourchette en plastique et la plonge dans la flamme. Ça crépite. Il me regarde à présent.

— Fallait que je t'immobilise aussi, Grand Chef. Tu ne m'aurais pas laissé agir, sinon. Tu sais, je ne ferai jamais, jamais de mal à un innocent. Mais Farid, il n'est pas innocent. Il faut qu'il parle et qu'il nous dise ce qu'il y avait dans le coffre de la fourgonnette. Ton chien non plus, il n'était pas innocent. Il volait ce qui ne lui appartenait pas. Je ne fais que rendre justice.

— Arrête tout de suite et libère-nous. Nous allons trouver une solution grâce à cette brèche. Ne franchis pas une nouvelle barrière.

— Des barrières ? Tu n'as pas encore remarqué qu'il n'y en avait plus depuis longtemps ? Et puis, je serais curieux de la connaître, ta solution.

Le plastique se met à fondre, Michel tourne le couvert jusqu'à former une espèce de boule incandescente. Les fils de sa cicatrice luisent étrangement, conférant à sa main une allure synthétique, monstrueuse.

Farid peine à parler, tant sa voix tremble :

— Qu'est-ce… Qu'est-ce que tu fais ?

Michel se retourne soudain, en sursautant. Le masque orienté vers le plafond, il pose sa fourchette et se gratte les épaules dans un frisson.

— Faut que je sorte d'ici… Très vite. Avant que…

Il se fige, le regard vers ses pieds. Le moment pendant lequel il ne bouge pas est interminable. Soudain, il se penche sur Farid et enfonce la sucette brûlante entre deux maillons, au niveau de la poitrine. Un abominable crissement de chair grillée me vrille les tympans. Farid se met à hurler. Je me débats dans mes entraves jusqu'à ce que la douleur me torture.

— Arrête ! Arrête, bon Dieu !

Michel reste debout, les jambes écartées. Il halète fort. Je baisse les paupières, l'image de la fourchette qui s'abat est fichée en moi, indélébile. Je dois réagir, tout faire pour arrêter le massacre. Impossible avec l'entrave. Il ne me reste que ma voix, qui crie et se bat. Michel ne m'écoute pas. Dans son univers de folie, je n'existe plus.

— Il faut que tu parles. Ça ne sert à rien de résister. Je vais te tuer, Farid. Quoi qu'il advienne, je vais te tuer.

Farid sanglote, tousse, s'étrangle. Ses globes oculaires roulent, il n'est pas loin de l'évanouissement. Je m'agite comme un diable et hurle. Mon impuissance me torture, je revis, de plein fouet, l'épisode de la mise à mort de Pok. Lentement, le jeune revient à lui. Il continue à clamer son innocence dans un râle à peine audible, tandis que Michel lui jette des liasses et des liasses de billets sur le visage.

— Ce fric, qu'est-ce que c'est ?

Farid bascule un peu, le manche de la fourchette reste collé à sa peau. Il crache un filet rougeâtre, il a dû se mordre la langue ou les joues jusqu'au sang. J'aimerais être mort. Dix fois mort. Michel demeure imperturbable.

— Très bien. Je vais m'intéresser à ta petite gueule, cette fois.

Il s'empare de l'autre fourchette et la passe à travers la flamme vorace.

— Je vais te crever. Je te jure qu'après t'avoir enfoncé tout ça sur la tronche, je vais te découper en morceaux si tu ne parles pas. Et je me fabriquerai des bottes avec ta peau.

Les yeux de Farid s'écarquillent, il se met à hurler. À travers les chaînes, je vois ses ongles se rétracter sur le métal. Michel se retourne encore, brandit des poings dans le noir, se gratte violemment dans le cou en grognant. Le feu rayonne sur son épouvantable masque maculé. Le plastique de la fourchette se met à couler, Michel tourne le poignet comme s'il cuisait des chamallows au bout d'une brochette. Je suis persuadé qu'il apprécie ce moment. Qu'au fond de lui-même, il aime inculquer la souffrance.

— Tu préfères l'œil droit ou celui de gauche ? Les deux ?

Je voudrais pouvoir détourner la tête, ne pas regarder. Je voudrais, à ce moment, ne jamais avoir existé. Farid réussit à bafouiller :

— Je t'ai sauvé… la vie. Tu te rappelles, la stalactite ? Tu te rappelles ?

— Tout ce que tu as fait, c'est prolonger mon calvaire.

Il se lève et approche le morceau ardent du visage de Farid. Le jeune explose en larmes. Michel n'interrompt pas son geste. À quelques centimètres seulement de l'œil.

— C'est bon ! C'est bon, je vais tout te raconter ! Arrête ! Arrête, par pitié !

Michel hésite, il respire comme un fauve. Si l'instinct l'emporte, Farid est fichu. Alors je hurle encore, l'exhorte à écouter Farid. Il se tourne dans ma direction, me fixe longuement avant de revenir vers sa victime.

— On t'écoute. Et t'as tout intérêt à ne rien oublier.

37

« Nous avons deux cerveaux superposés : celui incapable de s'exprimer autrement que par giclées d'adrénaline, et l'autre, capable de comprendre les mathématiques, les langues, l'origine de l'univers. Le monde civilisé est là pour étouffer l'un, et mettre en lumière l'autre... »

Notes personnelles de Jonathan Touvier, 1993

Farid souffle d'une respiration vive, bruissante. Sans plus de forces, il hoche le menton dans ma direction.

— Je suis désolé, Jonathan, mais y a un tas de choses qui… vont pas te plaire.

Ma gorge se serre.

— Vas-y, je lui dis. Toute la vérité…

Farid repose sa nuque fatiguée et fixe le plafond.

— Ça a commencé il y a cinq ans… À quatorze ans, j'allais plus beaucoup à l'école, j'y arrivais pas. Je passais beaucoup de temps dans les mauvais quartiers de Lille. Lille-Sud, surtout, puis je traînais aussi du côté de Roubaix, Tourcoing, dans les sales endroits, avec des sales types. Ça a été les débuts avec la drogue, les mauvaises fréquentations, les vols. Scooters, autoradios, portefeuilles…

Son monologue est entrecoupé de toux, de claquements de dents, de pleurs. Parfois, je le sens partir, le silence s'étire et il revient dans ses explications, à demi conscient.

— J'ai été embarqué dans des mauvais coups, c'était comme… comme une spirale dont je n'arrivais pas à m'extraire. Avec deux autres connaissances, des adultes, on s'est mis à cambrioler dans les maisons. On piquait tout ce qu'on pouvait revendre. Des téléviseurs, micro-ondes, réfrigérateurs, matériel de jardin ou de bricolage, même des tondeuses. C'était facile, ça marchait bien. Un jour, un de mes potes me branche sur un coup d'enfer. Un type qu'il rencontre depuis quelques semaines leur propose un deal simple, pour un beau paquet de fric. Un deal sur Annecy…

Il me regarde, les yeux pleins de larmes. Je crois que je vais vomir.

— Ça m'a fait tilt quand tu m'as parlé de ce cambriolage. Je me suis senti… comme abattu, perdu. Tu avais raison, c'est moi qui suis venu chez toi, il y a quatre ans. Le type, il… il nous avait juste demandé de tabasser le chien.

Il aspire bruyamment la morve coulant de son nez.

— Ça n'avait rien de personnel. C'était juste un contrat, tu comprends ? Ton chien, on savait qu'il était pas méchant, il aboyait même pas, le type avait tout expliqué à mon pote. On devait rien voler, juste frapper. Une fois à l'intérieur, on a cogné. Une fois d'abord, ça suffisait. Il… était dans les vapes. Mais… le type, il avait bien dit que… qu'il fallait l'amocher. Alors avec les deux autres, on s'est acharnés dessus.

On l'a tabassé à mort. On croyait que t'étais pas là, il y avait pas de voiture, pas de lumière, rien. Mais toi, t'étais là, hein ? T'es resté en haut, dans ta chambre. Si t'étais descendu, on se serait tirés, tout de suite. Mais là... Notre violence, elle avait plus de limites... (Il regarde Michel.) Il n'y avait plus de règles.

Je roule brutalement de l'autre côté et tousse, au point de m'étouffer. J'ai serré contre moi le bourreau de mon Pok. Je l'ai aimé, ce môme, je croyais en lui, en sa loyauté. Seigneur, jusqu'où va-t-on me briser ? Vidé de mes forces, de toute envie de vivre, je reprends ma position latérale dans leur direction.

— Il y a trois ans, je me suis fait prendre en volant un scooter. J'avais à peine dix-sept ans. Ils ont trouvé de la drogue aussi, chez moi. Par chance, il n'y a pas eu de rapprochement avec mes coups d'avant, les vols et les cambriolages. Alors, j'ai été placé dans un centre éducatif, j'en ai chié pendant deux ans, je te le jure. Mes parents, ils m'ont jamais pardonné, je les ai pratiquement plus revus. J'ai pas de frère, t'as raison, Jonathan... Cette tronçonneuse, dans la fourgonnette de la photo, elle... elle a un rapport avec notre présence ici.

— Dis-nous la vérité !

Il tousse encore. Qu'il crève. Je le déteste. Michel s'accroupit. Il rassemble des billets en un tas et y met le feu. Une ample flamme s'élève dans l'obscurité et commence à crépiter. De la chaleur, bon Dieu, de la bonne chaleur sur mon visage. Farid garde un temps les lèvres pincées.

— Ici, avec vous, j'ai toujours menti. J'allais de foyer en foyer, mes parents ne voulaient plus de moi.

Tout ce que je voulais, c'était un job. Je voulais être… normal, mener une vie comme n'importe qui. Et puis, il y a environ deux mois, un type est venu me voir. Il attendait devant le foyer où je traînais. Je l'avais jamais vu. Grand, chauve, bien sapé avec des pompes de marque, il portait des gants en cuir, un gros blouson, une casquette et des lunettes de soleil, un peu comme ces stars américaines.

Michel entretient le feu le plus cher de tous les temps.

— C'est le gars qui s'est suicidé ? il demande. Notre cadavre de la caverne ?

— J'en sais rien. Même carrure, ils étaient tous les deux chauves. C'est possible. Y a que le visage. Je sais pas. Le gars, il a presque toujours porté ses lunettes et sa casquette.

Michel soupire. Ses poings pulsent dangereusement.

— Évidemment, le visage… Et tu sais combien il y a de chauves dans ce pays ?

— Il a sûrement ôté ses lunettes à un moment, je dis. De quelle couleur étaient ses yeux ? je demande.

— Marron, je crois. Des yeux profonds, froids. Ce gars bien sapé, gants en cuir et tout, il me propose un job, comme ça, de but en blanc. Un travail simple, qui pourra rapporter gros, il dit. Juste du matériel à déplacer. Il me donne une liasse, mille euros, d'emblée. Tout de suite, j'ai demandé si… si c'était… Comment dire…

— Légal ?

— Oui, légal. Il m'a garanti qu'il y avait aucun risque, et qu'il y avait cent fois plus à la clé. Cent fois plus, tu te rends compte ? Cent mille euros. J'y croyais pas, et je me doutais bien qu'il y avait anguille sous roche. Ces trucs-là, ça arrive jamais dans la réalité.

Ses yeux se perdent dans le feu où brûlent des années de salaire.

— Moi, je voulais plus mettre les pieds là-dedans. Alors, je lui ai rendu son fric et suis rentré dans le foyer. Le problème, c'est qu'il avait glissé un numéro de téléphone dans ma poche, avec les mille euros. Je sais pas comment il a fait. Puis sur la carte, c'était écrit : « Le chien, à Annecy… » C'était donc lui, il y a quatre ans. Le même type, de retour. Quand j'ai rappelé, une semaine plus tard, je lui ai demandé : « Pourquoi moi et pas un autre ? » Et il a répondu : « Pourquoi un autre ? » Pourquoi un autre… C'était pas une réponse, ça.

Il s'évade, frôle l'inconscience. Michel le rappelle à l'ordre en posant son pied sur le torse enchaîné et en appuyant. Farid hurle.

— Continue.

Il relâche la pression quand le jeune reprend avec difficulté ses explications. C'est comme si un robinet s'ouvrait dans son cerveau, un robinet qui débite toute la vérité. Sa voix n'est plus qu'un filet sonore.

— Tout ça, ça m'a taraudé, j'en dormais plus… Cent mille euros, pour moi qui galérais. Puis le type, je le savais réglo. Avec le chien, il nous avait déjà bien payés. Alors, je l'ai rappelé une deuxième fois pour lui dire que j'acceptais. Il m'a demandé de descendre sur Nice, pour le 15 février, en m'expliquant que je devrais rester dix jours sur place, parce que avec le matériel, il allait falloir marcher pas mal. Je me suis dit, si ça craignait vraiment, que j'aurais juste à me tirer. J'ai pris le TGV, on s'est revus donc. Mais là-bas, à Nice, il était plus fringué pareil, il était en tenue de montagnard, comme nous ici. Pantalon épais, drôle de veste, des moufles aux paluches. Vachement louche. Et puis sa bagnole, c'était pas ce qu'on appelle la classe. Une vieille fourgonnette des années quatre-vingt, celle que vous avez vue sur la photo. Bon, je voulais pas faire demi-tour… Là, il m'a emmené j'ignore au juste où. Quelque part, dans une forêt au bord de la montagne. J'ai jamais été très doué en géographie.

J'emmagasine un maximum d'informations.

— Combien de kilomètres depuis Nice ?

Il met du temps à répondre, comme s'il ne comprenait pas la question.

— J'en sais rien. On a roulé environ une heure.

Une heure… L'arrière-pays niçois, ou peut-être, déjà, la frontière franco-italienne.

— Le type, on pouvait pas dire qu'il était bavard. D'ailleurs, il a jamais beaucoup parlé. Juste quelques mots, par-ci, par-là. Là, on a débarqué dans un vieux chalet, totalement isolé dans les bois. Même pas de réseau pour mon téléphone portable, pas de route ni de voisins, rien. La misère. Sa piaule, elle ressemblait à un abri de trappeur ou de bûcheron, j'en sais trop rien. Pas de chauffage, on se les gelait. Le type, il m'a fourré dix mille euros dans les pattes, comme ça. En liquide. J'hallucinais. Dans le chalet, il m'a montré le matériel à transporter. C'était empilé dans un coin. Des outils, du matos de camping, des bouteilles de gaz, cette… cette lampe avec la bouteille de gaz. En gros, tout ce qu'il y a ici…

Il reprend son souffle.

— Je posais à peine ma valise qu'on se mettait au travail. Il m'a filé un perforateur pneumatique entre les mains, il a pris un gros sac à dos déjà plein, et on s'est mis en route. On a tout entassé dans le coffre, on a fait une partie en fourgonnette, et on a fini à pied. Un bout de forêt, puis on a marché sur des grandes montées, jusqu'à arriver à un endroit qui m'a fait penser à la surface de la lune. Il faisait un froid horrible, le vent arrêtait pas de souffler. Il y avait que de la roche, partout, et on voyait des montagnes couvertes de neige au loin. Jamais, jamais on a croisé quelqu'un. C'était trop mort, trop… malsain, comme endroit. Comme la fin du monde.

Il se racle la gorge et éternue.

— C'est environ à vingt minutes de marche de la fourgonnette que la descente vers ici a commencé. C'était horrible. Une toute petite fente dans le sol, sous un gros rocher qu'il a déplacé, au milieu de nulle part. Juste de quoi se faufiler. Une fois dans le trou, la pente était douce, on tenait presque debout. C'était une descente comme sur un toboggan…

— Comme ce qu'il y a derrière les éboulements de la caverne, tu veux dire ?

— Oui.

Il me regarde.

— Nous ne sommes jamais descendus par la cheminée… Je me souviens d'une galerie. C'est par où a creusé Michel qu'on est arrivés. Moi, je voulais lui poser toutes les questions du monde, mais il m'a juste dit : « Pas de questions si tu veux le fric. » Je comprenais rien à ce que je faisais. La descente, elle a duré, quoi, une demi-heure ? C'est ici même qu'il m'a demandé de tout déposer, avant qu'on remonte. Au départ, je ne comprenais pas pourquoi il avait besoin de moi. Ses trucs, il pouvait les porter seul. J'ai supposé qu'il voulait éviter de faire des dizaines et des dizaines d'allers et retours, que quatre bras, c'était toujours mieux que deux. Quand on est rentrés au chalet, c'était presque le soir. J'étais mort. Exténué. Il m'a fait dormir dans une pièce de la cabane, lui s'est couché à côté. On dormait avec nos fringues, nos bonnets, nos gants tellement il caillait. On s'est pas parlé. Le lendemain matin, très tôt, on s'est remis en route. Cette fois, dans le coffre, je devais porter une tronçonneuse… Lui, il avait encore un gros sac, et je ne connaissais toujours pas son contenu. Je ne voulais pas le savoir, je m'en fichais. Faire le job, prendre le pognon et m'en aller. À bien y réfléchir, il devait y avoir les chaînes, le masque en fer…

Il secoue légèrement la tête et crache sur le côté. De la bile, du sang.

— Le lendemain, c'était repos. Il m'a laissé seul, il m'a dit qu'il allait revenir dans deux jours, et qu'il y aurait encore du travail. J'avais un lit, un réchaud et des conserves pour me faire de la bouffe. Même une petite radio. Je sais pas lire, mais pour les billets et les zéros, c'est pas pareil. Alors, j'ai passé mon temps à compter, et recompter les dix mille euros. J'avais froid mais j'étais bien, vous comprenez ? Qu'est-ce que je faisais de mal ? J'aidais un type un peu barge à amener des objets sous terre, on était au milieu de nulle part. Il y avait rien de bizarre là-dedans.

Michel n'arrive plus à se contenir. Il brandit soudain la pierre tranchante, prêt à l'abattre sur le visage de Farid.

— Rien de bizarre ?

Farid détourne la tête et ferme les yeux. Le coup ne part pas.

— T'as pu voir le masque de fer ? demande Michel. T'as remarqué des explosifs ou des trucs dans le genre au chalet ?

— Non, non. Le masque, les chaînes, j'étais pas au courant. J'ai commencé à me poser des questions au quatrième jour. Quand… quand il a ouvert le coffre de sa fourgonnette et que, dedans, il y avait une espèce de gros colis empaqueté dans un drap, et scotché de tous les côtés. Ce qui est sous la couverture de la photo… Ce colis, on l'a porté à deux et…

Il se tait et chiale à nouveau.

— C'était un corps, c'est ça ?

— Je crois pas. Il avait la forme d'un corps, mais il était plutôt léger, et dans une position curieuse, comme… comme recroquevillé. Non, non, ce ne pouvait pas être un corps, mais c'était vraiment malsain. J'ai pas cherché à en savoir davantage, d'accord ? Ce que je vivais, ça n'avait aucun sens. Je marchais avec un inconnu dans les montagnes, on descendait dans un trou, on déposait des choses et moi, j'allais me retrouver plein aux as. C'était tout.

— C'était quelle date ?

— Le 19 février.

Je réfléchis, quelque chose cloche.

— Le 19… J'ai été enlevé le 25. Et toi, Michel ?

— Pareil.

— C'est que…

— Non, non, réplique Farid. Je sais à quoi vous pensez. Au cadavre de la galerie ? C'est pas lui que j'ai descendu le 19, d'accord ? Parce que d'une part, il aurait été bien plus lourd, et d'autre part, notre cadavre, il était vraiment tout frais quand Michel l'a découvert, il venait d'être tué, peut-être la veille. Non, ce machin recroquevillé et empaqueté sous la couverture, c'était autre chose…

Il grelotta.

— Laissez-moi finir mon histoire, faut aller au bout maintenant. On a descendu le « colis », et là, au fond, je… je sais pas, j'ai commencé à paniquer, à penser à plein de trucs bizarres, alors il m'a montré un sac-poubelle rempli de pognon. Mon pognon. Quatre-vingt-dix mille euros. Vous savez ce que ça fait, quatre-vingt-dix mille euros entre les mains ?

— Un feu de cinq minutes. Continue.

— Il a abandonné le sac-poubelle là et m'a dit que, dans quelques jours, ce fric, il serait à moi. On a aussi laissé le colis empaqueté tel quel, on est remontés, je me suis retourné vers le sac-poubelle et je me suis mis à rêver… Cent mille euros…

Il fixe les cendres incandescentes.

— L'homme m'a laissé à nouveau cinq jours seul au chalet. J'ai franchement hésité à me tirer. Courir dans les bois avec mes dix mille euros, vers nulle part, et disparaître.

— Mais tu ne l'as pas fait.

Il pleure. Michel se penche vers lui, lui attrape les cheveux :

— On s'en fiche de tes regrets et de tes larmes. C'est trop tard. La suite.

— C'est… le fameux 25 que tout s'est passé. Il m'a dit que c'était le dernier jour, que le pognon, ce soir, il serait à moi. Vers les 5 heures du mat', on a pris la fourgonnette, on est remontés dans la forêt. On s'est garés comme d'habitude et là, il a ouvert le coffre.

Cette fois, il y avait trois gros paquets, alignés comme des sardines et saucissonnés dans des couvertures… Le temps était ignoble, le vent glacial, il faisait noir. J'avais l'impression de geler sur place. Le dernier jour, il avait dit. La dernière mission… Alors, je me suis emparé de la première momie et l'ai tirée à moi. Lui, il m'a regardé et il a souri. « Vite, je lui ai dit. Qu'on en finisse. » Je savais ce qu'il y avait là-dedans. Des corps… Des corps dont il voulait se débarrasser, j'en avais la certitude. J'étais persuadé qu'ils étaient morts, que… pour une raison quelconque, il voulait les enterrer dans ce trou, là où personne ne viendrait jamais les chercher. On a marché, et on est descendus, comme les autres fois. Lui, il portait carrément un corps sur ses épaules, et en plus, il m'aidait. Il n'y a que… que pour toi, Michel, qu'on s'y est mis à deux. T'étais trop lourd pour un seul homme. C'est sûrement pour ça qu'il m'a embauché, au final, pour te descendre, toi. À un moment, j'ai cogné ce qui ressemblait à la tête d'un corps contre la roche, et il m'a dit de faire gaffe. J'ai cru qu'il allait me tuer. Pourquoi faire gaffe à des morts ? Je me suis vite dit qu'il voulait les garder intacts. Que ce type, il avait une case en moins et que plus vite je serais parti, mieux ce serait.

Sa gorge lâche un long sifflement, ses dents claquent désormais sans discontinuer.

— Dans le lot, il y avait ton chien, Jonathan, il était pas trop lourd et il avait la forme d'un chien. Il m'a laissé le descendre tout seul.

Sous la chaîne, je ne peux même pas serrer les poings. Mes ongles s'enfoncent dans le tissu de mon pantalon. Je regarde Michel, il va et vient dangereusement, la pierre dans la main. J'ai peur pour Farid.

— C'était affreux, j'ai cru que… que j'allais mourir de fatigue, j'en pouvais plus. Quand on a fini, dans le gouffre, l'homme… il a allumé une lumière, et c'est là que j'ai vu la tente. Une vraie tente, montée sous terre. Alors, en une fraction de seconde, j'ai compris. J'ai compris que ces corps, ils devaient être vivants et que ce type, c'était… un malade. Un malade de la pire espèce. Il m'a souri une dernière fois, puis… puis il a ôté les couvertures. Vous étiez vivants. Endormis, mais vivants. T'avais déjà le masque de fer, Michel… Alors, le type m'a jeté le sac-poubelle à la figure. Et là, il m'a braqué avec le flingue et il m'a dit : « Il est vraiment à toi, ce pognon. Chose promise, chose due. Mais je doute fort qu'ici tu puisses t'en servir. Tu ne croyais quand même pas que j'allais te laisser repartir comme ça ? » Ensuite, il a tout balancé dans le puits. Les outils, la plupart du matériel. Vous connaissez la suite. Il m'a drogué. Comme vous, je me suis réveillé sur ma corniche, en hauteur, avec le sac d'argent et cette lettre bizarre de Jonathan à mes côtés. J'ai jamais pu la lire, cette lettre, je sais pas pourquoi il me l'a laissée, mais c'est bien celle-là que ton chien a trouvée. Quand… quand j'ai compris que vous risquiez tôt ou tard de monter sur ma petite corniche, je me suis décidé à tout jeter dans le puits, en me disant qu'au pire je pourrais tout récupérer plus tard. J'ai dû la laisser tomber derrière un rocher.

Ses lèvres tremblent fort à présent. Je les vois violettes, ou d'un rose très foncé.

— Voilà, je vous ai tout dit. Ce type, j'ai jamais su qui il était, ou pourquoi il a fait ça. Ce que je sais, par contre, c'est que je devais rien vous dire. Parce que… parce que c'est moi qui vous ai descendus ici. Vous m'auriez tué.

— Ça oui, grogne Michel.

Il hoche le menton dans ma direction.

— Au fil de notre enfermement, j'ai compris que tout avait un rapport avec toi, Jonathan. C'est pas anodin s'il est venu me chercher, moi. Il savait, pour les cambriolages. Il savait que toi et moi, on était liés, en quelque sorte. Tout comme tu es lié à Michel avec la leucémie. C'est toi qu'il veut briser jusqu'à l'os, alors il nous a utilisés, moi et Michel. On est… on est que les objets de sa vengeance.

Je peine à respirer. Un goût d'acide me brûle le fond de la gorge et la langue. Moi, le point culminant de cette vengeance. Ces efforts, ce matériel, cette immense préparation, étalée sur plusieurs années. Et puis, s'arranger pour que tout coïncide juste avec la greffe de Françoise, pour qu'elle et moi, on souffre plus encore.

Moi, Françoise, Claire… Avec, entre nous trois, un homme mort voilà dix-neuf ans…

Un nom, un horrible nom tourne dans ma tête, sans cesse. Parce que c'est logique.

Max Beck.

Mais comment serait-ce Dieu possible ? Comment aurait-il pu seulement survivre à sa chute ? Et ensuite, redescendre de la montagne sans mourir de froid, de soif ? Je l'ai vu tomber dans une crevasse à cinq mille mètres d'altitude, bon sang !

Et pourtant… Nous aussi, on est encore en vie, après plus d'une semaine au fond d'un gouffre. La volonté n'a pas de limites.

Pas loin de céder à la panique, j'essaie de me rappeler les traits du cadavre, la physionomie générale. Crâne chauve… Max avait les cheveux longs… Yeux marron d'après Farid, et Max avait les yeux bleus. Des lentilles ? Tout est flou, si flou. Et tellement loin. Dix-neuf ans en arrière. Dix-neuf ans à m'efforcer d'oublier.

Dix-neuf ans, où Max a pu préparer une longue, une interminable vengeance.

— Farid… Farid, quand tu… nous as ramenés ici, Michel, Pok et moi, tu as parlé d'un premier paquet. Celui que tu as descendu le 19, qui était plus léger. Est-ce que… ça pourrait être une fille de cinquante kilos ?

— Non, non, je ne crois pas. Dans les outils qu'on a descendus, il y avait aussi une… une tronçonneuse, qu'il a jetée dans le puits le 25, en me braquant. Ces jours où je suis resté au chalet, lui, il est venu travailler ici. Monter la tente, enfoncer les pieux, tout préparer… La tronçonneuse, je… je crois que… qu'elle a servi à couper dans la glace. Vous, vous avez pas remarqué mais ça se voit dans le glacier, quand on regarde bien. Parmi toutes les fissures, il y en a de plus régulières, artificielles. Des lignes de coupes faites avec une lame.

Il prend son inspiration, et lâche, dans un souffle fatigué :

— Elles sont juste autour de la tache sombre.

38

« Je rêve du chant des oiseaux, de l'odeur de la terre que j'effrite entre mes doigts, du feuillage vert et brillant des plantes que j'arrose avec soin. Je cherche à acquérir une terre où il y aura des cerfs, des sangliers, des oiseaux, des peupliers et des sycomores. Je ferai une mare où viendront les canards et où, le soir, les poissons sauteront hors de l'eau pour attraper les insectes. Des sentiers traverseront la forêt et, toi et moi, nous nous perdrons dans ses recoins... Nous irons au bord de l'eau, nous nous étendrons sur l'herbe et là nous trouverons une discrète petite pancarte où nous lirons : "Voilà le monde véritable"... »

Texte de Charles Bowden, issu de L'Orchidée sanglante, *que Jonathan Touvier fit graver sur un feuillet de granit rose et déposa sur la table de chevet de Françoise, à l'hôpital, voilà quelques jours*

Le silence nous enveloppe. Michel prend sa position initiale, assis entre nos deux corps enchaînés, et éteint. Il ne bouge plus. J'ai beau crier, remuer, lui demander ce qu'il attend encore de nous, je n'obtiens aucune réponse. Il doit réfléchir à la suite. Tuer ou ne pas tuer ? Tuer directement, avec une arme, ou indirectement, par le froid et les blessures ?

Farid gémit, parfois fort, parfois de façon inaudible. La mort l'enveloppe, lentement, sournoisement. Longtemps, longtemps après, Michel rallume. Dans l'expression morne de son masque, il ôte enfin les rochers autour de moi et s'éloigne avec la lampe, sans un mot.

Je roule aussi vite que possible sur le côté, jusqu'à ce que mon corps soit libre de ses mouvements. Éprouvant une douleur diffuse, je me redresse en gémissant. Tous mes muscles sont endoloris, mes os me font mal, mes genoux, mes coudes craquent. Je marche le dos voûté en direction de Farid. À quel vieillard je ressemble ? De combien d'années ai-je subitement vieilli dans ce gouffre ?

Michel est parti au glacier. Avec la pierre, il cogne contre la glace sans cesser. Des éclats giclent partout. J'ôte mes gants et observe mes mains. Elles sont bien raides, mes tendons me tiraillent. Je suis habillé, j'ai froid, mais que dire de Farid ? Farid, totalement nu, serré dans des maillons glaciaux ?

Avec des gestes que j'aimerais plus rapides, je pousse les rochers qui l'immobilisaient. Son visage croqué par les ténèbres ne porte plus aucune expression. Ni la crainte ni la douleur.

— Allez. Un dernier effort. Roule sur le côté.

Il ne bouge presque plus, ne semble plus réagir à mes paroles. Serrant les dents, je retire la fourchette fondue collée à sa chair et pousse son corps latéralement. La chaîne se déroule et libère un glaçon. Je le prends sur mes épaules et me traîne avec lui jusqu'à la tente. En catastrophe, je le pose sur son duvet, les larmes aux yeux. Michel a lacéré le dessous de ses pieds, c'est de la véritable torture. Farid ne marchera plus jamais, ni dans cette grotte ni ailleurs. Très vite, je cherche ses vêtements, lève les sacs de couchage, les tapis. Je me rue dehors, vers Michel, lui cogne dans le dos des deux poings, alors que lui-même, il frappe, frappe dans la glace à s'en arracher les bras.

— Ses vêtements ! Où sont ses vêtements ?

Il ne me regarde pas. La fourrure déchiquetée de mon chien danse dans son dos à chacun de ses coups.

— Dans le puits.

Je frôle la panique.

— Le réchaud, donne-moi le réchaud immédiatement !

— De l'autre côté de la ligne rouge. Va le chercher si tu veux.

Je l'agrippe par la fourrure de Pok et le retourne.

— Je t'en prie. Il va mourir si on ne le réchauffe pas très vite.

— Ce serait gaspiller du gaz. C'est notre dernière bouteille.

Je reste face à lui, j'essaie de déceler derrière ce masque odieux une pointe d'humanité. Je cours vers les gros rochers, ramasse une pierre et la brandis à bout de bras.

— Vas-y, ricane Michel. Fends-moi le crâne. Mais ne me rate pas, surtout. Tiens, je m'agenouille devant toi…

Il pose ses genoux au sol, le front baissé. Je n'ai plus qu'un geste à faire, un simple mouvement pour le chasser de ce monde et, peut-être, continuer à vivre.

Mes bras s'abattent. Je jette avec fureur la pierre contre la glace.

— Comment tu as pu lui faire une chose pareille ?

Michel se relève.

— C'est pas ça, la vraie question. C'est ce que toi, tu as pu faire de si immonde pour qu'on en arrive là. Et à mon avis, la réponse, elle se cache là, derrière la glace.

Il s'approche du mur translucide et désigne une ligne de découpe, discrète mais visible parce qu'il a orienté la lumière dans la bonne direction.

— Elle était là depuis le début. Il y en a partout, en fait, cachées parmi les fissures. Et l'autre salopard le savait.

Il fourre de la glace dans sa bouche, mâche avec d'horribles craquements et me dit froidement :

— Quand moi, je lèverai une pierre sur toi, ce sera pour aller au bout. T'en es conscient, au moins ?

— J'en suis conscient. Parfaitement.

Il se remet à l'ouvrage. À travers le glacier, j'aperçois la forme noire, éclatée, disloquée par la diffraction. Moi aussi, j'ai envie de gratter, je veux savoir ce qui se cache derrière. Mais je dois choisir : la vérité ou la vie de Farid.

J'ai choisi. Je fonce vers la tente. Dans ma course j'ôte mon blouson, il reste piégé au cerceau d'acier de mon poignet. Je tire alors dessus de toutes mes forces, jusqu'à entendre craquer le tissu. Une partie de la manche droite cède. Je renouvelle l'opération avec mon pull. Je me jette sur Farid, lui frictionne tout le corps du plat des mains. Il tremble, je roule mon pull et mon blouson autour de ses pieds. Il ne se lamente même pas, il ne sent plus rien. Je me dénude, vite, nous enferme dans les deux duvets et me plaque contre lui. J'ai l'impression de serrer un pain de glace. Lové dans mes bras comme un enfant, il chuchote des choses que je ne comprends pas. Il parle arabe, il prie encore, les genoux regroupés sous le menton. Ses lèvres écument, son front brûle très vite de fièvre. Son organisme sombre. Je le masse encore, sans cesser, lui donne ma chaleur, celle de mon corps et mon cœur, il se détend soudainement et bascule dans l'inconscience. Il respire encore, lentement, je lui envoie des claques pour qu'il revienne. Il se réveille, dans l'obscurité il halète et murmure. Le souffle est apaisé à présent, le cœur bat mollement, fait trembler ses côtes, la vie lutte pour la vie.

— T'es un costaud. Tu vas tenir.

Il rétracte ses doigts dans mon dos.

— Après mon départ, il… il… faudra que tu me laves, que… tu m'enroules dans… un tissu et que… tu pries pour moi.

— Tu ne vas pas partir, d'accord ?

— Tu… pourras faire ça, Jo ? T'es… comme… un membre de… ma famille… Je t'aime bien, papy…

— Moi aussi, je t'aime bien. Je crois qu'avant, j'aurais pu tomber amoureux de toi.

— Ah ça, non… Y a un… dernier truc… Mon nom… C'est pas… Houmad… J'ai menti même sur ça… Mon nom c'est…

Il tremblote et s'endort contre moi. Mon corps se décharge, le froid de l'organisme contre lequel je me plaque me pénètre, m'affaiblit. Il fait presque noir, seule tressaille une étincelle de lumière que j'aperçois près du glacier. Farid va mourir, j'ai l'abominable sentiment qu'il s'est résigné, et qu'il va abandonner le combat dans mes bras. Je n'ai plus qu'à lui donner ma chaleur et attendre.

Max, Max, Max… Son prénom tourne en boucle dans ma tête. Je pense à Claire, Françoise, la montagne, l'accident tout là-haut, sur le Siula Grande… Je plisse les yeux, des tas de souvenirs rejaillissent, pêle-mêle, et m'embarquent quelques minutes vers le passé…

39

« En vérité, les convictions sont plus dangereuses que les mensonges. »

Friedrich Nietzsche

Octobre 1991.

Cinq mois après la mort de Max.

La pièce d'une maison. Au centre de la cuisine, Françoise et moi ne sommes ni tristes ni gais, c'est l'image d'une rencontre entre deux amants qui pourrait être la toute première. Une rencontre teintée de passion étouffée, de mots retenus, de gestes furtifs. Autour, les couleurs sont en demi-teinte, ni sombres ni éclatantes. Le ciel est bas, gris, et le soleil ne brille pas. Quelques blessures qui ne guérissent pas, des engelures me traversent encore la main, celle qui tient délicatement le menton de Françoise et l'approche de mes lèvres. Nous nous embrassons. Françoise ferme les yeux, je garde les miens ouverts. Derrière nos visages réunis, repose un landau de bébé d'où sortent deux petits pieds potelés.

Fin mai 1991.

Quinze jours après la mort de Max.

Un háll d'aéroport. Des bagages en mouvement sur un tapis roulant. Je suis là, au milieu d'une foule anonyme et bruissante. Je suis rasé de près pour me donner l'impression d'être en vie, mais mes cheveux longs, mes lèvres découpées par le froid, mes joues creusées ne trompent pas : je suis un mort vivant. Autour de moi, les gens rient, la plupart exultent de joie parce que, dans quelques minutes, ils se retrouveront auprès de leur famille. En arrière-plan, les panneaux d'affichage indiquent les arrivées. Mon vol en fait partie. Lima-Paris. Mes yeux tristes partent vers la gauche, vers l'une des vitres en Plexiglas derrière lesquelles peuvent attendre les visiteurs. La femme qui me regarde porte une veste noire en cuir, ses cheveux bruns sont regroupés dans un chignon si serré qu'il lui tire les traits du visage. On dirait qu'elle pleure. Ses deux mains sont plaquées contre le Plexiglas. Françoise m'attend.

12 mai 1991.

Le jour de la mort de Max. Sur les pentes du Siula Grande.

D'un coup, le craquement d'une allumette illumine notre igloo. Nous avons passé une nuit affreuse, il a fallu creuser dans la neige pour ne pas mourir de froid. Autour, partout, des cristaux de glace étincellent sur des parois rapprochées et voûtées. Max et moi, on enfonce un marteau-piolet dans la couche de neige. Un cône lumineux traverse alors l'antre en diagonale. Le rayon est vif, d'un jaune parfait. Nos bouches soufflent une buée épaisse. Dans le coin, nos sacs reposent sur de la neige tassée, le réchaud supporte encore son gobelet en métal cabossé.

Max passe la tête à l'extérieur.

— *Il fait beau. Le sommet est à nous.*

Nous voilà dehors, perchés sur une corniche. Le soleil brille, cisèle les arêtes, ourle les cannelures d'ombres bleutées. La nature s'offre en spectacle et nous redonne du courage. Il en faut, à 5 000 mètres, dans de tels dénivelés. Lunettes de soleil sur le nez, je me change au bord de notre abri. Un Damart descend sur mon torse tacheté de deux vieilles cicatrices. Trois de mes doigts sont dans un sale état, les extrémités ont noirci et j'ignore à quel point les gelures ont progressé. Max a les yeux tournés vers le haut, comme souvent. Il observe attentivement le sommet qui se détache du ciel. Le monstre en forme de dent de requin se dresse là, à une centaine de mètres au-dessus.

Mon compagnon de grimpe se tient à deux ou trois mètres du vide, les mains sur les hanches. Nous sommes des marionnettes de chiffon suspendues entre deux mondes. Max s'étire et me sourit.

— *C'est pas ce qu'il y a de plus beau au monde ? La veille, on frôle la mort et le lendemain, on renaît de ses cendres comme des phénix.*

Je lui réponds d'un sourire, avale un pruneau et mets un thé sur le brûleur, que je peine à allumer avec mes doigts douloureux. Quand je me retourne, Max se tient juste derrière moi. Ses paroles claquent à mes oreilles :

— *Ce sera notre dernière ascension à deux. Quand je serai de retour au bercail, je pars avec Françoise.*

Je ne comprends pas, mes lèvres bafouillent.

— *Pa... Partir ? Mais où ?*

— *Là où tu ne pourras jamais aller. Tu ne la reverras plus.*

Il ramasse un mousqueton et le passe dans sa ceinture. Tout en s'encordant à moi avec un solide nœud de chaise, il me gratifie d'un sourire.

— *Je ne t'ai jamais rien vu lâcher, Jo. Rien, pas un mètre de granit qui t'ait résisté. T'es pareil dans la vie, pire qu'une teigne. Ce que tu commences, tu le finis. C'est ce qui me fait peur. Tu vas finir par me la piquer...*

Il pointe l'index vers le haut. Notre sommet est là, si près...

— *Regarde ce sommet. Regarde-le bien comme si tu me regardais au fond des yeux. Si tu crois que je fais une connerie en partant avec Françoise, alors on fait demi-tour. Je redescendrai avec toi, et je te laisserai ma femme. Alors, qu'est-ce qu'on fait ?*

Je ne bouge pas, les lèvres pincées. Mon cœur est déchiré. Max ricane.

— *C'est bien ce que je pensais. Jamais tu ne raccrocheras le crampon, même pour une femme. Parce que personne, aucun alpiniste sur cette planète ne peut faire demi-tour si proche d'un sommet. Il a besoin de ce sommet pour mener un projet plus ambitieux, plus difficile, plus dangereux. Faire demi-tour, c'est comme s'ouvrir les veines et laisser le temps s'écouler. C'est trahir la montagne. T'es un alpiniste, Jo, un vrai de vrai. Toi et moi, on est forgés dans le même acier.*

Je secoue la tête. Mes traits montrent de la colère.

— Je ne suis pas comme toi. En dehors d'une montagne, tu ne respectes personne. Pas même Françoise. Tu ne la mérites pas.

Il soulève la corde qui nous unit. Nous sommes solidement encordés.

— Peut-être, Jo. Allez, je te laisse une dernière chance : le bas ou le haut ? Françoise ou ce sommet ?

Je lève les yeux au ciel alors que Max se recule, les bras levés. La corde reliant nos deux bassins se tend. La corniche vient de céder.

Max a entièrement disparu.

Il est suspendu dans le vide, retenu par notre corde…

40

« En escalade, la vie ne tient souvent qu'à un fil. »

Jonathan Touvier, auto-interview pour Extérieur, *1990*

Un râle résonne dans mes oreilles. Larmes aux yeux, je me redresse, en manque d'air, retourne le petit Arabe et me mets à appuyer sur sa poitrine en hurlant.

— Farid ! Farid !

Ma bouche s'abat sur les lèvres tièdes, je souffle, la poitrine inerte se gonfle puis s'affaisse.

— Respire ! S'il te plaît ! Bats-toi ! Bats-toi ! Bats-toi !

Je m'épuise, je ne veux pas faire demi-tour, jamais. Mon front sue. Des perles gouttent sur le torse blanc. Je ne cesse pas d'appuyer, avec les poings, autant que Michel cogne sur le glacier. Je tabasse la poitrine en criant. Le corps bondit comme une poupée de chiffon.

Je suis à bout de forces. J'arrête tout.

Farid est mort. Je pleure longtemps sur sa poitrine.

Bien plus tard, je pose mes doigts sur ses paupières et les baisse délicatement.

Comme Pok, son histoire se termine dans mes bras.

Vérité l'a eu.

41

« Si un jour je devais mourir, ce sera loin, loin de la montagne. Dans un endroit beau, calme, où j'entendrai les oiseaux chanter... »

Notes personnelles de Jonathan Touvier, mars 2007

Je suis resté dans la tente, je crois, jusqu'à ce que sa poitrine refroidisse contre la mienne. J'ignore combien de temps ce petit corps frêle est resté chaud mais, peu à peu, tout ce qui rappelait la vie l'a quitté pour partir quelque part dans cet ignoble gouffre. Je ne crois pas en Dieu, ni en quoi que ce soit après la mort. Mais lui y croyait, c'est là l'essentiel. J'espère de tout cœur qu'il pourra sortir d'ici, à présent, et monter vers son ciel qu'il chérissait tant. En silence j'ai tiré la fermeture du duvet, l'ai ouvert et déposé au-dessus de lui. Ses frisettes noires dépassaient encore, alors je me suis baissé, ai réarrangé son linceul jusqu'à le couvrir convenablement. Puis j'ai murmuré quelque chose, comme l'aurait fait un père pour son fils. Je lui ai souhaité bonne chance, et accordé mon pardon. C'est sans doute ça, une prière.

Je sors et me traîne vers Michel, en lutte contre la glace.

— Farid est mort.

Il se tourne vers moi en haletant.

— T'as vu tout ce que j'ai dégagé ? C'est du sacré bon boulot, non ?

Du pied, il chasse des monticules pulvérisés vers l'arrière.

— Si tu m'aides, on pourra s'en sortir en cinq ou six heures.

Il me dégoûte, jusqu'au plus profond de mon être.

— Tu dois me donner le réchaud. Je veux faire fondre de la glace pour laver son corps. Et après, je dirai une autre prière. Quelque chose de plus… solennel.

— Une prière ? Tu te fous de ma gueule ? Le réchaud reste à sa place.

— Tu as tué ce gamin. Si jamais on sort d'ici, je m'arrangerai pour que tu finisses tes jours en prison.

— Une prison ? Ce serait le luxe.

Il me jauge, le regard en coin.

— Et tu crois que les flics vont se fier à la seule parole d'un fou ?

Incapable de me contrôler, je me jette sur lui et serre son cou des deux mains. Je veux que sa tête saute comme un bouchon de champagne, qu'il meure et qu'il sache qui le tue.

— Tu n'as donc aucune compassion ?

Envers, endroit, nos corps roulent par terre. Son masque de fer arrive en plein sur mon nez. Un craquement résonne jusqu'à mes oreilles, du sang coule sur mes lèvres. Le choc de nos carcasses en mouvement propulse violemment la bouteille d'acétylène vers l'arrière.

La flamme du réflecteur s'éteint.

Noir.

Notre combat cesse immédiatement.

Le signal du danger résonne : le gaz chuinte.

Une fuite.

Dans l'obscurité la plus complète, le corps de Michel se détache du mien, je l'entends ramper dans la glace. Je tremble et me redresse, sonné. Un brouillard glacial recouvre mon visage. Je tâtonne sur ma gauche, en état de panique :

— Vite ! Le gaz s'échappe !

— J'ai la bouteille !

Je m'approche à l'aveuglette, palpe le bras de Michel, puis la bouteille qui nous permet de vivre depuis notre réveil ici. Le sifflement d'acétylène s'intensifie, une odeur âcre se répand. Ma main effleure le bec. Je ferme le robinet en urgence, mais le gaz continue à se volatiliser. Je ne comprends pas, une pièce doit être fissurée. Peut-être cet écrou que j'avais déjà resserré, ou l'une des petites pièces au niveau de la sortie.

Michel hurle à mes oreilles :

— Tout le gaz s'échappe ! Fais quelque chose, bon sang !

Je n'y vois rien. Mon nez pisse le sang sur mes doigts, je respire avec la bouche. Chaque seconde perdue, ce sont des minutes, des heures de vie en fuite. Le temps s'accélère. Nous nous bousculons autour de cette bouteille, essayant chacun de trouver une solution. Je pense que Michel ôte son blouson et essaie de colmater, mais le gaz traverse tout, le tissu, le moindre interstice. On ne peut rien faire. Rien.

— J'ai... J'ai le briquet, halète Michel. On pourrait allumer pour réparer !

— Non ! Sinon ça va nous carboniser !

Il se tait. Je m'escrime encore sur les vis, le tuyau. Rien à faire.

— Cherche autour, il y a peut-être une pièce ! Une vis, un robinet, un écrou !

Dans l'obscurité, je bascule sur le côté, dans la neige au sol, remue la glace avec mes mains gelées. Le chuintement baisse déjà en intensité, nos gorges sifflent fort. Il n'a jamais fait si noir et si froid dans cette grotte.

Alors, l'ultime filet de gaz s'éteint dans un baiser fatigué. Le silence retombe. Longtemps.

— Cette bagarre stupide, elle nous a coûté cher, cette fois. J'aurais peut-être dû allumer ce briquet. Nous faire cramer, tous les deux. Tout serait fini. Qu'est-ce qu'on fait maintenant ?

Je ne vois plus rien. Ni mes mains ni mes pieds. Nous flottons dans le néant.

— Il y a encore le réchaud dans la tente. Un peu de lumière. Combien, Michel ? Combien il reste de gaz dans la dernière recharge, selon toi ?

— La moitié.

La moitié... Je me redresse.

— Quatre heures ! C'est beaucoup, quatre heures ! Et si on économise, on pourra durer encore plus longtemps !

À l'aveuglette, je le tire par la manche.

— Allez ! Allez, va la chercher !

Michel se relève, je l'entends marcher. Plus loin, il tourne plusieurs fois la pierre du briquet de Farid, avant de parvenir à faire jaillir le feu. La petite flamme dansante devient notre bien le plus cher. Trente centimes de plastique et de gaz contre deux vies.

Je me prends la tête dans les mains. Quatre heures, Seigneur. Mes quatre dernières heures d'existence. Qu'est-ce que ça représente, quatre heures ? Le temps que Françoise a mis pour faire venir Claire au monde.

Quatre heures. C'est l'échafaud. Je croyais qu'on vivrait encore trois, quatre, cinq jours ! Une semaine peut-être ? Mais là, quatre heures…

— Oui, Michel ! Continue ! Reviens avec le gaz !

L'étincelle de chaleur s'éloigne, *Obscurité* l'engloutit presque aussitôt. Je m'assieds, me replie en position de fœtus, les mains sur les épaules. Je prenais toujours cette posture quand j'entendais les pas de mon père dans les escaliers.

Et j'attends. J'attends le retour de Michel, je m'accroche à sa présence comme le naufragé à son radeau. En dépit de ses actes barbares et impardonnables, je ne veux pas qu'il m'abandonne. Je refuse de mourir. Pas comme ça, pas seul au fond d'un gouffre, dans le noir.

Tout est si inexistant et sinistre autour.

Michel revient enfin, avec le réchaud allumé au plus faible débit.

— Je peux approcher ? il demande.

Le gaz acétylène a dû se dissiper.

— Vas-y…

Il s'avance prudemment et pose le réchaud à côté de la bouteille avec ses lanières. Une corolle vive éclaire alentour. Je me penche et ramasse un boulon fendu, ainsi qu'un joint torique, juste à côté, dans la glace. Michel s'accroupit devant moi. Il glisse le briquet dans le pli de son pantalon.

— Quatre heures environ, tu as dit. Quatre heures, je ne sais même plus ce que ça représente.

Il s'évade quelques secondes, avant de revenir :

— Écoute, Jonathan, écoute bien. C'est la pire décision de ma vie… On va laisser brûler le gaz jusqu'à ce que le niveau diminue encore de moitié. Et quand ce sera le cas, alors…

Il s'est assis à mes côtés, à quelques centimètres. Son haleine ne sent plus rien. Juste le vide, l'absence de vie.

— Je tenterai ma chance de mon côté, en embarquant le réchaud. J'essaierai de franchir les éboulements, de…

Il porte ses doigts à son crâne.

— Enfin, tu me comprends ? Ce gaz, ça ne sert à rien de le laisser se consumer jusqu'au bout et qu'on crève tous les deux sur nos tapis. Il faut tout tenter. Même si je dois exploser.

Je ne puis l'empêcher de vouloir continuer à vivre, alors j'acquiesce, essayant de rester fier et fort. C'est bien ce que je redoutais. Je vais crever seul dans le noir. Michel commence à s'éloigner, je l'attrape par l'arrière du pantalon.

— Si ça doit arriver… (Je désigne sa pierre tranchante.) Tu me la laisseras ?

Il retourne sa main, regarde ce morceau de roche qui nous a permis tant de choses. Boire, manger, couper de la viande, et bientôt… mourir…

— Compte sur moi.

Il la serre dans son poing, jusqu'à saigner.

— Toi comme moi, on a fait des choses pas bien. Mais on ne peut pas empêcher un homme de mourir comme il le souhaite. Dignement, sans se pisser dessus.

— Merci…

Il fixe le sol, sans plus bouger.

— Si Farid est mort, c'est parce qu'il nous a fait du mal. Il nous a fait du mal à tous les deux, Jonathan.

Il m'empoigne et me met sur mes jambes.

— Allez, au travail. Il faut agir au plus vite à présent et essayer d'atteindre la tache sombre. Place-toi devant le glacier, et j'éteindrai la flamme. On allumera toutes les demi-heures environ, pour constater notre progression.

Il pose le réchaud proche de la paroi translucide. Je m'avance à ses côtés, une main sur le nez. Ma narine droite est bouchée, le choc a déplacé ma cloison nasale. J'essuie les flux de sang avec la manche de mon blouson. Serrant les dents, je place une main de chaque côté de mon nez. Je devine que le cartilage est parti sur la droite, ça a toujours été ainsi à chaque choc sur mon nez. Je sais à quel genre de douleur m'attendre. Est-ce que ça vaut vraiment le coup de le remettre en place ? À quoi bon ? Retenant mon souffle, je bascule néanmoins l'étau formé par mes doigts vers la gauche. Le craquement me couche au sol dans un hurlement, le sang gicle une dernière fois.

J'inspire, l'air semble circuler normalement.

Michel éteint.

Alors qu'il abat brutalement la pierre tranchante sur la paroi, je soulève ma chaîne et me mets à frapper la glace à l'aveuglette. Mon nez, chacun de mes mouvements me plient de douleur, et pire elle est, plus je continue. Des cristaux s'écrasent au fond de ma gorge, ça fait mal, je mâche encore, le froid me dévore partout. Je ne vois plus Michel, ni Farid, ni même Françoise ou Claire. Juste moi, moi et ce miroir de souffrance. Le même geste, toujours, jusqu'à ce que la lumière revienne, s'éteigne, revienne. Les heures passent, Michel m'interrompt, me ceinturant par-derrière et me poussant à l'écart.

— Arrête deux minutes. Je crois qu'on va pouvoir distinguer quelque chose. Il suffit juste de polir un peu. Fais comme moi.

Il ôte ses gants et les utilise comme des chiffons, exécutant de petits mouvements circulaires sur la glace. Je reprends mon souffle avec la bouche, les coudes sur les genoux. Nous avons creusé profond. Peut-être quarante centimètres, sur un mètre de haut et un mètre de large. À présent, je comprends mieux comment notre tortionnaire a pratiqué. Il a découpé des dizaines de pains de glace avec sa tronçonneuse, a placé son *objet* avant de les rempiler. L'humidité sursaturée a alors soudé les blocs entre eux, donnant l'impression de brisures naturelles.

La surface dans laquelle nous avons cogné est chaotique, tout à fait opaque mais progressivement, avec notre polissage, elle redevient claire, pure. Michel rapproche le réchaud au plus près. Au fur et à mesure du travail, ce qui nous paraissait noir s'éclaircit. Des formes se précisent, la grosse tache d'origine laisse place à des courbes, des creux qui, instantanément, accélèrent les battements de mon cœur.

Je découvre l'horreur absolue.

J'arrache le réchaud des mains de Michel et le plaque contre la paroi bleuâtre.

— Tu vois ce que je vois ?

— On dirait un corps. Un corps recroquevillé. Pourtant, Farid a dit…

J'ai la nausée. Michel secoue la petite bouteille de propane.

— Le gaz, ça commence vraiment à craindre. Faut aller au bout du travail, et après… après, Jo, je…

Je fais deux pas vers l'arrière, arme la chaîne et cogne de toute ma rage. L'éclair de métal frôle la tête de Michel et fendille la paroi. L'homme au masque s'écarte en criant, tandis que je me remets à l'ouvrage. Des flots d'émotions négatives me traversent, donnent du carburant à mes muscles fatigués, me contraignent à poursuivre, au-delà de mes forces. Je sens que depuis notre emprisonnement sous terre, j'ai grimpé des escaliers qui doivent me mener vers le summum de l'horreur. Que chaque marche me rapproche du sommet d'une tour noire, plongée dans des tempêtes perpétuelles où les âmes hurlent, tourbillonnent et ne trouvent jamais le repos. Que cette construction maudite, elle est bien plus dangereuse que l'Everest, et que ce qui m'attend en haut est un endroit où l'on ne pourra jamais mourir en paix.

Les centimètres s'émoussent. Cinq, dix. Michel part, revient avec de la viande. Quand le réchaud tourne, on fait cuire la nourriture et fabrique de l'eau, on mange avec nos doigts, devant le glacier. Je termine mon assiette en plusieurs fois, cogne entre deux, je ne m'arrête que lorsque des torrents d'acide lactique m'y contraignent et je reprends de plus belle, cinq minutes plus tard. On ne se parle pas, on grogne juste dans l'effort, comprimés dans nos vêtements trempés de sueur. Je vomis souvent. Plus rien ne passe dans mon organisme, c'est comme la fin de tout. On se rapproche du but, il doit rester trente centimètres. À nouveau, j'éprouve le besoin de voir, je n'en peux plus d'attendre. On allume, on polit encore avec nos gants. La glace brisée chute, laisse place à une couche miroitante. À force de frotter, je distingue un pied nu. L'image est nette, la diffraction ne déforme plus. Je pousse Michel. Avec le gant serré comme une éponge, je frotte, encore, encore, me dirige vers la droite. Des jambes, des jambes dont les mollets sont groupés contre des cuisses blanches, fines. Trop fines pour être des cuisses d'homme. Mon estomac se noue, je ne vais pas tenir, je n'en peux plus. Pourtant je continue ma progression vers la droite, tandis que Michel s'est mis en retrait, parce que je crois qu'il sait. Il sait comme moi je sais.

Je refuse de l'admettre, je m'entête. Les larmes me brûlent les yeux, j'aperçois une chevelure blonde sur des épaules nues. Je frotte vers le haut, vers l'origine des cheveux. Vers ce visage de marbre qui m'attend moi et personne d'autre.

Soudain, deux éclats d'améthyste brillent dans la lumière. Les lèvres m'apparaissent blanches, la tête est tournée dans ma direction. Mes jambes me lâchent, mes ongles s'agrippent à la glace et crissent contre elle.

Dans la blancheur de son corps parfait, ma fille Claire me regarde, les yeux grands ouverts.

Et elle me sourit.

42

« Bouffée délirante aiguë : apparition brutale et momentanée d'épisodes délirants. On distingue les états psychotiques brefs survenant sans causes apparentes et ceux survenant dans des contextes environnementaux marqués. L'intensité des symptômes, ainsi que leur apparition plus ou moins brutale et l'absence d'antécédents médicaux font classiquement évoquer dans la littérature médicale l'image d'un "coup de tonnerre dans un ciel serein". Cette atteinte est nommée "bouffée" car elle dure en général quelques semaines, et reste inférieure à six mois. »

Dr Patrick Parmentier, psychiatre, s'exprimant devant une commission d'experts lors du procès d'un accusé jugé pour meurtre.

Je me traîne vers Michel et lui attrape les chevilles.

— Tue-moi, je t'en prie. Frappe un grand coup avec la pierre. Pitié !

Je le supplie encore. Il ne bouge pas, je l'entends juste respirer comme une bête, son regard d'acier orienté vers le cadavre de Claire. Tout est ralenti autour de moi. Je déboutonne ma chemise et offre ma poitrine trempée au froid. Je sens déjà les grosses langues d'*Obscurité* et de *Vérité* sur ma peau. Qu'elles me dévorent, il est temps à présent pour moi de partir. Je n'ai plus rien à faire sur cette Terre.

Michel se penche sur moi, me rhabille et m'enveloppe avec son blouson. Je ne trouve plus la force de résister.

— Ce n'est pas maintenant que tu dois t'en aller. Il faut gratter jusqu'au bout.

Le seul fil ténu qui me raccroche à l'existence est l'envie de savoir. Savoir si elle a souffert, s'il s'est acharné sur son corps comme il s'escrime à me briser de l'intérieur. Michel, lui, s'est déjà remis à l'ouvrage. Je n'arrive pas à me redresser, tout tourbillonne sous mon crâne. Mon bourreau a décortiqué nos vies. Il a su retrouver le cambrioleur de ma maison, il a su pour Claire, pour Françoise, pour Michel. L'accès à l'ordinateur de ma fille. Ces tournures de phrases, ces petits mots qu'elle seule employait. *Il mio eroe*. Mon héros…

Allongé, les poings sur la bouche, je regarde Michel se rapprocher du corps de mon enfant avec lenteur, et je pleure tout mon saoul. J'aurais tant aimé me battre jusqu'au bout, ne pas mourir dans le ventre de *Vérité* pour pouvoir accompagner Françoise vers son dernier souffle. Mais elle non plus, elle n'a pas pu survivre à tant de coups durs. Si la maladie ne l'a pas tuée, alors le désespoir l'aura fait.

On en a fini de creuser. Le corps de mon enfant m'apparaît nettement. Il repose dans une niche de glace. On dirait une princesse endormie, ma Claire. Michel récupère, plié en deux. Je me relève lentement, je n'y arrive pas seul, alors il me tire vers le haut. Je m'accroche à son épaule, à deux on avance dans le creux de glace. Ça craque sous mes semelles, mes yeux ne quittent plus les lèvres de ma fille. Je les surveille, je sais qu'elles vont bouger. Mais rien ne se produit. Délicatement, j'approche mes doigts tremblants de son visage, caresse ses joues froides. Si près d'elle à présent, quelque chose me tracasse, par-delà les larmes aveuglantes. C'est l'étrange aspect synthétique de son regard, comme si… comme si ses yeux étaient bien trop bleus pour une morte. Je me penche vers la niche. Je cherche le tatouage qu'elle s'est fait sur l'épaule gauche il y a un mois environ, un colibri. Vitesse, beauté et liberté.

Je ne le trouve pas. Je ne comprends pas. Me suis-je trompé de côté ? Non, l'autre épaule n'indique rien non plus. Je recule, bute contre les morceaux au sol et tombe sur les fesses.

— Ce… Ce n'est pas ma fille, ce…

Je me relève, mon cœur va exploser dans ma poitrine. J'approche l'index de son œil droit et appuie sur la paupière. Ça fait un bruit de succion, je fronce les sourcils, presse plus fort. Le globe est éjecté, tournoie dans l'air humide et explose à mes pieds. La paupière retombe mollement sur le trou mort. Pas de sang, pas de nerf optique, pas de muscles.

Mes lèvres se mettent à bafouiller.

— C'est… Mon Dieu, c'est…

Je palpe les joues, le front. Mon index s'y enfonce comme dans du beurre. Je lève le bras, il est mou, léger. J'écrase le poignet. Pas d'os. Alors, un long cri rauque sort de ma gorge, je tombe à genoux, les mains jointes sur le présentoir de glace, et me mets à rire sans pouvoir m'arrêter. J'ai mal au ventre, aux tripes, entre deux sursauts de joie je parviens à articuler :

— Ce n'est... pas ma fille... C'est... un moulage !

J'attrape Michel au pantalon, alors qu'il s'avance.

— Ça veut dire... qu'elle est... encore vivante ! Vivante, t'entends ?

Il me pousse sur le côté, se penche, tripote le mannequin dans tous les sens.

— C'est incroyable, il y a même les poils, les sourcils. C'est comme du latex.

— Du latex. Du latex... Claire fait une école de maquillage... C'est là-bas que... que le tueur a récupéré ce...

Dans l'euphorie de mon organisme déréglé, je le vois lever le cadavre, le sortir de sa niche, se reculer avec et le lâcher sur le sol. Un bruit flasque accompagne le choc. Le deuxième œil est éjecté et se loge dans la glace pilée. Michel le ramasse et l'ausculte de près.

— C'est drôlement bien fichu. Un œil de verre.

Je ris de plus belle, j'en ai mal dans le ventre. Michel fracasse l'œil à mes pieds.

— Arrête de rire bêtement, crétin !

C'est devenu incontrôlable, je ris encore plus. Michel me fourre une poignée de glace dans la bouche. Je manque de m'étouffer et roule sur le côté en crachant. Je sens le rire dans mes tripes, il veut revenir. Je retiens mon souffle et me mords la langue. Mon nez s'est remis à pisser le sang. Je m'en fiche. Michel est penché au-dessus du moulage recroquevillé. Il lui arrache les cheveux par touffes, jusqu'à le rendre chauve.

— Rien là. Ça doit bien être quelque part. Un indice, quelque chose. Pourquoi il aurait amené ta fille ici, sinon ?

Il écarte les mâchoires et les arrache. Les dents en résine volent en éclats. Il descend vers le bas du moulage, écarte les jambes l'une de l'autre, âprement, chevauche le mannequin mou à califourchon. Je ne comprends pas ce qui m'arrive, mes doigts rétractés se lancent vers lui, rentrent à l'intérieur de son masque comme pour lui arracher les yeux.

— Laisse ma fille !

Il hurle de surprise et de douleur, mes ongles labourent sa chair, je m'abats sur lui et le mords dans le dos. Il se cabre, l'arrière de son crâne voltige contre mon front, le choc m'assomme presque mais je ne lâche pas. Il se lève, je suis accroché dans son dos, mes pieds autour de ses mollets. Il recule vers le glacier et me fracasse contre la paroi. Je lâche tout, chute. Michel abat ses deux poings sur ma poitrine avec furie. Une grosse vague d'air enfle mes poumons. Je respire, m'enivre d'oxygène tandis qu'on m'agrippe les cheveux et qu'on me traîne vers l'arrière. Michel écrase mon nez dans l'entrecuisse de ma fille. Puis il enroule mon cou avec ma propre chaîne.

— Et maintenant, il va falloir que tu m'expliques ça.

Il tire ma tête vers l'arrière. J'ai l'impression que mes propres globes oculaires vont sortir de leurs orbites.

Inscrits juste au-dessus du sexe, trois mots et une phrase.

« Voleur.

Menteur.

Tueur.

Des lettres, des chiffres. Et le cadenas s'ouvre… »

43

« ... Ton ultime regard reste pour moi, aujourd'hui encore, le plus lourd à porter.
À tous ces grands hommes qui sont partis en montagne,
Et n'en sont jamais revenus. »

Notes personnelles de Jonathan Touvier,
12 juillet 1991

Mes lèvres lâchent des mots ressurgis du fond des temps :

— C'est lui. C'est Max Beck.

Michel relâche la pression et roule sur le côté. Il éteint le réchaud et doit probablement se mettre dans la même position que moi. Allongé sur le dos, pieds et bras écartés.

— Max Beck, d'accord. Le mort tombé de la montagne… Mais Max Beck ou pas, ce n'est pas vraiment ce qui m'intéresse le plus maintenant. Ce que je veux savoir, c'est comment on sort d'ici. Merde, elle est où, la solution ? *Des lettres, des chiffres. Et le cadenas s'ouvre.* Comment il s'ouvre ?

Je n'arrive toujours pas à y croire. Dix-neuf années de silence… Tous les articles sur sa mort… L'enterrement… Qui aurait pu survivre si haut, si longtemps avec une jambe brisée ? Après être redescendu seul, je suis resté cinq jours à notre camp de base, pour m'assurer que Max était bel et bien mort. Il aurait survécu aussi longtemps en haute montagne, avec des nuits glaciales, sans eau, sans nourriture ? Comment a-t-il pu ?

Les récits impossibles pullulent en alpinisme. Ne sommes-nous pas en train d'en vivre un ? D'une façon ou d'une autre, Max a survécu et il est revenu se venger. Dix-neuf ans d'une préparation sans faille. Dix-neuf ans pendant lesquels il a vu que je lui avais tout pris.

Au fur et à mesure, je saisis le sens de mon enfermement. Voilà huit jours que je suis piégé dans des conditions épouvantables, accroché à une ultime lueur et pourtant, je suis toujours en vie. Parce qu'il y a quelque chose de profondément illogique là-dedans, un mystère qui pousse notre volonté de survivre au-delà des limites physiques et mentales. Max a survécu dans la montagne, il me force à survivre ici. Il reproduit sur moi toute la souffrance qu'il a endurée.

J'écrase mes mains sur mon visage.

— Dieu seul sait comment, mais il est revenu parmi les vivants.

— Tout ça pour se suicider ensuite dans la galerie avec un revolver ? Sans avoir la joie de te voir en baver ?

— Il en aurait été capable. Pour le geste, pour une cause que lui seul comprenait. Oui, il aurait été capable d'organiser tout ça. Il n'avait plus d'autre raison de vivre que celle de se venger.

Michel soupire bruyamment. Je sens de la résignation dans son souffle.

— Je vais bientôt prendre ce réchaud et peut-être me faire exploser la tête, moi aussi. J'étais celui qui devait sauver ta femme. Alors, j'estime avoir le droit de savoir. De connaître la vérité.

Je me mets à raconter.

— Voleur, menteur, tueur. Des mots qui ne prennent un sens que… que maintenant, et qui me concernaient, moi et moi seul. Voleur, le premier mot… C'était fin mai 1991. Je rentre de Lima, seul, dix jours après le drame. Dans un sale état physique. Françoise m'attend à l'aéroport, de l'autre côté de la vitre. Elle pleure, et moi, j'ai froid comme jamais. J'aime cette femme, Michel. Elle vient de perdre son mari et je crois qu'à ce moment-là je ne l'ai jamais autant aimée. Je ne peux pas t'expliquer ce sentiment effroyable. Je venais de voir partir un homme mais c'était comme si, en même temps, je me sentais…

— … soulagé ?

La réponse peine à arriver. Quand on retient la vérité trop longtemps, elle se fossilise, quelque part en soi.

— Peut-être, oui. Soulagé. Depuis plus d'un an j'étais amoureux d'elle, et j'étouffais à chaque fois que je la voyais. Comme si… Comme si Max me prenait tout mon oxygène, à la manière d'une puissante montagne. C'était un sentiment horrible, invivable. Il n'y avait rien d'heureux là-dedans, juste de la souffrance parce que j'aimais la femme d'un autre et que je savais qu'il n'y avait aucune solution, aucune réponse. La montagne ne m'a jamais apporté cette souffrance-là, celle du cœur. Je ne la connaissais pas.

Une goutte d'eau s'écrase sur mon cou. Elle glisse dans ma nuque et me frigorifie. On dirait la caresse de la mort.

— Dans le hall de l'aéroport, Françoise s'effondre dans mes bras en me maudissant. « Pourquoi ? » elle hurle. « Pourquoi il est parti comme ça, sans dire au revoir ? Pourquoi tu n'as pas pu le sauver ? » Je suis abattu, perdu, je ne trouve rien à lui répondre. Je n'ai jamais été vraiment doué dans les explications délicates. Puis, elle lève ses yeux vers moi et m'annonce qu'elle est enceinte de deux mois. Pour moi, le monde s'écroule plus encore.

Mon estomac se tord. Chacun de mes mots est une vomissure. Michel fait crisser ses gants dans la glace autour de lui.

— Tu as fait croire à tout le monde que ce bébé était le tien, c'est ça ? Que Claire était ta fille ?

— Cette enfant, elle aurait très bien pu être de moi. Françoise et moi, il nous est arrivé une fois de… Enfin, ça s'est fait peu de temps avant le départ pour le Siula Grande. Il restait quand même un doute, tu comprends ?

— Un doute qui a dû se dissiper très vite, je suppose.

— Tout le temps de la grossesse, on n'a pas cherché à en savoir davantage. J'étais avec elle, on était bien, tous les deux. Françoise faisait lentement le deuil, et ce bébé était le nôtre. Mais… À ses deux ans, Claire portait certains traits de Max, les yeux surtout. Je n'étais pas son père, mais j'aurais dû l'être.

J'attends une réplique qui ne vient pas.

— J'ai tout arrêté. *Extérieur*, ma vie de voyageur. On a déménagé d'Embrun pour Annecy, on a gardé le secret, pour Claire. Pour qu'elle ne grandisse pas avec un père mort, un père qui courait les prostituées et frappait sa femme. En dépit du grimpeur et de l'ami génial qu'il était en montagne, Max n'était pas un homme bon. Il ne méritait pas une famille. Il méritait de…

Une autre goutte tombe du plafond sur mon œil, comme une larme.

— J'ai aimé et élevé Claire comme ma propre fille. Elle était ma fille ! C'est moi qui ai assisté à la naissance, lui ai donné ses premiers biberons et l'ai amenée à l'école. C'est moi qui lui racontais des histoires, la conduisais à son club de sport et chez ses amis. Mais à chaque fois que je la regardais, c'est Max que je voyais. Je n'en pouvais plus… Même encore aujourd'hui, à cinquante ans, cette histoire me hante. Avec Françoise, on devait dire à Claire la vérité, quand elle aurait ses vingt ans. Tout faire sortir d'un coup et ne plus jamais en parler.

Le silence m'enveloppe, puis la flamme du réchaud jaillit entre nous deux. De curieuses formes dansent sur le masque de Michel. Ses yeux m'apparaissent noirs et brillants. Il approche son visage du mien, au plus près, et dit :

— Il a écrit « Menteur ». C'est le deuxième mot. Je suppose que ce mot est lié à autre chose qu'à ton enfant ? Un autre secret en rapport avec Max Beck ?

Je retire mon gant droit et frotte mes joues où coulent cette fois de vraies larmes.

— Tu vas être le seul homme au monde à savoir, Michel. Je ne l'ai jamais dit à personne. Pas même à ma mère, ni à ma propre femme.

— Je dois le prendre comme un honneur ?

Je pourrais me taire et mourir avec ce secret. Tout emporter avec moi. Mais je lui dois bien la vérité.

— Max n'est pas mort en disparaissant dans le vide, comme je l'ai toujours affirmé. Nous étions encordés.

L'image du nœud de chaise effectué par Max autour de sa taille, ce matin-là, me torture depuis plus de dix-neuf ans. Je baisse les paupières.

— J'ai menti aux journalistes, à la police, aux assurances, à tout le monde. Là où Max et moi nous trouvions, sur cette corniche perdue dans l'espace, il n'y avait pas de témoins. Pas d'enquête. C'était si facile de mentir.

— Mais pourquoi ? Pourquoi mentir ? C'est lié au troisième mot, c'est ça ? Tueur ? Tu l'as tué pour récupérer sa femme ?

Les mots tremblent sur mes lèvres. J'ignore si je serai capable d'aller au bout de ce récit.

— On venait de s'encorder. Je me trouvais devant l'igloo creusé pendant la tempête, et d'un coup, j'ai senti la corde tendre mon baudrier. Max a hurlé et il a disparu avec une partie de la corniche. Mon corps a été traîné sur deux mètres jusqu'à venir se ficher contre une petite barre rocheuse. Seuls mes deux pieds devant moi me permettaient de me retenir, de ne pas tomber avec lui. J'étais dans une espèce de siège de neige que tout attirait vers le bas, mais heureusement, j'avais une bonne assise pour tenir bon. J'entendais Max hurler : « Je me suis pété la jambe ! Je me suis pété la jambe contre la paroi ! Il faut que tu me remontes, Jo ! Tu peux me remonter ! » Sa voix venait de quelque part, beaucoup plus bas. Je savais ce qui l'attendait s'il lâchait. Trente mètres de chute libre avant de gigantesques crevasses, à une altitude où personne ne viendrait le secourir. Il était suspendu dans le vide à cause de l'aplomb, et il n'avait aucun moyen de remonter facilement. Il allait falloir y aller de nos bras, à tous les deux.

Ma mémoire m'a trompé toute ma vie durant, mais je n'ai jamais oublié ces moments-là. Chaque son, chaque détail, chaque crissement de la corde bleu et rouge sur la neige.

— Il y a des techniques pour se sortir de telles situations. Ça se fait avec deux anneaux de cordelette et des nœuds Prussik, ce sont des nœuds autobloquants. Normalement, il suffit de glisser l'anneau à son poignet, d'enrouler la cordelette autour de la corde, de faire coulisser le Prussik vers le haut et de se hisser dessus. De recommencer avec l'autre cordelette, ainsi de suite. Ainsi, on peut même remonter à une seule main. Ça, c'est théorique. Le problème, c'était la situation dans laquelle nous nous trouvions. La corde était tendue dans le vide, elle mesurait vingt mètres. Nos mains étaient dans un sale état, bien pire qu'ici. Nous avions mal dormi, étions fatigués, et Max souffrait le martyre. Même s'il réussissait à remonter jusqu'à moi, même si je tenais le coup, ensuite, que se passerait-il ? Comment pourrait-il redescendre avec une jambe brisée ?

Cette douleur si profondément enfouie et paradoxalement si présente, me coupe les lèvres.

— Ça a duré, duré, avant même que Max commence à faire le premier geste. Il fallait qu'il dégage les cordelettes de son porte-matériel, fasse les nœuds avec des mains gelées. Le temps défile dans ces conditions, crois-moi. Moi, j'étais assis au bord du vide, je ne souffrais pas trop, sauf aux mains et aux cuisses, mais je ne pouvais pas bouger non plus. J'étais piégé, immobilisé par son corps suspendu. Alors j'attendais. J'attendais que les choses se passent. Un tas de pensées bizarres m'ont traversé l'esprit pendant ces minutes, ces heures-là. La première était de me dire que j'étais vivant et que je n'allais pas mourir. Que lui, il pouvait mourir, mais pas moi… Que dans le pire des cas…

Par réflexe, je porte une main sur mon blouson.

— Il y a un objet que n'importe quel alpiniste garde en permanence sur soi, la nuit comme le jour.

— Un couteau…

— Le mien était assez petit et à lame rétractable, mais il coupait merveilleusement bien. Je l'ai sorti de ma poche, ai déployé la lame avec mes dents puis l'ai posé à côté de moi. Il me rassurait, comme un ami. Pendant ce temps-là, les autres pensées étranges arrivaient. Je n'arrêtais pas d'entendre Françoise rire dans ma tête. C'était affreux. Son visage tourbillonnait devant mes yeux. Une fois elle était gaie et, l'instant d'après, je la voyais couverte d'hématomes, de bleus. Ces bleus, ça… ça m'a fait drôle… C'est à ce moment-là que le couteau, il s'est mis à me parler. Je te jure, il me parlait vraiment. Ce n'était pas comme si j'étais fou. *Il me parlait*… ça fait partie du genre d'hallucinations qu'on peut avoir en haute altitude. Ou dans un gouffre.

Je me tais, je ne peux plus. Toutes ces images me brûlent la cervelle. Michel est presque collé à moi.

— « Tueur. » Tueur, parce que ce couteau, il te racontait que ce serait une bonne occasion de l'utiliser ? Pour te venger des coups de piolet. Et, en même temps, récupérer cette femme que tu n'aurais jamais eue. Un meurtre parfait.

Je ne peux pas aller plus loin, je ne peux pas évacuer des souvenirs jamais évoqués.

— Je ne suis pas un assassin, je te le jure, Michel.

— Tu me le jures ? Ce n'est pas toi, c'est le couteau ? Tu sais ce que vaut ta parole, ici ? Nous sommes si proches de la mort, et tu ne veux toujours pas me lâcher la vérité ?

— C'est la vérité. Je ne suis pas un assassin.

Michel se redresse au ralenti, dans un souffle interminable.

— Vérité ou pas, ça ne change rien. Je ne vois pas ce qui va ouvrir notre cadenas dans ce que tu m'as raconté.

Il ramasse le réchaud et le secoue.

— Il ne reste presque plus de gaz. C'est l'heure, à présent.

Je suis assis. Michel me saisit la main et y pose la pierre tranchante. Je refuse de croire que l'aventure s'arrête là. Que dans une minute, je vais me retrouver seul dans ce gouffre. Alors, je m'accroche à la cheville de Michel et le supplie de m'emmener avec lui. Il se baisse, retire mes doigts de sa jambe mais je m'y agrippe encore.

— Me laisse pas.

— Faut abréger. J'ai horreur des adieux. Ne me complique pas la tâche, tu te doutes bien que j'ai peur de passer de l'autre côté, moi aussi. Qui sait ce qui nous y attend.

Encore, il me repousse. Je me résigne, à quatre pattes comme un chien. Je m'approche du corps mou de cette imitation de ma fille, le serre contre moi, lui caresse les cheveux. Michel est debout, le réchaud et la bouteille devant lui.

— Bon... C'est maintenant que je te dis au revoir. Au revoir, Jo. En d'autres circonstances, peut-être qu'on aurait pu être amis, tous les deux.

Je ne réponds pas, les mots ne sortent plus. Je caresse ma fille. Michel regarde droit devant lui, vers la galerie. Et d'un coup, il me tire vers l'arrière.

— « Des lettres, des chiffres. Et le cadenas s'ouvre. » Je crois que j'ai pigé ! Les chiffres se cachent peut-être dans ces trois mots !

Je ne réponds pas, amorphe. Son index suit le mot « Voleur ». Il lui faut deux bonnes minutes pour calculer, associant chaque lettre à un chiffre.

— 92. Non, 93, ça fait 93. Oui, oui, ça pourrait marcher. « Voleur », ça vaut 93 si on additionne chaque nombre correspondant à la position de la lettre dans l'alphabet. V égale 22, O égale 15, tu comprends ? Ça donne 93, et 93 est constitué de deux chiffres...

Un ressac d'énergie me traverse alors le corps.

— Il y a trois mots, je réplique. On pourrait avoir nos six chiffres du cadenas en les mettant bout à bout. Mince. On dirait que t'as raison.

Il acquiesce avec conviction.

— Compte avec moi. Compte !

Sans un bruit, nous calculons. J'ai du mal, je dois m'y prendre à de multiples reprises.

— J'ai 96 pour « Menteur », je dis enfin.

— Pareil pour moi.

Il ne doit pas rester un seul centilitre de mon sang qui ne bouille pas. Jamais mon organisme n'a véhiculé tant d'émotions en si peu de temps.

— 83 pour « Tueur » !

— J'ai 85. On recommence.

Je tombe bien sur 85, cette fois. Je me relève, le souffle coupé. À deux, nous courons vers la tente, nous nous précipitons à l'intérieur sans retenue. Sous la faible lumière, le linceul de Farid s'impose soudain à ma vue et me vrille l'estomac. Ça sent la mort, le cadavre frais. La gorge serrée, je m'oriente vers le coffre, le tire vers moi et m'agenouille devant le cadenas. Je suis obligé de tenir mon poignet droit avec ma main gauche, tellement je tremble. Michel me pousse sur le côté et prend ma place.

— Laisse-moi faire, tu n'arriveras jamais à tourner les molettes dans ton état. T'es au bord de la crise de nerfs. Les numéros, tu te rappelles ?

— Oui, oui. 93 ? Puis…

Je ne me souviens plus du reste, déjà. Des spasmes m'agitent de partout.

— 96 pour Menteur, complète Michel. Puis le dernier. 85, pour Tueur…

Au moment où il tourne le dernier chiffre, un déclic se fait entendre. Nous nous regardons en silence. L'image de la liberté n'arrive même plus à s'imposer à moi, je n'ose imaginer, une seule seconde, que je pourrais me retrouver dehors, à la lumière du soleil.

— Vite, vite !

Je songe à une clé. La clé qui me libérera de mon entrave, me permettra de franchir la ligne rouge avec Michel. De partir de l'autre côté, vers le monde des vivants. D'aller rejoindre Claire, Françoise, peut-être.

Et Michel pourrait même donner sa moelle osseuse ! Ô Seigneur ! Comment est-ce seulement possible ? Voilà deux minutes, nous allions agoniser, et là…

Michel retire délicatement le cadenas du système de fermeture.

Méfiant, il lève le loquet, s'abaisse plus encore, écarte légèrement le lourd couvercle en acier. Je n'en peux plus, je vais crever par manque d'air. Le coffre est ouvert, le couvercle me bouche la vue. Michel oriente la flamme du réchaud vers l'intérieur. Je veux m'approcher, mais il rabat alors soudainement le couvercle et me plaque une main à plat sur la poitrine.

— Non. Tu ne devrais pas.

Sa voix, terrible. Je serre la pierre tranchante, jusqu'à me blesser.

— Je veux voir ! Qu'est-ce que c'est ?

J'imagine le pire. Une tête coupée, une autre photo de ma femme et de mon enfant, mutilées.

La face de métal se fige face à moi, de longues secondes.

Un silence interminable.

Michel finit par ouvrir de nouveau le couvercle.

Sa main droite chasse la mousse intérieure qui empêchait les claquements. Avec l'orientation, la lumière et le coffre, je vois d'abord une ombre se détacher sur la paroi de la tente, agrandie, démesurée.

Pas une clé. Pas une tête ni une photo. Bien pire.

Une hache.

44

« Je ne ressentais aucune émotion particulière. Je ne pouvais rien pour lui, et même si, selon toutes probabilités, il allait glisser, dévaler la pente et se tuer, je l'observais avec un certain détachement. Dans un sens, j'espérais même qu'il tomberait. Je ne pourrais jamais l'abandonner tant qu'il était capable de lutter, pourtant je me sentais impuissant à lui venir en aide. D'autre part, je savais que, seul, j'avais toutes les chances de m'en sortir, alors que si je tentais de le tirer de là, nous risquions fort d'y rester tous les deux... »

Extrait de La Mort suspendue *(2001), de Joe Simpson*
Témoignage que Jonathan Touvier a toujours refusé de lire

Seul sort un filet de voix à peine audible de ma bouche :

— Il existe peut-être une autre solution. Peut-être que…

Ça fait dix minutes que je cogne la hache contre les maillons de ma chaîne. Il n'en résulte que de pâles jets d'étincelles. Cet outil doit bien peser trois kilos, avec une tête rouge en acier à simple tranchant, un manche verni, coupé en deux pour que l'outil entre dans le coffre.

— Non, il n'y a pas d'autre solution, et tu le sais. Arrête de cogner, tu vas bousiller la lame. Il faut qu'elle reste le plus acéré possible. Enfin je dis ça, c'est pour ton bien. Maintenant, donne-la-moi, et éloigne-toi, si tu ne veux pas voir.

Mon front sue à grosses gouttes. Michel m'arrache l'outil des mains et hoche le menton vers le linceul.

— On n'a pas le choix. Vous êtes deux à posséder une entrave, et donc un émetteur. On commence par lui.

« On commence par lui. » Il porte la hache devant son masque et fait tourner la lame.

— Dis, tu connaissais son vrai nom, à Farid ? Afin qu'une fois sortis d'ici, on puisse… Enfin, tu vois ce que je veux dire ?

Je pense à la hache, à ma main, à mon corps. À Farid aussi. J'ai aimé ce gosse, pourtant je ne sais rien de lui, pas même son identité. Michel pose sa deuxième main sur le manche.

— Éloigne-toi.

Sans relever, je m'enfuis dans l'obscurité. Quand ce calvaire cessera-t-il ? J'ai si peur. Je me laisse glisser contre une paroi, le regard rivé vers notre abri. L'ombre de Michel grimpe sur la toile, difforme. La hache ressemble à la gueule ouverte d'un serpent prêt à mordre. Il se penche, déplace le linceul, je suppose. J'imagine le corps nu et blanchâtre du jeune beur, face à ce bourreau masqué. Bon Dieu, Farid souhaitait être lavé, enterré convenablement, il voulait qu'on prie pour lui. Mais même dans la mort, on le souille. J'ai envie de me lever, d'aller tout interrompre, mais je n'y arrive pas.

L'ombre se cabre, haut dans la tente, et rabat d'un coup ses bras vers le sol.

Même avec mes oreilles bouchées, le bruit du métal contre l'os me transperce. Le genre de craquement qu'on n'oublie jamais. Je lâche un cri étouffé, alors que l'ombre se redresse, encore, et qu'au-dessus du lourd crâne métallique, des filets de sang s'étirent comme des crocs. Nouvelle attaque, plus rapide, décisive, accompagnée du hurlement de Michel dont je me souviendrai jusqu'au dernier souffle.

On me touche soudain l'épaule, je crie et bascule sur le côté.

— Ce n'est que moi.

Michel se tient à mes côtés. J'ai dû, je ne sais pas, m'évanouir quelques secondes. Il m'attrape le poignet et me tire vers la tente. Je ne veux pas rentrer à l'intérieur, mais il me dit que Farid n'est plus là.

— Où est-il ?

— Quelque part, dans cette grotte. Allez, viens.

Les parois internes de la tente, comme le masque de Michel, perlent de sang. Ça dégouline encore. J'aperçois des fentes profondes dans le tapis en mousse. Je me sens mal, tandis que Michel me montre le petit rectangle verdâtre qu'il tient entre le pouce et l'index. On dirait un circuit imprimé, troué en son centre.

— Il fallait dégager le pied pour l'atteindre. Heureusement que Farid était mort. Au moins, il n'a pas souffert.

Je ne réagis plus. Ni à ce que je vois, ni à ce que j'entends. Il prend ma main enchaînée et désigne le cerceau.

— Un autre doit se trouver quelque part, à l'intérieur de ton entrave. Les instructions dans la lettre n'étaient pas bidon. Si j'étais effectivement parti, tout à l'heure, alors ma tête aurait…

Il écrase ses deux poings sur son crâne.

— Cette espèce de circuit électronique est retenu par une petite vis qui passe dans le trou de la carte et se fiche dans l'acier. À cause de ton poignet, on ne peut pas l'atteindre, ni même le toucher. Mais… une fois le cerceau vide, je pourrai l'enlever facilement.

Mes doigts se rétractent sur le tapis, mes ongles pénètrent la mousse. Mes dix ongles, mes dix doigts. Face à moi, la casserole est posée sur le réchaud tourné à pleine puissance. Le fond du récipient a pris une teinte rougeâtre, les flammes ronflent. L'ustensile dans lequel nous avons mangé mon chien et bu tant d'eau va servir de cautère, me brûler les artères, les veines, cuire la chair, éviter que le sang pisse, que je me vide, à la vitesse d'un porc égorgé. Michel me prend le poignet et le serre fort.

— Je crois que je peux faire du bon boulot avec toi, Jo. Oui, oui. Quelque chose de propre.

Il se stimule, comme si on allait trancher sa propre main. Il a rassemblé l'aiguille devant lui, de l'eau dans les deux gobelets et beaucoup de fils en nylon. Le tranchant de la hache est maculé. Je n'en peux plus, dans ma tête, ça résonne. Je n'arrête plus d'entendre le bruit d'os broyés.

— À boire, donne-moi à boire.

Il me tend un gobelet d'eau tiède. J'en renverse la moitié sur moi. Je ne parviens plus à tenir quoi que ce soit. Il saisit le manche de la casserole avec le tissu de son blouson et la fait pivoter d'un quart de tour.

— Si seulement on avait gardé un peu de vodka. Toi, tu aurais picolé, et moi… moi aussi. L'alcool aurait tellement facilité les choses.

Il prend un morceau de nylon et le lâche dans le récipient. Ça fond tout de suite.

— C'est bien brûlant, on va y aller. Plus l'heure approche, et plus j'ai peur de te faire du mal. Et merde ! Pourquoi ça m'arrive maintenant ?

Je suis allongé à présent. Délicatement, Michel me prend la main et la roule dans la chemise de Farid, qu'il a remplie de glace.

— Depuis que ce froid nous pourrit la vie… Il va nous avantager pour une fois. Ralentir la circulation. Tu vas perdre les sensations dans ta main, comme si on l'anesthésiait. Oui, oui, tu seras anesthésié.

Il fixe encore l'outil, sa silhouette meurtrière. Mes lèvres soufflent :

— Et si tu ne parviens pas à me remonter à la surface ? Si je m'évanouis et que…

— J'y arriverai. Rappelle-toi ce qu'a raconté Farid. Notre bourreau a descendu les corps seul, sauf le mien car je suis, ou plutôt j'étais bien trop lourd. Toi, t'es un poids plume. Je réussirai à te porter là-haut.

— Tu ne peux pas en être sûr.

— Au pire, je te laisse et je reviendrai te chercher. Mais le plus important, c'est de récupérer le capteur.

Je l'agrippe par le col, à bout de forces.

— Et si tu ne reviens pas me chercher ? Et si tu disparais à tout jamais, sans appeler les secours ?

— Pourquoi je le ferais ? Tu es l'homme de la femme que j'ai voulu sauver. Celle à qui je dois donner ma moelle, ne l'oublie pas.

Nous nous jaugeons longuement en silence.

— Il n'y a pas d'autre choix, Jonathan. C'est le moment où tu dois me faire le plus confiance.

Lui faire confiance… Tout s'enchaîne sous mon crâne. Je m'imagine manchot. Mon corps, déformé par l'amputation. Moi, un alpiniste qui ai grimpé l'Everest.

— Sans ma main, je… je ne pourrai plus écrire, je… je ne pourrai même plus grimper dix mètres pour montrer aux jeunes, je… C'est tout qui s'arrête pour moi. Toute ma vie. Je… Je ne veux pas blesser mon corps, il est sacré, tu… tu me comprends ?

Il inspire profondément.

— Tu peux continuer à me priver d'Émilie. Et condamner ta propre femme, aussi. La laisser mourir, seule, dans l'ignorance. Et ta fille, tu y penses ? Toi seul peux nous rendre la liberté, à tous. Que choisis-tu ?

L'air hagard, lointain, je considère ma main, je remue mes doigts qui commencent à geler. Ces doigts, ils m'appartiennent, ils se sont battus pour exister, me hisser si loin, si haut, dans la verticalité du monde. Je ne veux pas les perdre, je refuse de mutiler ce corps qui m'a tant donné.

Et pourtant, je bafouille :

— On… on le fait, Michel… On le fait… Mais avant…

Avec la pierre tranchante, je m'approche de mon calendrier. Je trace difficilement un dernier trait dans le matelas en mousse.

— Huit jours. On a tenu au moins huit jours dans cet enfer. Je veux que ce tapis reste ici, comme le témoin de notre calvaire.

Au-dessus de moi, je regarde la photo Polaroid de nous trois une dernière fois, la décroche et la pose à côté des petits bâtons gravés dans le tapis. Puis je reprends ma position. Michel découpe de larges lamelles de tissu dans l'ex-blouson de Farid.

— C'est pour les pansements… Et puis…

Avec le tranchant de son outil, il taille dans les semelles des chaussures de Farid, restées dans un coin. Il grogne face à l'ouvrage, puis me tend une bande caoutchouteuse d'une dizaine de centimètres.

— Pour toi. Tu te la fourreras entre les dents, le moment venu, et tu mordras, de toutes tes forces.

— Oui, oui… Mordre… Ils le faisaient, au Moyen Âge, hein, Michel ? Et ils survivaient. Il n'y a pas de raison.

Il hoche la tête.

— Et maintenant, on attend. Dès que tu n'arriveras plus à remuer tes doigts, on y va.

Il s'assied en tailleur, en face de moi, la hache entre les jambes. Il a ôté ses gants, ses doigts tremblent. Avec les flammes, son masque joue en tonalités orange et rouges, on dirait le diable. Je grince des dents, à n'en plus finir, mes mâchoires me tiraillent. Mes ongles crissent sur le mors, je ferme les yeux et respire au ralenti. Juste une main… Un stupide morceau d'anatomie, contre la vie de ma femme. Certains sacrifieraient un rein, une cornée pour une poignée de billets.

Si fort que je contracte, le pouce ne bouge plus. Michel s'agenouille, il passe la lame de l'outil sur la flamme. Je tremble de partout.

— C'est l'heure.

Mes épaules tressaillent. Michel plaque ma main sur un rocher bien plat qu'il a ramené tout à l'heure.

— Tu coupes là, d'accord ? Juste entre le cerceau et ma main. Pas plus, pas plus, s'il te plaît.

Je me cabre brusquement et tire de toutes mes forces sur le cerceau de la chaîne.

— On peut encore gagner un ou deux centimètres, je le sais... Oui, oui... Un demi-centimètre, quelques millimètres supplémentaires, ou alors...

— Arrête, ça ne sert à rien. Il faut agir vite à présent.

Je lui attrape le col et me mets à pleurer.

— Un seul coup. Frappe en un seul coup, je t'en supplie.

Je repose ma main bien à plat. Michel manipule la hache nerveusement, il la lève soudain au-dessus de sa tête, je hurle et détourne le visage. Mon cœur va exploser dans ma poitrine.

Le bruit est monstrueux. Des éclats de glace se fichent dans mes joues.

Je ne sens plus rien.

Je rouvre les yeux, incapable de réaliser ce qui vient de se passer. Ma main est toujours là. Michel observe la sienne, la tourne, la retourne.

— Un jour mes doigts sont passés dans une trancheuse. Je les ai vus disparaître dans un trou d'évacuation, avec les fluides des cochons. Comme de petits troncs d'arbres. Je... Je ne les ai plus jamais revus. Je pense souvent à ça, je...

— Quoi ? On s'en fout ! Vas-y ! Frappe !

— Non, non... Pas maintenant. Je... (Long silence.) On peut encore attendre un peu, hein ? Ça fait mal, des doigts coupés. Ça ressemble à des aiguilles chauffées à blanc, qu'on t'enfonce une à une. Une main, ça doit être encore pire. On peut…

Le gaz commence à s'essouffler. Je donne de grosses claques sur sa face d'acier.

— Fais-le ! Tranche cette main !

Je le perds, il se fige en regardant son fichu membre estropié.

— Tu l'as tué, Jonathan ? Dis-moi juste si tu l'as tué. Moi, je ne peux pas faire de mal à des innocents. Tu le sais.

Le gaz tressaute, pour la deuxième fois. Ce n'est pas le moment que Michel sombre. Je me mets à hurler :

— Le troisième mot disait la vérité ! Je suis un tueur !

Mes yeux ne reflètent plus que de la haine. Michel me regarde, immobile.

— Oui, j'ai tranché la corde en maudissant Max Beck !

Je me mets à rire. Ce rire dément qui devient incontrôlable et m'envahit les tripes.

— Il avait presque réussi à remonter avec les nœuds Prussik. Il n'était plus qu'à un mètre de moi quand j'ai coupé. Je l'ai tué pour avoir sa femme. Max est tombé en me voyant perché au-dessus de lui. T'es ici à cause de moi. Parce que je suis un assassin. Parce que je paie mon crime. Je suis un menteur, un voleur et un tueur.

Je ris encore. D'un mouvement très violent, Michel pousse ma tête vers l'arrière. Sa respiration gonfle, il souffle par le nez. Ça y est, il est revenu à la réalité, il va le faire. Mon rire s'estompe sur-le-champ. Je détourne le front, enfonce le mors au travers de ma bouche. J'ai peur de fermer les yeux, mon front perle, j'ai chaud, très chaud.

Je pense à ma famille. Des couleurs défilent sous mes paupières, des étoiles, des papillons. Mon cœur bat vite et partout, dans mes tempes, ma gorge. Ce n'est pas bon, la pression devient trop forte, le sang va vouloir gicler, maculer la toile, repeindre les duvets. J'entends alors la voix de Michel :

— C'est seulement maintenant que l'enfer commence.

Le feulement de la lame.

Déconnexion.

45

« Les hommes jouent la tragédie parce qu'ils ne croient pas à la réalité de celle qui se déroule véritablement dans le monde civilisé. »

Phrase de José Ortega y Gasset, que Jonathan Touvier aimait citer dans ses articles pour le magazine Extérieur

C'est comme une palpitation à l'intérieur de la paupière. La sensation d'un voile clair qui sursaute dans le vent. Je perçois chaque pulsation amplifiée que pousse mon cœur dans mes artères.

Puis plus rien.

D'autres sons, qui reviennent, plus tard sûrement. Des grésillements de voix, des couinements de semelles, l'écoulement entêtant du liquide qui tombe en goutte à goutte.

J'essaie d'ouvrir les yeux, mais mes paupières restent figées. Les nerfs de mon cou se cabrent, instantanément, et ma respiration s'accélère.

L'intolérable sensation d'un cauchemar qui recommence.

La tente, les gants, les duvets, le gouffre.

J'ai le souffle coupé.

— Non ! Non !

— Doucement. Ne bougez pas.

Une voix. Une voix qui n'est ni celle de Michel, ni celle de Farid.

Farid est mort. Michel lui a piqué ses vêtements et tranché le pied.

On appuie sur mes épaules, mes bras. On dirait que mes jambes sont collées, je ne parviens pas à les remuer. Des sons inaudibles sortent de ma bouche, je bafouille et tousse longuement. La voix grave, empreinte d'un accent allemand, revient.

— Je vais ôter les adhésifs sur vos paupières. Vous allez alors ouvrir très, très lentement les yeux, d'accord ? La lumière pourrait vous brûler, alors allez-y calmement. Si vous sentez la moindre douleur, vous refermez.

On me touche le front. Des doigts appuient sur mes yeux. Un crissement de sparadrap qu'on décolle.

— C'est bon. Essayez.

Je tente de contrôler au mieux mes muscles oculaires. Je referme dans un petit gémissement. Ensuite, des formes floues apparaissent dans mon champ de vision. Très vite, elles se matérialisent en silhouettes humaines. Il y a, autour de moi, autre chose que ce maudit gouffre. Une impression de vie, de chaleur, de mouvement. Mes yeux sont à présent complètement ouverts, mais la netteté n'arrive pas encore. Je sens un liquide froid glisser sur ma cornée. On me demande de cligner des paupières.

Un homme approche. La voix qui me parle depuis mon réveil provient de lui.

— Votre vision devrait revenir d'ici quelques minutes. Il faut laisser le temps à vos muscles de retrouver leur élasticité. Vous souffrez d'un léger strabisme divergent, dû à l'obscurité et à un enfermement prolongé.

Un enfermement prolongé, oui, oui. Huit jours, huit longs jours au fond d'un gouffre. Alors ça y est ? C'est terminé ? J'en suis sorti ?

— Où... ?

— Vous vous trouvez dans un centre hospitalier. Je suis le docteur Yugmann. Vous vous rappelez votre nom ?

Je mets du temps à répondre. Les images me parviennent fragmentées, comme sur des kaléidoscopes.

— Jo... Jonathan Touvier.

— Très bien, monsieur Touvier. Et vous habitez le quartier du lac, à Annecy, n'est-ce pas ?

J'essaie de me redresser, de tourner la tête. Quelque chose, dans mon organisme, m'en empêche. Tout s'embrouille. Un hôpital... Un docteur... Un vrai lit... J'ai des milliards de questions à poser, je n'y arrive pas. Mes lèvres bafouillent.

— Oui. Annecy. Je...

Les multiples images sur mes rétines commencent à s'assembler. Les visages autour oscillent, se détendent, deviennent nets, parfois. Je distingue un autre médecin et un homme à la peau foncée, dans un uniforme sombre.

— Farid ? C'est toi, Farid ?

On se penche au-dessus de moi.

— Qui est Farid ?

Dans un pénible effort, je réussis à décoller la nuque de mon oreiller. Un drap blanc recouvre mon corps, jusqu'à la poitrine.

— Farid est mort.

Je tente de bouger mes bras sans y parvenir.

— Soulevez le drap, je murmure. S'il... vous plaît.

— Pourquoi ?

— Je vous... en prie... J'ai le droit de voir. C'est mon corps.

Il s'exécute. Je plisse les yeux. La lumière m'indispose encore un peu.

Sur le matelas, je suis nu. Ma carcasse est pitoyable, lardée de bleus, de coupures, de grosses taches foncées. Chacune de mes côtes creuse ma peau, mes os saillent. Très vite, mes yeux descendent vers mon bras droit, posé le long de mon flanc.

Je découvre l'impossible, je bats des paupières, plusieurs fois. Je dois rêver. Ma main est là, intacte. En serrant les dents, je parviens à remuer les doigts. Puis sans savoir comment, mon bras perfusé se lève, amène cette main incroyable devant mon regard. Les doigts apparaissent dans un sale état, craquelés, presque noirs, mais ils sont bel et bien là, à cinq.

— Ce n'est... Ce n'est pas possible. Ma main. Comment peut-elle encore se trouver là, au bout de mon poignet ? Il... Il me l'a tranchée...

J'agite chacun de mes doigts dans un sourire qui me fait mal aux lèvres. Le médecin se frotte le menton. Je le vois distinctement à présent. Il est plutôt jeune, avec des iris noirs et de petits sourcils. Je détourne la tête. Une plante verte, sur ma gauche. Un coin de ciel bleu, par la fenêtre. Des couleurs, des sons. Une larme coule sur ma joue, j'éclate de rire.

— Je suis vivant ? Je suis vraiment vivant ?

Un autre docteur, situé en arrière-plan, se présente devant moi. Il porte une pochette à élastiques qu'il pose sur mon lit. Le premier médecin s'écarte.

— Je puis vous l'assurer, il me dit. Monsieur Touvier, je suis le docteur Patrick Parmentier. Je suis psychiatre.

Mon rire s'arrête net, ma joie se dissout. J'avale ma salive difficilement.

— Un psychiatre ?

— Avouez qu'avec ce qui vous est arrivé, cela justifie la présence d'un psychiatre, non ?

Il me sourit. Il doit avoir une quarantaine d'années, il perd déjà ses cheveux bruns. Je tourne la tête de l'autre côté. Les murs jaunes, le carrelage gris et bleu, les ombres qui circulent dans les couloirs, avec tous ces bruits merveilleux. J'entends même un enfant pleurer, quelque part. J'inspire profondément. La bonne odeur des produits médicaux. Pour la première fois de ma vie, je suis heureux de me trouver dans un hôpital.

Je reviens vers lui.

— La date. Dites-moi quelle date on est, précisément. Le 5, le 6 mars ? J'ai disparu le 25 février. Huit jours. Huit jours, je crois.

— Huit jours ? Nous en sommes à plus du double. Nous sommes le 14 mars.

— Le 14 ? Mais…

Je me redresse en grimaçant. Ma tête tourne. Le médecin vient m'appuyer sur les épaules, me contraignant à rester allongé.

— Françoise ? Claire ? Où est Claire ?

— Chaque chose en son temps. Cette histoire semble extrêmement compliquée, et nous devons y aller progressivement.

Je me redresse, en dépit de ses efforts pour m'en empêcher.

— Dites-moi d'abord où sont ma femme et ma fille !

Il se racle la gorge.

— Il est encore trop tôt pour…

— Dites-le-moi, bon sang !

Il se tourne vers son collègue, puis revient à moi. Chaque seconde écoulée est une coupure sur mon corps. Chaque fois, je pense avoir vécu le pire moment de ma vie. Et à chaque fois, ça recommence.

— Votre fille vous attend dans le couloir. Elle est venue en voiture avec vos collègues de travail, dès qu'elle a su.

Je laisse ma tête choir sur l'oreiller, les bras écartés.

— Seigneur, elle est vivante. Ô merci, Seigneur… Et Françoise ? Comment va Françoise ? La greffe va-t-elle pouvoir se réaliser ?

Il prend son souffle et lâche sa phrase d'un coup :

— Votre femme est décédée il y a une semaine suite à une aggravation de son état. Les médecins affirment qu'elle est morte dans son sommeil, elle n'a pas souffert. Je suis désolé.

Mes ongles s'enfoncent dans les draps. Les larmes coulent toutes seules. Tout se met à bourdonner. Je me recroqueville en boule et abandonne une longue plainte.

La voix du psychiatre, qui résonne soudain :

— Nous vous laissons seul, puis nous reviendrons ensuite. Voulez-vous voir votre fille maintenant ?

J'acquiesce, le menton contre les genoux. Mes lèvres tremblent.

— Ma mère… Vous…

Il parle doucement. Sa voix me fait tellement de bien.

— Elle est au courant de tout. Elle vous sait ici. En sécurité. Elle a des difficultés à se déplacer et…

— Je veux voir Michel aussi.

Une infirmière s'approche de ma perfusion et y injecte quelque chose. Le médecin se tient tout près de moi, il ne parle pas fort.

— À tout à l'heure. Reposez-vous, vous allez avoir envie de dormir. Et profitez de votre enfant. Elle vous a ramené une valise de vêtements. Si ça ne tenait qu'à moi, vous ne quitteriez pas ce lit avant une bonne semaine. Mais la police est très pressante. Alors demain, ou après-demain, si tout va bien, nous nous rendrons en ambulance à l'endroit où nous vous avons retrouvé. Nous allons tous avoir besoin d'explications, vous comprenez ?

Je ne l'entends plus. L'aiguille qui me rentre dans le bras me fait mal. À nouveau, j'ai l'impression de voguer. Je flotte, la porte grince, je me tourne.

Ma fille, mon enfant, mon bébé.

Je tends une main tremblante, elle se jette sur moi, pleure dans mon épaule et m'étreint de toutes ses forces. Je renifle ses cheveux, sa peau, ses épaules. Je sens sa chaleur.

Elle s'écarte de moi, toute tremblotante. Je lui souris.

— Claire. C'est toi ? C'est bien toi, mon bébé ?

Elle acquiesce et se retient d'exploser en sanglots. Le dos de sa main vient contre ma joue.

— Je te croyais morte…

Elle me sourit à son tour, difficilement.

— Je t'aime, papa.

Je la serre plus fort encore. Son haleine tiède me caresse la nuque. Je voudrais que ce moment ne cesse jamais. Je lui pose des questions sur Françoise. Je veux connaître le détail de chaque minute, chaque heure que j'ai passée loin d'elle. Claire a du mal à me répondre, elle se lève, marche, revient. M'explique par intermittence. Jusqu'au bout, Françoise a cru que je reviendrais. Elle s'est endormie avec cette pensée, sans souffrance.

— Ils vont bien s'occuper de toi ici, papa. Puis quand tout ira mieux, on rentrera à la maison.

Je m'écarte un peu d'elle. Je m'enivre de chaque détail de son visage. Je veux la contempler, je la contemplerai jusqu'à la fin de ma vie.

— On t'a fait du mal ? Que t'est-il arrivé en Turquie ?

— On ne m'a pas fait de mal, papa. Tout s'est très bien passé en Turquie. C'était une belle expérience.

— Et ce mail où tu étais à Troie… C'est toi qui… me l'as envoyé ?

Elle fronce les sourcils.

— Mais bien sûr ! Qui d'autre ?

Je me frotte les yeux, encore. Ça n'arrête pas de couler.

— Claire, tu dois me dire… As-tu vu un homme, il y a quelques semaines ? Quelqu'un que tu ne connaissais pas, et qui est venu te voir ? Il a presque mon âge. Il est grand, sûrement blond. Il s'appelle Max. Max Beck.

— Non, non. Je ne connais aucun Max Beck.

Je lui caresse les cheveux et observe ses yeux qui, aujourd'hui, me blessent. Max avait ce regard-là, elle est sa fille.

J'essaie de fouiller dans ma mémoire, de comprendre.

— Un mannequin en latex de toi, nue et recroquevillée… ça te dit quelque chose ?

Elle soupire.

— Bien sûr. Je t'en ai déjà parlé, papa, c'était il y a cinq ou six mois dans le cadre de notre projet scolaire à long terme. Je t'ai aussi raconté que quelqu'un avait mis le feu à notre atelier de maquillage, que le travail de tous les élèves était parti en fumée, mais tu ne m'écoutais pas. Je parlais à un mur. Avec le cancer de maman, t'étais ailleurs. Tu étais souvent ailleurs, ces derniers temps.

Je la sens au bord des larmes. Claire n'a plus pleuré devant moi depuis bien longtemps. Elle peine à me poser sa question :

— Mais pourquoi tu me demandes tout ça ?

Résigné, déboussolé, je me couche sur le côté sans répondre, elle m'accompagne. Quelque chose de fort me pousse vers le sommeil, sans que je puisse lutter. Je ferme les yeux. Avec ma fille qui me caresse le dos, je suis bien.

46

« L'homme n'est qu'un roseau, le plus faible de la nature ; mais c'est un roseau pensant. Il ne faut pas que l'univers entier s'arme pour l'écraser : une vapeur, une goutte d'eau, suffit pour le tuer. Mais, quand l'univers l'écraserait, l'homme serait encore plus noble que ce qui le tue, puisqu'il saït qu'il meurt, et l'avantage que l'univers a sur lui, l'univers n'en sait rien. »

Pascal, Pensées *(1670). L'une des toutes dernières lectures philosophiques de Jonathan Touvier, janvier 2010*

Je suis seul, depuis longtemps. Une infirmière m'apporte à manger, je me jette sur la nourriture sans utiliser les couverts. J'engouffre les pommes de terre et les morceaux de poulet dans ma bouche.

Un autre docteur me fait sortir du lit et marcher dans la chambre. Je m'attarde près du radiateur, je ferme les yeux et reste là, sans bouger. On me pèse. Soixante et un kilos, j'en ai perdu neuf. On me rase la barbe, me coupe les cheveux et les ongles, me passe des pommades sur les membres, les extrémités, on m'injecte des substances dont j'ignore les effets. Je me plains des genoux, des reins. Je pose des dizaines de questions, on me répond : « Plus tard, plus tard. » On note des trucs sur des machins, injecte des produits dans mon cathéter. Puis on m'amène à manger, encore. Cette fois, j'utilise les couverts, ils sont en plastique ici aussi. Je m'allonge et regarde la télé, ma main droite tourne devant mon regard vide. Parfois, au niveau de ma porte, je vois des ombres, perçois des chuchotements. Je ne me sens pas tout à fait moi-même, je n'arrive pas à réfléchir, à analyser la situation. J'ai peur de m'endormir et de me réveiller dans le gouffre. J'ai la frousse que le monstre aux pattes en forme de spatules revienne me hanter.

Bien plus tard, on m'enlève enfin la perfusion. Alors, mon organisme retrouve sa force. À nouveau, mon cerveau fonctionne à vitesse normale. Les milliards de questions reviennent, les interrogations. Le masque de Michel oscille devant moi, je sens son haleine contre ma nuque et j'entends la hache siffler dans l'air. Le bruit d'os broyés me torture. Je me couche en gémissant, les mains sur les tempes.

Je suis debout, je vais et viens. Je regarde par la fenêtre. Dehors, il neige, de gros flocons viennent s'écraser sur la vitre. Un flic rôde devant ma porte et m'empêche de sortir. J'ai beau grogner, appeler, il ne décroche pas une syllabe. Je n'ai qu'une envie : quitter cet hôpital avec ma fille et aller retrouver Françoise. Elle souhaitait être incinérée, et s'envoler pour toujours dans l'espace, au-dessus d'un grand ravin. Je veux exaucer son ultime vœu. Après seulement, je chercherai à comprendre.

Le psychiatre et deux autres policiers en tenue arrivent enfin. Leurs visages sont sombres, les lèvres de l'un d'eux disparaissent derrière une épaisse moustache noire. Il me fait penser à un bûcheron. Ce doit être le chef.

— Vous allez bien ? me demande Parmentier.

Je suis assis sur mon lit, mes pieds nus et craquelés touchent le sol.

— Ça fait au moins deux jours que je moisis ici. On m'empêche de voir ma fille, on ne répond pas à mes questions, on me met des saloperies dans le sang. Je ne sais même pas dans quelle fichue ville je me trouve ! Qu'est-ce qui se passe ?

— Ça fait trois jours, plutôt, que vous êtes ici. Vous dormez énormément, jusqu'à seize heures sur vingt-quatre, d'un sommeil naturel. Comme si vous végétiez…

Seize heures… J'avais l'impression de ne dormir que par intermittence. Le médecin va vers la fenêtre, les mains dans le dos, puis revient vers moi.

— Vous sortez d'une épreuve difficile, nous vous avons laissé récupérer. Aujourd'hui, vous êtes prêt pour que nous éclaircissions toute cette histoire. Quant à la ville dans laquelle vous vous trouvez… Il s'agit de Metz.

— Metz ?

— Et pour tout vous dire, vous ne vous trouvez pas dans un hôpital de traumatologie, mais dans l'établissement psychiatrique du centre hospitalier de la ville.

— L'établissement psychiatrique ? Vous voulez dire… un hôpital pour les fous ?

Il sourit. Pourquoi tous ceux qui m'approchent sourient bêtement ?

— Non, non, bien sûr que non. Nous accueillons ici les personnes qui arrivent aux urgences traumatologiques et dont la situation demande davantage un soutien psychiatrique que médical. Vous savez, comme les victimes d'enlèvements, de prises d'otages, ou les anciens soldats. Rien qui vous confère l'étiquette de fou, soyez rassuré.

— Je suis incroyablement rassuré. Maintenant, vous devez tout m'expliquer. Comment je suis arrivé ici ?

— Deux randonneurs vous ont repéré, au petit matin. Quand ils ont découvert ce qui s'était passé, ils ont immédiatement appelé la police et l'ambulance. Vous étiez seul. Enfin, presque… Puisque l'autre était mort.

— Mort ? Mais… De qui parlez-vous ? De Michel ? Sa tête avait… explosé ?

Il se relève en soupirant, ouvre son dossier, sort un crayon de sa poche et se met à noter.

— Monsieur Touvier, avant de vous dire quoi que ce soit, nous avons besoin de votre version des faits. Racontez-nous exactement ce qui s'est passé, du début à la fin. Sortez tout ce que votre mémoire vous restitue, même ce qui vous semble sans importance. Nous avons tout notre temps, alors prenez le vôtre.

Pragmatique, il appuie sur le bouton d'un enregistreur numérique, les deux flics s'assoient en face de moi. Je me mets à débiter l'histoire avec envie, je veux expulser toutes ces épreuves. Je raconte mon réveil au fond de *Vérité*, avec Michel, Pok et Farid. Je décris notre gouffre avec précision, jusqu'à ces stalactites qui nous tombaient dessus ou ces éboulements meurtriers, ou le murmure des gouttelettes, ou les hurlements du courant d'air. Je leur parle du cadavre à la tête explosée. De la mort de Pok, redevenu sauvage, de celle de Farid… Ce système de tente, de détonation qui nous reliait, tous les trois. Ce petit circuit électronique caché dans les entraves. Je leur relate notre souffrance, la faim, le froid, la peur de mourir, à chaque seconde. J'en arrive à la hache, découverte dans le coffre avec le cadenas. Je leur parle de Max, leur demande s'ils ont pu identifier le cadavre, mais ils veulent que je continue à raconter. Les mots, les épisodes se chevauchent pêle-mêle au bout de mes lèvres. Je pleure, je ris sans pouvoir me retenir, je crie si fort parfois que des gens viennent ouvrir la porte. Le gouffre, il se dresse encore là, autour de moi, il me comprime la cage thoracique.

J'ignore la durée de mon récit. J'ai bu cinq, six verres d'eau, la neige a eu le temps de couvrir les toits. Je leur conte tous les détails. Le moulage de Claire dans le glacier, les bottes en peau de Michel, le sac d'argent sur la corniche, mon histoire avec *Bienvenue*, ma petite araignée danseuse. Quand j'en ai terminé, je lève ma main droite devant moi.

— Il n'y a que pour ma main que je ne comprends pas.

— Votre main enchaînée, que Michel est censé avoir coupée avec la hache, c'est bien cela ?

— Oui. Je ne vois qu'une explication. Il m'a assommé. Peut-être n'a-t-il pas osé couper ? Alors, il a tenté de s'échapper. Et sa tête… Sa tête a explosé. Je ne vois pas d'autre solution.

— Aucune trace de l'entrave sur votre poignet, pourtant.

— Il y avait juste un peu de jeu, le gant qui protégeait la peau, et…

Je fronce les sourcils.

— Écoutez. Vous savez des choses que j'ignore. Alors arrêtez de tourner autour du pot et dites-moi ce qui se passe exactement. Où est Michel ?

Le policier moustachu se penche vers l'avant. Il est grand, avec le crâne presque rasé et les oreilles un peu décollées. Il prend la parole.

— Je vais vous le dire, moi, ce qui se passe. Vous expliquer cette réalité à laquelle nous avons été confrontés, qui est LA réalité. Vous la voulez, LA réalité ?

J'acquiesce, les lèvres pincées. Son regard me transperce.

— Des randonneurs vous ont retrouvé dans la forêt de Fougerolles, sur un sentier de promenade. À deux doigts de la résidence secondaire de l'un de vos amis, qui s'appelle Patrick Busnelle. Vous étiez nu, inconscient, recouvert d'une peau de loup, étalé dans la terre gelée, et dans un sacré sale état. Ces randonneurs, ils nous ont appelés, nous la police, ainsi que l'ambulance. À quelques mètres, sur la propriété vacante de votre ami, il y avait votre véhicule, un pick-up, ainsi qu'un blockhaus à trois niveaux. Un niveau supérieur, un autre à cinq mètres sous le sol, par lequel on accède par un escalier en colimaçon, et un dernier, à neuf mètres de profondeur. Le second niveau est une vaste pièce d'environ vingt mètres sur dix, qui contient une cheminée d'évacuation d'air vers l'étage supérieur, et un puits avec une échelle, pour atteindre le niveau inférieur. Vous connaissez ce blockhaus, monsieur Touvier, puisque vous y avez passé du temps avec votre chien. Je me trompe ?

Le blockhaus, bon sang. Pourquoi il me parle de ça ? Je ne saisis pas où il veut en venir. Qu'est-ce que je fiche à Metz ?

— C'était il y a quatre ans, oui. J'ai arraché mon chien à sa mort. Je suis resté au premier niveau de ce blockhaus, je ne suis jamais descendu plus bas.

— Il y a quatre ans, vous dites. Et bien sûr, vous n'y êtes pas revenu depuis ?

— Non.

Je sens une immense frustration sur ses lèvres.

— Que penseriez-vous si nous allions y jeter un petit coup d'œil ? Peut-être que ça vous rafraîchira la mémoire ? Peut-être pourrez-vous nous expliquer, de manière beaucoup moins irréaliste, comment vous avez pu charcuter un corps et votre chien de cette façon ?

— Irréaliste ? Vous... Vous êtes en train de me dire que vous ne me croyez pas ?

— Vous croire ? Croire, par exemple, qu'une personne morte il y a dix-neuf ans est revenue de l'au-delà pour se venger ? Croire à... (Il jette un œil vers son collègue.) À un mannequin en latex de votre fille figé dans un glacier ? Ou encore à ces cent mille euros, brûlés devant un type dont vous ne connaissez même pas le nom ? Un appareil photo, un tourne-disque avec... avec deux quarante-cinq tours ? Des circuits imprimés dans une entrave ? Ou encore un code derrière une boucle d'oreille, inaccessible à cause d'un... masque de fer ? Vous avez une sacrée imagination, on voit que vous avez lu beaucoup de récits d'aventures ou de science-fiction. Mais vous rendez-vous seulement compte de la stupidité de votre histoire ?

Le souffle me manque. J'avale ma salive bruyamment. J'ai compris. Un fou, on me prend pour un fou.

— Vous devez à tout prix parler à Michel, il… il vous expliquera !

Le psychiatre est debout. Il se penche vers moi.

— Michel est l'homme à la tête explosée ? Celui avec un tatouage d'aigle sur la jambe ? C'est lui que vous appelez Michel ?

— Non, non ! Lui, c'était notre tortionnaire, ce n'était pas Michel !

— Il n'y a pas de Michel, monsieur Touvier. Il n'y en a jamais eu ailleurs que dans votre esprit. Là où nous vous avons trouvé, il n'y avait que vous, ce cadavre avec le tatouage d'aigle et celui de votre chien. Pas de chaînes, pas de masque de fer, pas de carte à puce dans un système quelconque de fermeture. Tout cela est de la science-fiction. Tout cela n'existe pas.

— Qu'est-ce que vous me racontez ?

— La vérité.

Je refuse de l'écouter, il essaie de m'embrouiller. Je dois rester le plus calme possible, faire preuve de maîtrise.

— Michel Marquis… Cherchez dans un annuaire. Il habite Albertville, il travaille dans un abattoir. Il n'a pas pu disparaître comme ça ! Il…

C'est, soudain, comme une vague géante qui fouette une digue et la pulvérise.

La fin du monde.

J'ai compris.

Je tente de me lever, la bouche grande ouverte, les yeux exorbités. Je chute soudainement sur le côté, m'agrippe au pied du lit.

Je parviens à articuler :

— Max. Michel, Max…

On m'aide à me redresser, mon corps se tend tandis que tout s'effondre en moi.

La vengeance la plus ultime. Se trouver au plus près du piège. Être dans le piège.

Max était dans le piège, pareil à un cheval de Troie. Il était Michel.

Mon regard vide se perd sur le linoléum. C'était donc ça… Max a souffert avec moi pour accéder à chacune de mes pensées, creuser mon intimité, ma vie. Pour me pousser aux limites de la survie, là où toutes les barrières mentales et physiques se rompent, dans un seul et unique but : faire jaillir la vérité enfouie au plus profond de mon être.

Savoir si je l'avais vraiment tué. Si cette toute dernière image, emportée dans sa chute, était LA vérité.

La vérité, jaillie de ma gorge devant le tranchant de la hache. Il m'a eu. J'ai avoué ce que, pour rien au monde, je n'aurais avoué.

Je serre les draps de toutes mes forces et finis par me lever, les larmes aux yeux.

— On y va. Je veux aller là-bas. Tout de suite. Mais… Je vous en prie…

Je me dresse face au policier moustachu.

— Max n'est pas mort. Mettez ma fille en sécurité.

47

« Figure-toi des hommes dans une demeure souterraine, en forme de caverne, ayant sur toute sa largeur une entrée ouverte à la lumière. Ces hommes sont là depuis leur enfance, les jambes et le cou enchaînés, de sorte qu'ils ne peuvent bouger ni voir ailleurs que devant eux, la chaîne les empêchant de tourner la tête. La lumière leur vient d'un feu allumé sur une hauteur, au loin derrière eux. Entre le feu et les prisonniers passe une route élevée. Imagine que le long de cette route est construit un petit mur, pareil aux cloisons que les montreurs de marionnettes dressent devant eux, et au-dessus desquelles ils font voir leurs merveilles. »

Début de « L'Allégorie de la caverne », La République, IVe s. av. J.-C., Platon

Au fur et à mesure que la voiture s'enfonce dans la forêt, je me rends compte de la puissance du piège. Il suffit de regarder ma situation. Je suis menotté à l'arrière d'un véhicule de police, *pour ma sécurité*, m'a-t-on affirmé. Les deux officiers présents à mon chevet depuis le début ne me lâchent pas d'une semelle. Le psychiatre suit, accompagné de personnes vêtues de costumes-cravates. À chacun de mes gestes, à chacune de mes questions, de mes affirmations, on me regarde comme si j'étais fou, ou pire encore, un assassin fou. J'ignore comment je vais me sortir de là, mais je vais m'en sortir. Démonter cette ignoble mascarade. Leur prouver que Max Beck existe, qu'il m'a séquestré dans un gouffre, avec des conditions de vie effroyables, et qu'il a tout mis en place pour que je passe pour un malade mental.

Tandis que la neige tombe toujours autant, nous rentrons dans la propriété boisée de Patrick Busnelle. Je n'ai plus mis les pieds ici depuis quatre ans, j'en ai la certitude absolue. Depuis si longtemps, rien n'a changé, hormis le lierre devenu plus envahissant sur le toit du chalet. La grande barrière est ouverte, les voitures s'y engagent. Le premier choc arrive au moment où j'aperçois mon pick-up garé entre le bunker et le chalet. Immatriculation 74.

— Vous reconnaissez ce véhicule, monsieur Touvier ?

Je serre les mâchoires.

— C'est le mien. Max Beck l'a amené ici.

Ma meilleure défense est de rester calme, et de dire toute la vérité. Je n'ai pas à mentir. S'ils me sentent posé, clair dans mes explications, ils verront que j'ai tous mes esprits et n'ai rien à dissimuler. Des policiers frigorifiés, des fourgonnettes sont sur place. Des bandes jaunes traversent la porte d'entrée du blockhaus. Déjà, le pire scénario se dessine dans ma tête. Michel-Max m'a probablement assommé ou drogué, m'a remonté du gouffre par la galerie, puis m'a amené ici avec les cadavres de mon chien et de ce type au tatouage d'aigle. Tout ce mal qu'il s'est donné, cette route avec des morts dans le coffre de sa camionnette. Et ces cent mille euros qu'il a brûlés lui-même ? De faux billets ? Les économies d'une vie ? Sa vengeance ne s'est pas terminée au fond du trou. Au contraire, elle débute. Il ne s'est pas contenté de me prendre ma Françoise, de me détruire psychologiquement. Il veut qu'on m'enferme. En prison, en hôpital psychiatrique. Dans un endroit où je ne pourrai plus voir le soleil et respirer l'herbe. Un gouffre perpétuel.

Je ne me laisserai pas faire. Je rassemble toutes mes forces, tout mon courage, et descends du véhicule. Nous avançons dans la neige croûteuse. Avec le vent, il fait horriblement froid, peut-être moins un ou moins deux degrés.

— Alors, ça vous revient en mémoire, maintenant ?

Je regarde le policier à la moustache d'un air décidé, certain.

— Non. Pas du tout.

Il s'approche de mon oreille.

— Tu ne vas pas te foutre de ma gueule longtemps, crois-moi.

Il allume une torche, appelle l'un de ses collègues puis se tourne vers les autres.

— On y va ! Pas la peine d'être cinquante là-dedans. Seul le docteur Parmentier nous accompagne pour l'instant.

Il soulève les bandes de police, pousse la lourde porte métallique et frotte son manteau. Un couloir en béton de trois ou quatre mètres s'ouvre devant nous. Nous entrons. J'éprouve un curieux sentiment à me retrouver ici. Les sons, les images reviennent… Mon combat avec Pok pour le ramener à la vie. Ces moments inoubliables, vécus ensemble. Nous ne prenons pas à gauche, vers la salle où je me suis enfermé avec mon chien voilà quatre ans, mais nous nous engageons vers l'escalier en torsade. Je prends peur, mes jambes se refusent alors d'avancer. Je bascule sur le côté et cherche à faire demi-tour. Le psychiatre me barre le chemin.

— Ça va aller, monsieur Touvier. Vous ne craignez plus rien, d'accord ?

J'acquiesce, les mains devant la bouche. Il faut absolument que je me contrôle. Sa voix revient à mes oreilles.

— Qu'est-ce qui vous effraie à ce point ? L'obscurité ?

Je réfléchis, je dois réfléchir vite et ne pas me tromper.

— Non. On peut descendre.

Peu à peu, la lumière du jour s'efface. La torche du policier accroche des parois grises, rugueuses. De l'air circule, l'eau coule doucement par de petites infiltrations. Nous devons nous baisser avant d'atteindre une autre porte. Elle grince quand il l'ouvre. Un long couloir se répand, il y a un virage. Nous basculons dans une énorme salle souterraine au plafond très haut. Le policier se penche et appuie sur un bouton. Un ronflement, puis d'un coup, la lumière jaillit d'halogènes à batterie.

Les deux poings sur la bouche, je gémis.

La tente se dresse en plein milieu de la salle. Ma pyramide sanglante, avec ses sardines fichées dans le sol. Je m'approche en titubant. Une ligne rouge fait le tour de la pièce.

— Il s'agissait d'une salle de commandement pendant la Seconde Guerre mondiale, dit le psychiatre. Les gradés traitaient leurs dossiers confidentiels le long de ces murs. Quiconque voulait s'adresser à eux ne pouvait franchir cette ligne rouge sans leur accord.

Il me soutient par le bras, tandis que nous franchissons la ligne. Un trou d'aération, dans le plafond, remonte vers l'étage supérieur. J'avance entre quelques excréments, évite le puits, sur ma gauche. Je crois que je vais vomir, ou m'évanouir, ou les deux. Je longe la toile extérieure de la tente. Mêmes sardines plantées dans le béton, mêmes cordes tendues. Je distingue aussi la flaque d'eau, devant la tente, utilisée pour piéger mon chien.

Max a tout reproduit à l'identique.

Le cœur au bord des lèvres, je pénètre dans la tente.

Cette fois, je tombe à genoux et me traîne à quatre pattes. Mes doigts parcourent les huit bâtons verticaux sur le tapis en mousse, je ne puis retenir mes larmes. Je les frôle lentement… Au fond, tous mes habits sont restés en l'état, entassés. Mon blouson, mon pull à la manche arrachée, mes gants, mes chaussures fourrées. La casserole, le gobelet, le réchaud, le casque avec la bouteille d'acétylène. Je secoue la bouteille, elle est bien vide. Vide, parce que le gaz s'est échappé devant le glacier. Parce que rien, ici, n'est la réalité.

Je me tourne vers les deux autres. Ma poitrine tressaute, je pleure et ris en même temps.

— C'est une arnaque ! Il nous mène en bateau, tous !

Je désigne les parois de la tente.

— Il a enlevé la toile intérieure parce qu'elle était tachée de sang ! Vous croyez que moi, j'aurais monté une tente sans la toile intérieure ? Il n'a ramené que ce qui l'arrangeait, pour… pour me piéger ! Un seul duvet, un seul tapis, une seule paire de gants ! L'inscription « Qui est le menteur ? » a été ôtée de mon blouson. Où sont le coffre et la hache ? Et Farid ? Son cadavre est au fond du vrai gouffre, tout comme les chaînes. Max a démonté la tente, puis l'a remontée ici. Il a même embarqué des excréments. C'est inimaginable.

Je remarque le mange-disque. Le disque des chants d'oiseaux.

— Il avait tout prévu, depuis le début. C'est pour ça qu'il a ramené ces objets étranges. Le mange-disque, les quarante-cinq tours. Me faire passer pour un fou.

Je cherche l'appareil photo, je ne le trouve pas. L'attrape-rêves a disparu. Je repense à la photo de l'homme et la femme, devant la bijouterie. Probablement des anonymes, que Max a photographiés… Et ce tatouage, cette boucle d'oreille représentant un C ? Non pas le C de Cédric, mais de Claire.

Je désigne la pierre tranchante.

— Ce n'était pas cette pierre-là.

Je me relève et plaque, de mes mains menottées, mes cheveux vers l'arrière.

— Tout cela n'est qu'une gigantesque mascarade, vous ne comprenez donc pas ?

Le policier explose de colère. Il me tire par le bras hors de la tente, sort des photos de sa poche et me les écrase sur la figure.

— Regarde ce que mes gars ont pris comme photos. Regarde bien.

Les clichés tombent au sol, je les ramasse et les oriente vers la lumière. Cette fois, mon estomac se contracte mais rien ne sort. Ils ont dû me donner un antiémétique. Les premières photos montrent des gros plans de mon chien, entièrement dépiauté. Il n'est plus qu'une masse sanguinolente, mais ce n'est pas ce qui me choque le plus. Il y a quelque chose que je ne comprends pas. Son cadavre est presque intact. Où se trouve sa blessure par balle ? Était-elle seulement superficielle ? Et surtout, où sont les morceaux de chair qui ont servi à nous nourrir ? Des yeux, je cherche le psychiatre. Il est juste derrière moi. Je serre les lèvres et, retenant mon souffle, je plonge sur les autres clichés. Ils m'échappent des mains. Mes deux paumes ouvertes restent tournées vers mon regard figé.

— Oui, dit le policier. Je vois que ça te revient. Tu ne t'es pas contenté de lui ôter la chair et la peau des bras. Tu l'as aussi dévoré, cet homme. Avec cette pierre, tu as découpé des morceaux dans ses jambes, son torse, son dos, tu les as fait cuire dans cette casserole, et tu les as mangés.

Il s'éloigne, se penche et jette des jerricanes dans ma direction. La plupart sont vides, d'autres contiennent encore de l'eau.

— C'est ça, ton glacier ?

J'essaie de rester debout, droit sur mes jambes. Je dois résister, je marche au bord d'un précipice mental.

— Max… Il nous a donné à manger de l'humain. Il… nous a fait croire qu'il s'agissait de… mon chien. Parce qu'on était enchaînés, et qu'on ne pouvait pas atteindre la galerie.

Le flic pointe le couloir par lequel nous sommes arrivés.

— La galerie là-bas, c'est ça ?

— Non, pas celle de ce blockhaus. Celle du gouffre où Farid, Michel et moi étions enfermés.

Le policier va, vient. Ses poings se serrent le long de son corps.

— On va arrêter de jouer, maintenant. Nous avons trouvé dans ce couloir un Manurhin MR73, utilisé pour exploser la tête de la victime. Et devine quelles empreintes nous avons relevées ?

Je cherche, partout. Une faille, une erreur, un oubli. Mais Max n'a rien laissé au hasard. Je dois persister. Ne surtout pas douter.

— Les miennes, je présume. Mais ce n'est pas moi. C'est un coup monté par Max Beck.

— Bien sûr. Et ce cadavre, abattu à bout portant, je suppose que tu ne connais pas son identité ?

— Non.

Les lourdes mâchoires du flic craquent.

— À combien s'élève l'assurance sur la vie de ta femme ?

J'écarquille les yeux. Le psychiatre reste en arrière-plan, mais je suis rassuré qu'il se tienne là, en témoin. Qui sait ce que ce flic est capable de me faire.

— Quoi ?

— Tu le sais parfaitement. Quatre cent mille euros. Tu vas te fourrer quatre cent mille euros dans les poches. Avoue que ça tombe bien. Tu ne gagnes plus beaucoup d'argent, tu t'es pris une belle dépression quand tu as appris la maladie de ta femme… Une fille avec des études qui coûtent cher. Elle est pas belle, la vie ?

— Comment osez-vous ?

Il tend la photo du macchabée au tatouage d'aigle devant lui.

— C'était lui, le donneur de moelle osseuse de ta femme. Porté disparu deux jours avant toi. Et tu le savais. Ta femme l'a rencontré, tu connaissais son adresse. Ne devais-tu pas lui rendre visite, d'ailleurs ? Oh oui… Tu y es allé, effectivement, tu l'as ramené ici et tu l'as assassiné pour empêcher ta femme de se faire greffer. Seulement, il y a un truc qui a déconné. C'est toute… cette mise en scène que je ne comprends pas. Ce qui t'a poussé à t'enfermer ici, te mutiler les paumes, peler ton chien et manger de l'humain.

Je vais décrocher. J'ai soudain mal au front. Une douleur aiguë.

Je tombe.

Quand je rouvre les yeux, je suis dehors, assis contre un arbre, sur le tapis de neige. Le ciel est clair à présent, l'air frais me percute le visage et me fait du bien. Il me faut du temps pour me rendre compte de ce qui vient de se passer. Des révélations qui, les unes derrière les autres, m'entraînent sur les berges de la folie.

En face, le blockhaus me dévisage, du haut de ses murs gris et de ses meurtrières minuscules. Au-dessus, un avion déchire subitement le ciel. Ses réacteurs dévorent l'air et le propulsent dans les nuages. Une onde puissante secoue la forêt : le mur du son. Je sursaute et me recroqueville. Mes poignets sont toujours enserrés dans des menottes. Le cliquetis de chaîne me vrille les tympans.

— Encore un éboulement ?

Je tourne la tête. Le psychiatre s'accroupit devant moi et me tend un gobelet. Les policiers se tiennent autour, ils fument et discutent entre eux. Le docteur lève le menton au ciel.

— Il y a une base aérienne, pas loin. Au fond d'un blockhaus, on pourrait aisément croire qu'à chaque passage il s'agit d'éboulements…

Je porte le café brûlant à mes lèvres et bois une gorgée. Ça me fait tellement de bien, à l'intérieur.

— Je ne suis pas fou. Cette histoire d'assurance-vie est totalement insensée. Jamais, jamais je n'y ai pensé une seule fois. Je n'ai pas tué cet homme.

— Mais vous l'avez mangé. Peut-être est-ce lui que vous avez pris pour Michel ?

— Jamais de la vie.

— Vous êtes-vous demandé une seule fois si les personnages présents dans ce gouffre pouvaient ne pas exister ?

Mes ongles crissent sur la terre gelée.

— Non. Ils étaient réels, autant que vous l'êtes. Tout comme ce gouffre et ce glacier étaient réels. Vous devriez concentrer vos efforts sur la manière de retrouver Max Beck et cesser de vous acharner sur moi. La seule chose que je demande, c'est de rentrer à la maison. Je veux dire au revoir à ma femme. Je veux… voir ma fille.

— Ce n'est hélas pas possible pour le moment.

Je soupire longuement.

— Claire est-elle en sécurité, au moins ?

— Elle l'est.

Je tourne les yeux vers les forêts. Les arbres, éparpillés à l'infini. Je sais que Max est là, quelque part en liberté. Qu'il me surveille. Qu'il sera toujours là où je m'y attendrai le moins. Le psychiatre agite un dossier.

— Vous avez eu quelques problèmes, dans votre adolescence. Une bisexualité non assumée… Votre père, qui ne l'acceptait pas et vous battait. Vos fuites de la maison. On vous envoie en redressement. Adolescent, jeune adulte, vous vous exprimez dans la souffrance du corps et la rébellion.

Il désigne la paume de ma main, blessée par le tranchant de la pierre, sur la corniche.

— Jusqu'à la mutilation, parfois.

— Je ne me suis jamais mutilé ! Je…

— Puis arrivent toutes ces montagnes, ces voyages. Aller toujours plus loin, plus haut, souffrir, toujours plus, pour fuir votre bisexualité. Et vous y parvenez, jusqu'à ce qu'un autre drame vous secoue : la perte de votre meilleur ami.

Il se lève, fait craquer ses genoux et s'agenouille de nouveau avec une grimace. Le froid semble le paralyser.

— Savez-vous que des études médicales récentes ont prouvé que l'altitude dégradait certaines parties du cerveau ? Des lésions… irréversibles, comme chez les boxeurs.

— Peut-être. Ça ne m'a jamais empêché de vivre.

— Ça a pu perturber fortement votre psychisme. Avec votre femme proche de la mort, ces antidépresseurs que vous prenez, ça n'a pas arrangé les choses. Tout s'est stocké, accumulé, pour finir par exploser… Cet univers que vous avez recréé, dans le blockhaus, est un amalgame de différentes périodes de votre vie, avec des objets importants comme ces disques, cette tente, qui symbolise vos quinze années d'alpinisme. Vous avez pratiqué la spéléologie, plus jeune, votre conscience a parfaitement photographié les gouffres, les grottes que vous avez visités. Votre psychisme peut transformer une vulgaire pièce de béton en ce que vous voulez, il suffit d'un habile mélange de vécu et d'imagination. Votre père, homophobe et raciste, ne vous interdisait-il pas de fréquenter des *gens de couleur* ? Dans votre univers obscur, vous avez fait ressurgir les interdits. Comme la présence de Farid, un jeune Arabe.

Tremblotant de froid, il me sort de sa pochette une photocopie. Mon cœur se serre.

— Vous reconnaissez ?

— C'est le texte de Charles Bowden que j'ai fait graver sur un feuillet de granit rose, pour Françoise.

— « Je rêve du chant des oiseaux, de l'odeur de la terre que j'effrite entre mes doigts, du feuillage vert et brillant des plantes que j'arrose avec soin. Je cherche à acquérir une terre où il y aura des cerfs, des sangliers, des oiseaux, des peupliers et des sycomores. Je ferai une mare où viendront les canards et où, le soir, les poissons sauteront hors de l'eau pour attraper les insectes. » La mare, que vous avez reproduite à l'entrée de la tente. Ces chants d'oiseaux, dont vous avez ramené le disque. Ne vous êtes-vous donc pas interrogé, à votre « réveil », sur la bizarrerie d'un objet tel qu'un vieux mange-disque dans un endroit pareil ?

— Alors c'est ça, votre travail ? Décortiquer tout ce que j'ai pu faire ou dire, pour trouver des rapports là où il n'y en a pas ? Mais les salamandres existent-elles dans les blockhaus ? Et les stalactites ? Je sens encore les odeurs de roche humide, j'entends le bruit de la glace qui craque, de ces gouttes qui jouent des notes de musique en s'écrasant au sol. Le vent aussi…

L'avez-vous entendu, vous, dans ce blockhaus ? Vous croyez sincèrement que j'aurais pu inventer une histoire pareille ?

— C'est vous qui doutez de la puissance de l'imagination ? Un enfant de Jules Verne et de Jack London ? Pensez à Farid, à présent. Farid *Sans Nom*. Il était un mélange de parcelles de votre passé. Ce bon copain maghrébin que votre père vous a toujours interdit, mais aussi un jeune adulte que vous vouliez aimer. Ne vous êtes-vous pas serré contre lui ? Ne lui avez-vous pas donné de l'amour ? Tout n'était que symboles, Jonathan. Fouillez, fouillez dans votre tête. Ne voyez-vous rien de vous-même, de votre personnalité dans Farid ? Hormis ces yeux étonnamment bleus ?

— Farid a vraiment existé.

— Mais si j'en crois votre récit, pourquoi ce Max ne l'aurait-il pas tué directement, après l'avoir utilisé pour descendre le matériel ? Pourquoi l'avoir laissé vivant ?

— Parce que Farid avait un rôle dans la vengeance de Max. Il devait me révéler l'épisode du cambriolage. Il devait aussi me mener au faux cadavre de ma fille, volé à son atelier de cinéma.

— Prouvez que Farid existe, dans ce cas. Donnez des preuves. Quel est son nom ? Où habite-t-il au juste ? Vous avez une adresse ?

— Dans le Nord, il disait qu'il... qu'il allait de foyer en foyer. Qu'il... ne fréquentait plus ses parents depuis des années.

J'essaie de réfléchir. Il y a forcément quelque chose qui démontre son existence.

— S'il a disparu, ne doit-on pas le rechercher ?

— On recherche rarement les itinérants ou les marginaux.

Le psychiatre se penche vers moi. Son haleine sent le café.

— Cherchez... Cherchez les failles, Jonathan, les personnages imaginaires en ont tous. De petits détails. Comme cette main de Michel blessée et recousue, qui n'était qu'une reviviscence de l'épisode passé avec votre chien traumatisé ici, dans le bunker, où vous vous étiez vous-même recousu. Il se peut aussi que certains détails vous apparaissent différents, d'une pensée à l'autre. Des lieux qui varient légèrement, des objets qui apparaissent ou disparaissent sans que vous en compreniez la raison. Réfléchissez. Tout cela vous prouvera que ces personnages, que ces actions vécues n'existent pas.

Ma vue se trouble, l'arrière de mon crâne repose sur le tronc glacial. Instantanément, des images, des paroles me reviennent à l'esprit. Je sais que je devrais me taire, mais je n'y arrive pas.

— Marek Halter...

— Oui ?

— Farid avait cité Marek Halter, avec les rêves de beignets. Puis... On lui lisait Jack London aussi, quand il était plus jeune. *Croc-Blanc*... Il ne savait pas lire.

— Très bien.

Mes sourcils se froncent.

— Il est venu chez moi il y a quatre ans, pour... tabasser mon chien.

Le psychiatre hoche le menton avec conviction.

— Oui, oui, on y est. Tout se relie, c'est bien. Continuez.

Les yeux au ciel, je commence à sourire.

— Sacrément bien joué… Espèce de fils de pute.

Je reviens vers le psychiatre. Mon regard est à nouveau noir, haineux.

— Farid et Max Beck sont restés ensemble une semaine, alors qu'ils descendaient du matériel dans le gouffre. Beck a très bien pu lui parler de Jack London et de Marek Halter. D'un tas d'autres détails que Max connaissait sur moi. Farid a peut-être voulu me montrer qu'il était cultivé, alors il a régurgité ce dont Max lui avait parlé les jours d'avant… Tout a été prévu, dans les moindres détails. Depuis de longues, longues années. Max s'est inventé le personnage de Michel Marquis, il s'est créé un faux passé. Il a fait disparaître un thermomètre, mais j'ai vu ce thermomètre, je l'ai utilisé ! Et puis cette histoire de boucle d'oreille, c'était… du pipeau, pour justifier le port de son masque. Pour semer le trouble. Il jouait avec moi.

Parmentier secoue la tête, résigné. Il se tourne discrètement vers les forces de l'ordre, puis s'approche plus encore.

— La police va se baser sur ses découvertes là-dedans, Jonathan. Des faits. Un cadavre dévoré, abattu par un revolver avec vos empreintes. La dépouille de votre chien. Cette histoire d'assurance sur la vie.

Mon cœur s'accélère dans ma poitrine.

— Et donc ? Qu'est-ce que ça signifie ?

Il se relève et se frotte les mains l'une contre l'autre. D'un mouvement de menton, il invite deux policiers à s'approcher. Je me relève avec difficulté. Mes ongles arrachent un morceau d'écorce. Je me dresse, bien droit en face de lui. Je m'interdis de sombrer, comme ils l'attendent tous. J'ai gravi l'Everest, le Kilimandjaro, je ne veux plus m'agenouiller devant quiconque. Je retiens mon souffle, puis je lui dis, d'un coup :

— Alors comme ça, vous non plus, vous ne me croyez pas ?

— Il n'est pas question de vous croire, ou pas. L'expertise psychiatrique que je mènerai avec d'autres confrères décidera ou pas de votre responsabilité dans ce drame.

Il s'éloigne, tandis qu'on m'empoigne solidement, par chaque bras. Je ne tente pas de me débattre.

Je lève le menton et avance avec courage. Et dignité.

Comme chaque fois que je me lançais à l'assaut d'un sommet.

48

« L'être humain a une fâcheuse tendance à décrire péjorativement tout ce qu'il ne connaît pas ou tout ce qu'il trouve différent de ce qu'il a l'habitude d'écouter ou de voir. Beaucoup me considèrent comme un conquérant de l'inutile, ou un fou. Je refuse de croire que je suis fou. »

Notes personnelles de Jonathan Touvier, 1985

Je me redresse un peu, j'ai mal au dos. Au-dessus de moi, je distingue cette minuscule fenêtre d'où file un ruban de clarté. J'ai peur. Peur de m'endormir et pourtant, je suis épuisé. Épuisé par ces interrogatoires, par ces gens qui me crient aux oreilles et brandissent leurs poings juste devant mon nez. Ils pensent qu'avec la force et l'intimidation, je vais raconter des faits différents de la réalité. Ils se trompent, ils ne m'auront pas. Ils ignorent l'enfer que j'ai vécu. Ils voudraient tellement que la réalité soit la leur.

En face, la porte s'ouvre brutalement, le bruit résonne à mes oreilles comme une chute de glace.

Dans mon coin, je regroupe mes genoux contre mon torse et plisse mon visage. En bougeant ainsi, je me rends compte de ma réaction : je suis un animal au fond d'une cage. Avec le contre-jour, je ne vois qu'une ombre et un petit point rouge qui danse au milieu : une cigarette. Celui qui se présente face à moi est le policier à la moustache, ma bête noire. Il s'appuie contre le mur proche de la porte, tirant sur sa clope avec langueur.

— Ne crois pas que tu vas échapper à la justice en te faisant passer pour fou. Ça ne marchera pas avec moi.

— Je ne suis pas fou. Je vous dis la vérité.

Il jette sa cigarette au sol et me décolle par le revers de mon pull.

— C'est cette vérité-là que je vais devoir raconter à la femme et à la fille du type que tu as dévoré ?

Il me pousse vers l'entrée. Je me baisse et ramasse son mégot, que je maintiens devant moi. Dans un grand souffle de soulagement, je me recule jusqu'au mur.

— Ne jamais rien jeter… Ma mère m'avait donné ce conseil dans ma jeunesse. Avez-vous retrouvé des mégots, dans le blockhaus ?

— Pas dans le blockhaus. Dans la poche de ton blouson. Avec un paquet vide de gauloises.

Je serre les poings en signe de victoire.

— Vous savez que je ne fume pas ?

— On a trouvé des traces de nicotine dans ton sang.

— Oui, oui, c'est vrai. J'ai fumé là-dessous, exceptionnellement. J'ai entendu à la télé qu'avec un mégot, on pouvait confondre la personne qui avait fumé, grâce à l'ADN. C'est vrai ?

— C’est vrai.

— J’ai ramassé les mégots que Farid a fumés. Ça devrait vous suffire pour le retrouver. Il était délinquant, il doit être connu de vos services de police. Et si vous remontez jusqu’à lui, vous remonterez jusqu’à Max Beck. Des gens ont vu Beck, des amis à lui qu’il a payés pour qu’ils tabassent mon chien. Vous verrez que je vous dis la vérité.

Les lèvres du policier disparaissent sous sa moustache. Il réfléchit, je l’ai déstabilisé.

— Tu as raison, il me dit. On peut faire des choses extraordinaires de nos jours. Le seul problème, c’est qu’il n’y avait qu’un seul mégot dans la poche intérieure de ton blouson.

— C’est suffisant, non ?

— Oui, bien sûr. On a fait les analyses de salive. Et cet ADN, c’est le tien.

Épilogue

Ce roman n'a qu'une solution. Et ce n'est pas forcément celle que l'on croit.

Franck Thilliez

Sept ans plus tard.

L'urne funéraire de Françoise repose sur mes genoux fatigués. L'air est frais ce matin, mais le printemps brille déjà de ses lumières qui éveillent la vallée tout entière. Pour la dernière fois, nous contemplons ensemble, dans le silence, ces territoires arrachés au ventre du monde. Là-bas, plus en retrait, en un tableau d'ombres chinoises, se dressent ces montagnes que je n'atteindrai plus jamais. Mes montagnes, que j'ai tant aimées.

Au cours de ces sept longues années d'internement en hôpital psychiatrique, j'ai fini par leur avouer que j'avais tout inventé. Que cette incroyable histoire n'était qu'un tour de mon cerveau, dû aux problèmes de ma jeunesse et à celui d'avoir vu mon ami partir devant mes yeux, sur le Siula Grande. En 2011, une commission d'experts m'a jugé irresponsable de mes actes. Le procès a abouti à un non-lieu psychiatrique. Pour abréger, les spécialistes commis sur l'affaire ont conclu à une « bouffée délirante aiguë ». Selon eux, je suis aujourd'hui « stable », et ne représente plus de danger pour la société.

Sept années, tout est si loin à présent, tellement flou. On dirait que ce gouffre n'a jamais existé, qu'il n'est que pure invention, tant cette histoire me paraît à présent irréelle. Je relis souvent mon roman, *Darkness*, que j'ai écrit à l'hôpital et qui retrace, grosso modo, ce que ma mémoire a bien voulu me rendre avec une étrange précision. Chaque jour, chaque nuit que Dieu fait, je m'y accroche comme à un radeau de survie.

Max et moi, nous ne sommes peut-être que deux au monde à savoir que ces horreurs ont existé, mais nous sommes, et nous savons. C'est là le plus important.

Les médecins, la police n'ont jamais obtenu de réelles justifications sur la raison qui m'aurait poussé à assassiner puis manger le donneur de moelle osseuse. Les histoires d'assurance, de vengeance quelconque ont vite été mises de côté. Non, non, il n'y avait, pour eux, aucune explication logique, si ce n'est la mienne, à laquelle ils n'ont jamais cru. C'est très étrange, mais le fait d'avoir mangé Fred Fontès, le donneur, m'a évité la prison. Un être « sensé » n'aurait jamais pu faire ça.

On m'a surnommé, plusieurs fois, le cannibale. C'est pire que tout.

Je m'appuie sur la petite urne en ronce de noyer et me redresse, difficilement. Mon corps vieillit. Une bise légère m'agite les cheveux et me rappelle qu'il est temps d'en finir. Franchir le pas, en espérant que l'après sera meilleur. Après avoir vérifié l'absence de promeneurs, je me mets à quatre pattes, comme ces vieux cabots à la truffe usée, et avance vers le vide. Mon front sue à grosses gouttes, mes dents grincent, mes gestes sont ralentis et tremblants. J'en viens même à me figer, incapable de bouger le moindre muscle.

Dans un effort douloureux, je parviens au bord du précipice. J'ai fait deux mètres à plat, proche de la rupture, moi qui ai affronté le pire, qui me suis aventuré dans des passages aux noms horribles, comme « La fissure pourrie », « Le boyau de glace », « Le bivouac de la mort ». Et tant d'autres. Tout ça pour ça.

Je m'assieds et inspire profondément. Je vais y arriver. J'embrasse une dernière fois l'urne funéraire et en ouvre délicatement le couvercle. Les cendres se dispersent en petits rubans sombres, tourbillonnent, puis disparaissent. Mon étoile rejoint son ciel, ce ciel qu'elle vénérait plus que tout. Une place l'y attend, je le sais.

— Je t'aimais, Françoise. Tellement…

D'instinct, ma main droite palpe mon annulaire gauche, à la recherche de cette alliance que je ne possède plus. Max a vraiment tout détruit, jusqu'à la racine. Le cri lointain et insistant d'un rapace me fait lever la tête. On dirait un aigle, un oiseau noble au ramage d'or et de feu, qui tourne là, à ma verticale. Les aigles sont rares ici, je pense même n'en avoir jamais vu. Je fronce les sourcils, avec un goût d'inquiétude sur la langue. Cet oiseau, je le connais, je l'ai déjà aperçu. Je baisse les paupières et le vois tatoué sur la cuisse de ce père de trente-sept ans dont j'ai dévoré une partie du corps. Ce père, dont Max – ou Michel – avait volé l'alliance pour la passer autour de son propre doigt. J'ai mangé le seul être capable de sauver mon épouse. Et j'ai réussi à vivre avec de telles horreurs dans mon esprit. C'est peut-être à cela qu'on reconnaît un grand alpiniste. Nous sommes d'une souche différente.

Le rapace s'impatiente, on dirait que, dans la précision de ses cercles, il attend quelque chose. M'incite-t-il à plonger, comme le faisaient les super-héros de mon enfance pour sauver des gens ? Comme je l'ai fait un jour, depuis le toit de ma maison ?

Je me relève, les muscles tétanisés, la grimace aux lèvres. Tout peut s'arrêter, là, maintenant. Il suffit d'un pas. Un simple pas, pour que la chute termine mon histoire, que ma souffrance s'interrompe.

Mais j'aime souffrir.

Je lève les yeux, l'aigle n'est plus là. Alors, j'opère une marche arrière et m'enfonce dans la forêt.

Mon vieux pick-up m'attend sur un parking désert. Je déverrouille, m'installe au volant dans un soupir et remarque, sur le siège passager, le livre que j'ai écrit à l'hôpital psychiatrique. *Darkness* a été publié à douze mille exemplaires sous un pseudonyme, chez un important éditeur. Il s'agit d'un roman à suspense. Il n'a rien à faire sur mon siège passager. Je ressors en quatrième vitesse et sonde la forêt alentour. Les pins frissonnent dans le vent, le silence délie sa longue traîne invisible et réconfortante.

Il est venu, j'en suis sûr. Lui, l'homme au masque de fer. Mais comment a-t-il pu me suivre jusqu'ici ? Comment a-t-il fait pour pénétrer dans ma voiture ? Avais-je oublié de la verrouiller ?

Je rentre dans ma voiture et m'y enferme.

Je m'empare du livre, la gorge serrée, et accède à l'endroit où une page a été cornée. Un passage a été souligné en rouge : au moment où, tous trois, nous partagions une orange et nous fêtions l'anniversaire de Michel. À l'instant précis où il tapait du poing sur son masque de fer et faisait résonner un drôle de bruit que je n'ai jamais oublié. « La folie ne sonnerait pas si creux. Retenez bien ce bruit de métal. Aussi longtemps qu'il résonnera dans votre tête, il prouvera que vous n'êtes pas fou. » En feuilletant les pages, une photo Polaroid tombe alors sur mes genoux. Je la ramasse délicatement. Elle est trouée en son extrémité. Je me souviens que nous l'avions accrochée pour former notre attrape-rêves.

Sur le cliché, on voit Michel, Farid et moi, assis au fond de la tente. La main de Farid est dirigée vers l'objectif, je déguste mon quartier d'orange et Michel se tient là, entre nous deux.

J'ai enfin la preuve que je ne suis pas fou.

Composé par Nord Compo
à Villeneuve-d'Ascq (Nord)

Imprimé en France par

MAURY-IMPRIMEUR
à Malesherbes (Loiret)
en septembre 2012

POCKET - 12, avenue d'Italie – 75627 Paris Cedex 13

N° d'impression : 176092
Dépôt légal : octobre 2012
S23322/01